天人共生与道文兼济
——汉语诗学样本

孟泽 — 著

中南大学出版社
www.csupress.com.cn

图书在版编目(CIP)数据

天人共生与道文兼济：汉语诗学样本／孟泽著. ——
长沙：中南大学出版社，2021.8
ISBN 978-7-5487-4554-9

Ⅰ．①天… Ⅱ．①孟… Ⅲ．①诗学－研究－中国
Ⅳ．①I207.2

中国版本图书馆 CIP 数据核字(2021)第 155580 号

天人共生与道文兼济——汉语诗学样本

TIANREN GONGSHENG YU DAOWEN JIANJI——HANYU SHIXUE YANGBEN

孟泽 著

□**责任编辑** 郑　伟
□**责任印制** 唐　曦
□**出版发行** 中南大学出版社
社址：长沙市麓山南路　　　邮编：410083
发行科电话：0731-88876770　　传真：0731-88710482
□**印　　装** 长沙雅鑫印务有限公司

□**开　本** 710 mm×1000 mm 1/16　□**印张** 17.75　□**字数** 246 千字
□**版　次** 2021 年 8 月第 1 版　□2021 年 8 月第 1 次印刷
□**书　号** ISBN 978-7-5487-4554-9
□**定　价** 68.00 元

目　录

1

前言

有机的整体主义的汉语诗学

汉语诗歌在最初的命名以及诗学分解中，便呈现出了有机的整体主义取向，在日后的发展中，此种取向不仅没有中断，甚至得到强化，最突出的表现就是关于诗歌、关于艺术与政治、历史、道德、伦理的系统思维与整体性安排，逐渐深入人心，几乎成为汉语诗学中不证自明的预设和公理。

这联系着汉文化充分成长了的有机生命观与世界观，同时与一元化的社会结构以及知识者的"amateur"（"业余身份""业余精神"）有关，知识者孜孜以求的是天与人、人与文、文与道、礼与乐、诗与教之间的贯通与统一，这甚至构成了一种独特的价值理想，一种内容丰富的形上学。

《尚书·尧典》中有一段话，通常被看作汉语诗歌命名的开始："帝曰：夔！命汝典乐，教胄子：直而温，宽而栗，刚而无虐，简而无傲。诗言志[①]，歌永言，声依永，律和声。八音克谐，无相夺伦，神人以和。"[②]

这段表面看来带有叙事性的话，隐含了汉文化对于包括诗歌在内的

---

① 《史记·五帝本纪》中作"诗言意"。

② 学者或以为，"诗言志"说在时间上晚于《左传·襄公二十七年》中"诗以言志"的说法，因为《尚书》中的篇章有出于战国之世者，见萧华荣. 中国诗学思想史[M]. 上海：华东师范大学出版社，1996：3.

1

艺术的重要规定，或者说，日后发展出来的汉语诗学，大体上以这里的规定作为基本进路：艺术必须合符于"中道"，而不指向精神的偏至与极端，必须以平衡和稳定为目标，而不指向特出与分裂，这自然也是它应该产生的"效用"。

"直而温，宽而栗，刚而无虐，简而无傲"，与其说这是一种审美要求，不如说更像是一种基于生理与心理反应的伦理人格要求。而"神人以和"，则意味着艺术达成的理想，不只是人间性的教化而已，甚至联系着人以外的世界，这里的"神"，当然已不是出于神圣意志的"绝对律令"，而主要依违于人间事务。

在汉文化开辟鸿蒙的时代，音乐、舞蹈、诗歌，与文字的创始相仿佛，被视为是连接天人的重大事件，关于"人"与"文"，关于"艺术"与"身体""政治""伦理""天地""宗教"，逐渐建构起来的是有机的整体主义安排，而不是分解的自我深入。

这种基本的性格和取径，以整体和谐与安全为主要目标，个性化的审美必须有助于而不是妨碍这种和谐与安全。私人化是允许的，但对于个性化则充满疑惧。

由此可以造就典丽的或者优美的艺术。

自然，也可以演绎出工具主义、功利主义的权力意志和教化策略，这种权力意志和教化策略，在 20 世纪特殊的时代语境中，有更加充分的演绎和放大。

一

按照闻一多的研究，"歌"的本质是抒情的，"诗"则更近于"志"，近于"史"（事）。"诗言志"的说法，交代出了汉语诗歌曾经有过的某种属性，其中所谓"志"，包括三种含义：记忆、记录、怀抱。这三个意义代表诗的发展途径上的三个主要阶段，即记诵、历史（诗即史，史官即诗人）、抒情，而《诗经》，正是"诗"与"歌"合流、"情"与"事"（史）配合得恰到好处时的样本①。

闻一多的立论未必精确，但他对于中国古代诗歌在发生过程中的性质所做的体贴和揭示，至今难以推翻。

在古代中国，诗歌与王朝历史，与道德政治，有着紧密的关联，并不是一件多么可怪的事。家喻户晓的孟子说"《诗》亡然后《春秋》作"，"诵其诗，读其书，不知其人，可乎？是以论其世也"；《诗大序》中说"至于王道衰，礼义废，政教失，国异政，家殊俗，而变风变雅作矣……伤人伦之废，哀刑政之苛，吟咏性情，以风其上，达于事变，而怀其旧俗者也"，这一切关于"诗歌"的流变分析与功能定位，在某种意义上，似乎可以看作是一种真实的历史陈述，或者至少是基于某种真实的历史陈述。

此种历史陈述，以我们今天对于古代历史的理解和判断，显然包含了孟子时代的价值判断和政治诉求，带有假定的推论性质。

也就是说，先秦文献，特别是这些文献经历了秦汉的编撰改篡之后，其中有关诗歌的表述，透露出来的可能有着某种"历史"的消息，但所谓"历史"，大抵是基于言说者特定的需要的。

对此，必须有足够的觉悟。

我们今天懂得，一切历史都是当代史。事实上，古人对于历史的追溯，更容易罔顾事实，为我所用。把自己的观念与逻辑安在"历史"头上，这甚至是一种必须，一种合符于古人心智以及思维的自然而然的做法。

因此，类似"治世之音安以乐，其政和；乱世之音怨以怒，其政乖；亡国之音哀以思，其民困。声音之道，与政通矣"②的命题，同样贯彻着言说者的需要，与其说它是"历史"，是"事实"，还不如说它是一种基于有机主义世界观的美学规定，以至上升为一种毫无疑议的关于艺术本质的释义，是十足主观的，特别是当"礼""乐"被当作王朝政治的

---

① 闻一多. 歌与诗//闻一多全集：第 10 卷[M]. 武汉：湖北人民出版社，1993：8-14.

② 这段话既见于《礼记·乐记》(《周礼·仪礼·礼记[M]. 长沙：岳麓书社，1989：424)，也见于《毛诗序》。

根本支撑时。

然而，作为艺术本质的释义，这样的联系和安排，其实是很难加以证实也无法证伪的（或者说，似乎既可以证实又能够证伪），其中的逻辑多半基于政教一体时代的"文化捆绑"，联系着为政者发达的道德想象力和强势的话语权力，联系着某种与艺术其实无关的政治羁押，以至可以很便捷地引申出"志微噍杀之音作而民思忧，啴谐慢易繁文简节之音作而民康乐，粗厉猛起奋末广贲之音作而民刚毅，廉直劲正庄诚之音作而民肃敬，宽裕肉好顺成和动之音作而民慈爱，流辟邪散狄成涤滥之音作而民淫乱"①的结论，最终落实为对于民众的精神驾驭与风俗管治——"为政以教民"，甚至打通天理、生理、心理与伦理，以更高的本体论依据证明"乐教""诗教"的合理性，所谓："大乐与天地同和，大礼与天地同节。"②"凡奸声感人，而逆气应之，逆气成象，而淫乐兴焉；正声感人，而顺气应之，顺气成象，而和乐兴焉。倡和有应，回邪曲直，各归其分，而万物之理，各以类相动也。""乐行而伦清，耳目聪明，血气和平，移风易俗，天下皆宁。"③等等。

类似的说法，表面上似乎揭示了"乐"（姑且说是艺术）、"礼"（姑且看作道德规范）渊源于深远广大的崇高的本体论世界，对应着普遍的人心人性，与万物归属、天下安宁相维系，实质上则更接近于提供一种政治化、道德化的"质量标准"④："乐"与"礼"，必须以整体性的"和""节"为目标，而"和"与"节"，同样是可以按照人的需要来进行解释的概念。

依照这样的逻辑，在"风衰俗怨"的魏晋，嵇康关于"声无哀乐"的激

---

① 《礼记·乐记》//《周礼·仪礼·礼记》，428 页。

② 《礼记·乐记》//《周礼·仪礼·礼记》，426 页。

③ 《礼记·乐记》//《周礼·仪礼·礼记》，428–429 页。

④ 本文以"政治""道德"或者"政治化""道德化"来指认汉语诗歌以及诗学中的歧途，并不是要把审美与政治、道德的关联看成是纯粹否定性的，而是认为，那种被特定的利益群体和意识形态所垄断的政治和道德，必然走向反审美的"政治化"与"道德化"，任何时代都难以例外。

辩与论说，在立意要修复王朝政纲的当局者看来，不仅有违"天宪"，也悖"人理"，属于"别有用心"。嵇康曾经公然说："音声有自然之和，而无系于人情"，"若夫郑声，是音声之至妙"①，他的论证或许真的内含了对于现实政治的某种对抗，而整顿王纲者正可以将其便利地看作是他"非汤武而薄周孔"的精神不轨的明证。

嵇康令人惊悚的杀身之祸，不能说与此无关。

嵇康临刑前叹息"《广陵散》于今绝矣"的传说，也正可以看成是有关中国历史文化进程中方向、路径选择的某种令人不寒而栗的隐喻。

伴随体制化政治的不断展开与主导性的意识形态的逐渐深入，类似"亡国之音哀以思"的陈述，在后世的利用发扬中，逐渐成为汉语诗学中不可移易的"经典"论断。

当这种我们今天看来似乎有点不明所以的逻辑，通过"人文化成"的"诗教""乐教"方式，逐渐内化为每一个知识者的自觉自律时，强化的自然是审美的理性化和功利化，而不可能是诗性的扩张，是审美与现实政治如影随形的关联，而不是艺术自我主张、自出机杼的独立。

或者说，汉语诗学以"亡国之音哀以思"之类的基本观念，在理性与诗性、审美与功利、政治与艺术之间找到了独特的连接与平衡，并由此建构了属于自己的审美章程，引导乃至支配了汉语诗歌的诗兴、诗意与趣味，所谓"兴、观、群、怨"，所谓"思无邪""子不语怪力乱神"，所谓"其为人也温柔敦厚，诗教也"②，正是与此相协同的。

二

与孔子有关的"诗教"言论，最具有开放性诠释空间的，是"兴于诗，立于礼，成于乐"。

---

① 嵇康. 声无哀乐论//乱世四大文豪合集注释[M]. 长沙：湖南文艺出版社，1996：937，953.
② 《礼记·乐记》//《周礼·仪礼·礼记》，478 页。

在这里，孔子对于诗、乐的定义，是从他对人的理解与要求出发的，诗与乐，决定性地影响着人的完整与健康，因此，作为社会的人的发育、成长与"成立"，是诗、乐存在的根本依据。

此种思路和方向，与《尚书》中"诗言志"所指示的思路和方向，正是一致的。

以审美的艺术辅成人性的、人格的完善，这是孔子和他的同道者所确立的"人文主义"。

联系到孔子同时对于君子教养的设定："志于道，据于德，依于仁，游于艺"，联系到"小子何莫学乎《诗》""不学《诗》，无以言"的纯粹实用考虑，以及"兴、观、群、怨""思无邪""不语怪力乱神"的教化与教育策略，孔子对于诗的规定，对于"礼""乐""艺"的规定，虽然显示出足够的人文主义性格，却是以政治性的社会整体要求作为艺术的唯一合法性来源和出处的。他所强调的作为社会的人的成长与成立，紧密联系着特定的道德理想与政治目标，对于人的政治道德属性的规定，决定着审美的基本属性和全部可能性。

这其实也就是孔子对于"礼乐文明"所做的重要诠释和设计。

将审美与基于道德政治(道德理想)的"实用理性"完美地结合起来，融通感性生命与理性政治，统一道德伦理目标与审美艺术目标，将知识与价值，情感与功利治于一炉，个人的精神出处与家国天下的安排，做系统想象、设计与安排，这是中国古代诗学所遵循的基本逻辑。

所谓道家美学，包括日后中国化了的佛禅思维，表面上看，与此构成某种对立之势，事实上只是使得这一逻辑贯彻在更加个人化和私人性的领域。"反者道之动"，审美化的自我安顿，并不构成对于主流思想及其价值的破坏和颠覆，而只是辅成并且扩张了它的适用范围和适应能力而已。

饶是如此，从专业分解的角度，更加难以从中发展出审美独立的本体论依据。

这与传统知识者的身份与角色是同构的。

与此相一致的是，知识者作为个人，不再拥有伦理政治之外的精神向度和背景，也逐渐消解了指向自我深入和自我分裂的动机和动力，而必须以现实生活中的整体融洽，以自足的自我协调为终极目标。

人只有定义在关系世界中，才会是意义充足、精神饱满的。

艺术必须强化这种关系，而不能削弱乃至中断这种关系。

事实上，汉文化一直在探寻和尝试（无论是自愿的还是被要求的）艺术与整体世界包括人文世界的统一性与同一性（自然，在证明整体的同一性过程中，似乎也始终强调它们的不同属性），探寻审美与日常生活（特别是道德政治生活）的恰当协调。如果无法从它们自身找到这种统一性与同一性，就从它们共同支撑、共同建构公私生活的效用论角度，或者从一切肇始于宇宙造化，一切都可以纳入天地流衍的本体论角度，审视、看待与要求它们的一致。正像我们无法否认人作为生物整体的一部分的根本属性，无法否定道德伦理发于自然而归属于人文，宇宙自然同时是人性的天然源泉和合理基础一样，我们也无法否定整体世界是艺术生生不息的源泉，而人类的道德政治生活，在人自身的视野中，正是整体世界毫无疑议的中心。

由此出发，古代知识者孜孜以求天与人、人与文、文与道、礼与乐、诗与教之间的贯通，天道即人道，天性即人性，这甚至构成了一种独特的世界观和价值观，一种内容丰富的形上学，"不仅提供中国文化一个世俗宗教的面向，也是儒家传统中个人追求终极真理和价值的基础。"①

在某种意义上，儒家之所以最终能融会贯通佛教与道家的理念，以至宋明理学事实上就是"三教合一"的产物，士大夫文人徘徊儒道、出入佛老，可以毫无挂碍，习以为常，根本原因不仅在于它们所依托的是几乎相似的制度背景与生活背景，还在于它们在内在逻辑和精神旨趣上的一

---

① 成中英. 创造和谐[M]. 上海：上海文艺出版社，2002：122.

致性,对于我们所置身的世界,一个真、善、美分殊的世界,一个不能不趋向于分解与分裂的世界,有着几乎相似的直觉性质的审美态度——把一切纳入有机的统一的系统观照中,以对于天道自然的攀引,归化牵引一切人为的与人文的努力和热情,以返回自心自性的自我认同,折中条理一切外骛的专注与痴迷,在世俗的社会生活中,则以"善"规定"真""美"可能的阈限,以相互关系的和谐,抵消任何分离、分裂、瓦解与独立的倾向。

而且,所谓"真",并不指向"具体""真实",反而暗示出超越"具体"与"真实"的幻诞和蒙昧,譬如修仙成真,真人神人①。关于"美"的认知同样是有机主义的,区别于感官愉悦与理性愉悦的独立的审美意识②并不发达,它们被范围在更广阔的(修)道(成)德的世界中。

三

按照成中英先生的说法,"中国新儒家的伦理观是以人性作基础,而人性必须在'道'之中得到道德实践。这提供了一种有趣的,以善来理解美的方式,但我们不应把美定义为非道德。""中国伦理学和中国美学是实现中国形上学的二种形式,而道德行动伦理的关系,及美感艺术活动的关系,也因而形成中国(文化)理解实在与其价值实现的二种模式。但我们不应该因而混淆其间的关系:儒家伦理是中国美学的基础,换句话说,善是美的基础,美如果没有善就缺乏实在性,也因而缺乏价值;另一方面,道家的美是独立于善,或是更高形式的追求,因为其彰显更深层的实在。"③

成中英先生对于中国伦理和中国美学的纠缠所做出的分析,发人深省。

---

① 拙书《两歧的诗学》(长沙:湖南人民出版社,2006)中编对此有所申述。

② 余虹. 中国文论与西方诗学[M]. 北京:三联书店,1999:83-88.

③ 《创造和谐》,122-123 页。

但是，与其如他说的，"道家的美是独立于善"，还不如说，"道家的美"只是从另一个层面，通过另一种方式抵达"善"，是对于"善"的更有机化的归结，即成中英先生所说的"更高形式的追求"，为"善"，因此也为"美"，延伸出更加广大的背景，接纳反个性的个性空间，由此可以成全知识者"独善其身"的自由、清洁和美誉，以免"善"与"美"纯粹演绎成为一种公共的政治化的意识形态，从而失去对于个人的纵容与慰护，失去通过意志消泯而获得的反自由的自由，失去"美"与"天地"、"自由"与"自然"的紧密关联。

成中英先生强调，"在比较的视野中，西方哲学中善与道德的发展，及美感的发展，历经长久的分化与冲突，其一个最明显的结果是，善与美失去实在或形上学的意涵。正如本体论已被知识论化，终而诠释学化，以至于美与善在代表后理性现象的科技与神秘形式中不断被切割，分化，终至于失去其创作的泉源。""现代及后现代的艺术形式因而须被理解为美与实在感的疏离，善与美的疏离。甚至善终究也与实在感疏离，而这也因而导致科技宰制西方对美善的理解与评价。"①

通过对于现代及后现代西方艺术的观察，成中英先生认为它们呈现出"美与实在感的疏离，善与美的疏离。甚至善终究也与实在感疏离"，或许是确凿无疑的。

然而，对于以汉文化安身立命的我们来说，他所言及的"西方哲学中善与道德的发展，及美感的发展，历经长久的分化与冲突"，似乎更加具有启迪和借鉴意义。我们不可能设想，只认可、接受和要求"善与道德的发展，及美感的发展"，而可以回避、架空乃至取消"历经长久的分化与冲突"。

而且，没有"长久的分化与冲突"，显然也就不会有西方艺术迤逦至今的丰富、繁盛和不间断的新生。

---

① 《创造和谐》，122-123 页。

而在中国文化传统中，反思"善是美的基础，美如果没有善就缺乏实在性，也因而缺乏价值"的传统，检讨由此成长的以政治的伦理的道德的口实，以"善"的名义，对于"美"，对于感性世界的习惯性看管，对于我们来说，也许是更重要、更迫切的事情，正像成中英所说的，"中国文化中的善与美的紧张关系需要被正视及解决。"①否则，我们大约只能依旧在强调"整体同一性"的定势中，在无可逃逸的统一认同中，因循反复，甚至连对于"善与美的紧张关系"也无法正视，无法获得新的洞察。

在这一点上，程抱一先生提供的思考更加具有启示性。

他认为，与西方思想传统努力区分主体与客体，肯定主体发挥主体意识俾以分析客体征服客体不同，"中国思想几乎从开始就避免对立与冲突，很快就走向'执中'理想，走向三元式的交互沟通"，中国思想家"创建了世界乃万物'归一'的有机体的思想：万物相通、相依，而所谓的'气'则是贯通这些生命体的基础，因为'气'的机制是三元的：阴、阳和冲气"，"儒家思想所达到的天地人的三才论，以及归结于'中庸'里的推理亦是三元的"，自恃"执两用中"，而最终往往只剩下失去了"两端"牵引力的实用主义的"中庸"，所谓"庸德庸言庸行"，成为唯一认可的归宿，这在真实社会里，面对实际问题时，会造成极大缺陷。因为"真'三'乃滋生于真'二'"，"无真'二'即无真'三'。所谓真'二'固是主体与客体之明确区分，亦是主体与客体之间之绝对尊重，那才能达到充分对话之境地。尊重并保障主体这不可缺的一环，中国思想真正面对了么？预先把人性规范在一些既定的人伦关系中，没有对'恶'的问题作根本性的质问和思考，中国思想真正尝试过建造真'二'的条件以加强主体的独立性么？中国人在旧社会里所期望不总是'明君赐恩'或'上方宽容'么？他们往往忘了：人性不作超越性的自省自拔时，很快就流入无尽的腐化、残害。这事实在人间任何角落都可应验。人的意识只有在真'二'环境里

① 《创造和谐》，122–123 页。

10

得以伸展、提升。""真'三'确是人类社会的好理想，这是中国思想所应力求保存的。可是一个不以真'二'为基的社会所能唱出的主调总不过是妥协。"①

程抱一先生所说的中国思想的逻辑，事实上也就是它所表现出来的审美的逻辑，所谓"三元式的交互勾通"，实质上就是统一一切对立、冲突、分蘖、分解的整体主义思维与逻辑。

这种伴随着特定的世界观与价值理想的思维与逻辑，与社会的整体结构相匹配，尤其联系着这一社会结构中的精英阶层的身份意识与角色定位。

实践这种逻辑的审美，甚至与古代汉字汉语的基本属性存在着某种深刻的关联与默契：汉字保留了对天地自然的模拟而没有彻底符号化，文字与生命之间，主要构成亲和而不是疏离，相对于声音中心的视觉中心，"无形态变化且独立于语音变化的符号"②；汉语以单字为基本音节的构词方式，单个的符号和元素，只有在相互支撑、应和、联动的网络中才具有构成性，意义与功能服从服务于整体的有机关系，没有偏离具体

---

① ［法］程抱一. 中国诗画语言研究：中文版序［M］. 南京：江苏人民出版社，2006：中文版序第8页. 又见《文化汇通、精神提升与艺术创造》《对法语的一份激情——〈对话〉节选》，刊《跨文化对话》第七辑（上海：上海三联书店，2005）。在《文化汇通、精神提升与艺术创造》中，程抱一先生还谈到，"在艺术领域里，中国颇能很早就实现真'二'以至于真'三'"，中国人知道大自然是"美"的宝库，但是"他们没有把'美'推向柏拉图式的客观模式和抽象理念，他们很快就把大自然界美质和人的精神领会结合起来。其中主因是中国思想以气论为根基，而气论是把人的存在和宇宙的存在作有机的结合"，"道家的三才阴阳冲气和儒家的三才天地人，均是符合这动向的"，"然而不得不承认的是：仅将大自然作为对象尚为一种局限。大自然的反照足以包容人的存在之全面吗？人的特有命运、特有经历、特有意识、特有精神的完成不也需要另一种探测和表现吗？""天地间固然有大美，人间却漫生了大恶"，"我们审视生命现象时不可不掌握美、恶这两极端，更何况，有一种美质是从伤痛净化、苦难超升之中透露的"，"中国在纯思想方面有欠对大恶作绝对性的面对。在画与诗中则有了相对的表现，这主要是在佛教艺术那边，诗则有杜甫、白居易、陆游、文天祥他们以及所有写实派诗人们发出了些强音。"

② 《中国诗画语言研究》，28页。

具象的抽象与纯粹概念的自我演绎，等等。

程抱一先生说，汉语诗歌发展到唐代的近体诗以及宋词，在形式上"不仅开发利用了一门语言的独有特征，也以自己的方式再现了某种对于中国人来说本质性的哲学观念"。①

作为社会精英的"士人"（其中的主干是"士大夫"）阶层，自然是程抱一先生所说的"本质性的哲学观念"的主要体认者和践行者。

在古代社会，虽然"士人"阶层"与时俱进"，也并非铁板一块，但汉唐尤其是唐宋以后，总体上呈现出较为稳定和一致的面貌，列文森（Levenson）在他著名的《儒教中国及其现代命运》（*Confucian China and Its Modern Fate*）中，将明清时代士大夫的身份与精神特征，概括为"文人与官僚的结合"，"在政务之中他们是 amateur，因为他们所修习的是艺术；而其对艺术本身的爱好也是 amateur，因为他们的职业是政务。"②

阎步克说："帝国官僚深受儒家教育，并有义务在各种情境中奉行、贯彻、维护它。意识形态的无所不包性，与士大夫角色的功能混溶性质互为表里，并使其'文人'的一面与'官僚'的一面，充分地一体化了。"③

尽管有儒家的"抗议精神"，有所谓"道统"与"政统"的相持，还有佛家道家的方外之思与出尘之想，但作为"文人"与作为"官僚"（士绅）的充分一体化，意味着"士人"终究无从获得自外于体制化生存的独立身份，无法拥有自外于整体政治的思想与信念，而只能相安相属于列文森所谓"最高文化价值与最高社会权力"的统一中。

舍此之外，别无"安身立命"的出处。

"amateur"，正可以理解为一种基于"业余身份"的"业余性格""业余精神"，就我们所讨论的有关审美的诗学问题看，这种"业余精神"就是体现为服从于整体主义逻辑的自我营求，一种审美化的自我安顿。

---

① 《中国诗画语言研究》，60 页。

② ［美］列文森. 儒教中国及其现代命运：第二章［M］. 北京：中国社会科学出版社，2000.

③ 阎步克. 士大夫政治演生史稿：第一章第一节［M］. 北京：北京大学出版社，1996.

因此，最出格的诗学，也一定范围在融和内心、融和天人物我、融和大群的理想中。

这决定性地影响了汉语诗歌的基本性格和精神向度，特别是当整体主义思维发展成为一种全面的世界观和价值观，一种严密的制度性的安排，一种垄断性的逻辑，逐渐覆盖了知识者的全部心灵，构成普遍的自觉自为的时候，当汉语诗歌走出朴拙"风骚"的"诗""歌"时代，走出"怪力乱神"，走出与天地自然没有全然分解的元气淋漓，当文人士大夫不再能够接纳"郑卫之音""桑间濮上之音"的时候。

四

按照历史学家黄仁宇的说法，中国古代社会，从唐以后，逐渐由"竞争性和外向的性格(competitiveness and extroversion)"朝"内向和非竞争性"转变①，宋明时代的"儒学复兴不是文艺复兴"②，而正有着某种相反的意味③。

这种收缩性的精神倾向和"保守性格"④，同样烙印在审美的艺术领域。

如果说，在宋(南宋似乎可以看作是中国历史的某种分水岭)以前，譬如在风雅、离骚、古诗十九首以及类似的篇章中，我们多少还可以感受到那种混沌初开般的好奇心和想象力，感受到自我分裂带来的自我深入，

---

① 黄仁宇. 赫逊河畔谈中国历史[M]. 北京：三联书店，1992：158. 黄仁宇自认为，他是"从技术的角度看历史，不是从道德的角度检讨历史"，见《中国大历史》中文版自序。

② 黄仁宇. 中国大历史[M]. 北京：三联书店，1997：159.

③ 黄仁宇说："理学以儒为表，以释道为里，在正心诚意之间加上了一段神秘的色彩，又归根于一种'由一元论'"，"在半神学半哲学的领域里做文章"，试图通过"粗线条"的意识形态努力，解决全部社会问题，"长于纪律，短于创造性"，"虽构成思想上的 大罗网，其中却缺乏新门径和新线索，可以供人发扬"，事实上，带来的是更加严密保守而没有回旋余地的精神局面。见黄仁宇《赫逊河畔谈中国历史》，185-192 页。

④ 《赫逊河畔谈中国历史》，185-192 页。

感受到那种根本的诘难与深入灵魂的拷问，宋元以下的诗词，则"思想渐就僵化，感情渐就冻结"[①]。

即使是那些号称为诗坛领袖的人物（他们或许曾经通过类似"文必秦汉，诗必盛唐"的召唤，以期诗歌可以重新获得生命力，重新抵达"文质彬彬"的统一），也大多只见领袖的名号而不见诗人，只见自立为盟主的旗帜而不见诗歌。所谓写作，常常是习惯驱使下的"自动写作"，多的是陈陈相因的模拟与复制，是无须政治看管就自我归化了的浅斟低唱，是夸张的自我标榜与自我藻饰。

无论是关于历史、关于自我的记忆，还是对现实的厕身，在审美表达中，往往成为一个戏剧化、纯洁化的过程，过滤掉的是现实、历史与自我的全部复杂性和悲剧性，诗歌无法不成为"审美化"的真正的"风雅颂"，"风雅"即诗，诗成为一种装饰，一种点缀，一种不可能容纳"自我批判精神"（不是对于时世的不满）的娱乐，一种应酬，包括个人在得意失意之间的自我调整与自我应酬。

基于越来越深入人心的身份意识与角色认同，基于以文化"化成天下"的崇高期许，基于"精英主义"的"蒙养"与自我要求，唐宋以后的汉语知识者，基本心智和情感，总是无法超越与一体化的政治现实的纠缠（无论是依附或者"反动"）。这种纠缠甚至构成了知识者主要的精神动力与文化动力，也构成了文学艺术最基本、最普遍的主题与材料，所谓灵魂的搏斗与挣扎，也大体范围在"家国""君父"，"出世""入世"的彷徨婉转之中。

这正是我们在王船山、曾国藩的诗学中不难发现的光景。

士大夫所执着的，是与世俗恩宠、荣辱、得失的计较与往还，与王朝兴废、历史循环的交流，是天人和洽、人事协调中的自我安顿。

在不得不"一命为文人"时，"美文"成为终极梦想，"佳句"成为自我

---

① 《四千年文学大势鸟瞰》//《闻一多全集》卷2，26页。

实现的手段，对仗、骈偶不仅是酿成诗意的必须，也是行文的诀窍，它们曾经造就出古代汉语世界以单音节为主导、以表意文字为核心的最销魂的腔调和诗境，但日复一日的推求，同时简化也定势化了以此运行的思维与逻辑，乃至限制了语言的张力和生机①。

朱湘（1904—1933）说："骈俪是中国散文诗的最高潮，同时也是它的致命伤。"②

梁宗岱（1903—1983）说："我们也承认旧诗底文字是极精炼纯熟的，可是经过了几千年循循相因的使用，已经由极端的精炼和纯熟流为腐滥和空洞，失掉新鲜和活力，同时也失掉达意尤其是抒情底作用了。"③

一百多年前，王国维曾经惊讶于中国文化发生在"美术"与"政治"之间的倾斜④，包括知识者对于"纯粹知识"的冷淡与敌视，对颠覆性精神与情感的回避，对于"孤往独到之精神"的抑制。

许思园（1907—1974）先生说，"中国诗之主要题材，不外乎耕读之乐、天伦之爱、山水田园之趣，以及生死契阔、政俗美刺、咏史述志、吊古怀旧、伤时悯乱、情亲思慕、交游赠答之类"，"人与人之关系即为生活中心，因而成为诗歌主题"⑤。

他认为，古代中国诗人，"心灵欠分化"，"太现实，太富于妥协性"，"以历史情感代替宗教情感"，"少深哀极乐，悲情劲气俱不足。埃洛斯受压抑未能将其转化为追慕美、善、光明之热情"，"对罪恶与苦难亦乏

① 闻一多曾说，中国文字里叠音字多，表征的也就是表现力以及幻想的亏缺。《〈冬夜〉评论》//《闻一多全集》第一卷，78页。
② 朱湘. 评徐君《志摩的诗》[N]. 小说月报，1926-1-10（十七卷一号）. 又见朱湘. 中书集[M]. 上海：生活书店，1934. 及方仁念，选编. 新月派评论资料选[M]. 上海：华东师范大学出版社，1993.
③ 新诗底十字路口[M]//梁宗岱批评文集. 李振声，编. 珠海：珠海出版社，1998：127.
④ 王国维. 论哲学家美术家之天职[M]//王国维遗书：第五册. 上海：上海书店出版社，1986.
⑤ 许思园. 中西文化回眸[M]. 上海：华东师范大学出版社，1997：91，92.

深透悟解"①，中国哲学"大抵视宇宙为一化机，至虚而有，动静如一"，讲求"自得"，中国诗歌"于幽淡中见妩媚，疏朗中见俊逸，往往十分平易、率真而含蕴无穷情味"，"惟有在文化上十分成熟而宗教感情薄弱之民族，方能形成空灵雅淡之诗文、艺术与人格、风度"②。

陈白沙的"自然之学"，呈现的正是此种人格和风度，生机和韵味。

许思园所给出的观察，称得上是客观的认知，而并非简单的价值判断。

在中西汇通的比较文化视野中，这样的认知，几乎已经成为一种常识，也并不一定令人气短。他所指出的中国诗歌特别具有的"人间性""社会性"，与"以中庸为教，温柔敦厚、乐而不淫、哀而不伤等意旨遂为诗教中心"③，自然是相互辅成的，由此获得自己特别敏感的主题与书写范围，获得属于自己的深度、趣味和风格。

任何路径的选择都意味着一种限定，意味着对特定秩序与系统的认同，包括他的局限性，审美的"偏至"，正是内含在这种文化的选择及由此带来的限定之中。

汉语诗歌的主旨、程式、趣味与风格，在属于汉文化的自我限定中，发育得极其饱满、极其充分。

在某种意义上，汉语诗歌在近代的转变，首先要打破的凝定与僵固，正是它在整体主义文化逻辑中的自我限定，这种造就了汉语诗歌基本旨趣、体格和风貌的自我限定，在无法继续自我循环、自足演绎的末世劫波中，尤其彰显出"因袭"多于"创造"、"形式"大于"内容"的痼疾，彰显出

---

① 《中西文化回眸》，65、75 页。

② 《中西文化回眸》，86、93、95 页。这与许思园对中国哲学的认识是一致的，他说，区别于哲学与科学同源的古希腊，哲学不离宗教的印度，中国哲学"源于道德政治，其所昌明者，始终以修身治国之道为主，其极诣则为内圣外王。"中国哲学"始终不离人事而期于实效。其重心为人伦日用，了无可疑"。见《中西文化回眸》，4、5 页。

③ 《中西文化回眸》，86 页。

不能接纳新的审美独立性和扩张性的性格，这才有了"新体诗"的尝试与突围。

　　毋庸讳言，"新诗"创始及其理论自觉，大体上是"西学东渐"的结果，而不是传统书写的自我延伸。

　　鲁迅曾经说，所谓"新文学"主要是西方文学影响下的产物。胡适、朱自清曾以赞赏的口吻言及周氏兄弟的"新诗"写作全然摆脱"旧镣铐"，走了一条完全"欧化"的路。田汉希望译介惠特曼以助益中国的"文艺复兴"。梁实秋甚至说，"新诗，实际就是中文写的外国诗"。梁宗岱说，"新诗底产生，大部分由于西洋诗底接触"①。

　　类似的说法，自然各有动机、背景和目标。而且，所谓"欧化"，所谓"外国诗"，所谓"文艺复兴"，涉及广大的范围、深厚的背景，不可能一言以蔽之，也无从一网打尽，只是作为充满陌生情调和精神底蕴，源深流广的"他者"，汉语诗歌从此有了一种自身传统之外无法回避的参照、动力和源泉。

　　相对于旧体诗，"新诗"呈现出显著的异质性和复杂性。但是，早期"新诗"虽然打破了汉语诗歌在体制和精神上的封闭，却主要是在吁求社会解放而不是开掘人性，强调现实功能而不是审美意义，寻求对于走向开放的社会生活的兼容，而不是在新的审美趣味的兼容的过程中被提上议事日程并成为"一时之选"的。无论是对于独立的审美动机和审美精神的认同，还是拷问自我、探索幽暗的内心世界，"新诗"都没有表现出足够强大、足够持久的动力与热情。在某些极端的情境中，它甚至更加无法自已地把道德禁忌当作了审美禁忌，把政治前提当作了审美前提，把社会性的使命当作了诗歌的全部使命，以至无法用"政治化""社会化""道德化"以外的眼光来对待文学艺术，作者如此，读者尤其如此。

　　此时，艺术家的身份和角色，以及艺术家对此的自诉与"自居"，也

---

① 《梁宗岱批评文集》，32 页。

相应地变得前所未有的暧昧和混乱。

这才有"我们到底有没有'单纯'的能力——就用文学来看文学?"的发问。

这样的取向,当然更取决于时代文化主题,却也未尝不能发现基于传统世界观和价值理想的有机的整体主义诗学所构成的隐秘驱动。

第一章

道学绝者兼风流：陈白沙的自然之学

按照束景南先生的研究，明弘治十八年（1505 年），是王阳明崇拜陈白沙的自然之学，走上心学之路的思想转型之年。陈白沙，即陈献章，生于明宣德三年（1428 年），卒于明弘治十三年（1500 年），字公甫，别号石斋，广东新会白沙里人，世称白沙先生。

以"自然"为核心理念的"自然之学"，是白沙在"道学"传承中的自觉选择，是他求"真"求"知"的结果，也是他求"善"求"美"的结果。而在思想史的演绎，特别是在白沙的具体体验与阐发中，"自然"与"自然之学"所内含的与伦理政治、与审美自觉、与个体主体性之间的关联与协调，其所展示的生命开张与生命内敛、审美泛化与审美取消、自我收缩与自我扩张之间的对立与互动，是中国思想史特别是审美思想史最基本的和最富有诠释挑战性的命题。

（一）"道学绝者兼风流"

俞长城《题陈白沙文稿》曰："陈白沙先生倡学东南，为世儒宗，吾疑其文必方正严肃，确不可犯。今颂其集，潇洒有度，顾盼生姿，腐风为之一洗。吾固知人造其绝者，未尝不有所兼也。道学绝者兼风流，吾求其人，合其文，其陈白沙乎！风流绝者兼道学，吾求其人，合其文，其唐伯虎乎！"①

俞氏"道学绝者兼风流""风流绝者兼道学"的说法，缺少思想依据和理论支撑，不免机巧轻薄。但是，在一定的理论前提下，这一说法却有着足够的可阐释性，它道破了所谓"道学"（在某种意义上，可以视为理性的准宗教性的生命态度和精神取向）与"风流"（可以理解为审美的感性的自由精神）的截然两分，并不完全可靠，而能够统一在特定的生命践履中，对立性的力量在一定主体条件下可能产生最大的张力，达成最大的格局或局面，一如最大的"必然"在掌握者手里可以成为最大的"自由"。

这不只是审美的秘密、思想的秘密，似乎也是人生的秘密、文化的秘密。

在这里，俞氏难得地读出并道出了"方正严肃""为世儒宗"的白沙，其诗文却"潇洒有度，顾盼生姿"。白沙作为"道学"传承中的重要一环，说其诗文"潇洒有度，顾盼生姿"，难免让人觉得异样，觉得不可置信。

然而，白沙确实不像一般所谓的道学家那样性情偏枯、面目干涩，而是显得从容淡泊又情趣盎然。白沙的诗（他的文很少，多为序、记和书信之类）也确实风情十足、顾盼自如，显示出饱满又恣肆的诗人性情与率真烂漫的襟怀。而且，白沙的诗不只是诗，其实也就是他的哲学，他的安身立命的依据。

他的弟子湛若水说："白沙先生无著作，著作之意寓于诗也"②。陈炎宗曰："诗即先生之心法也，即先生之所以为教也"③。

白沙不著书，作为道学家、思想者而全然一种诗人做派、审美风度，这同他学理上的取向看似"吊诡"，实则一致。而此种取向不仅在思想逻辑上渊源有自，更关涉乎白沙个人的气质、体验与生活历程。

---

① 陈献章集[M]. 北京：中华书局，1987：919.
② 《诗教解原序》//《陈献章集》，699 页。
③ 《重刻诗教解序》//《陈献章集》，700 页。

"白沙之学"被称为"自然之学"或"自得之学"，黄宗羲说："先生学宗自然，而要归于自得。自得故资深逢源，与鸢鱼同一活泼，而还以握造化之枢机，可谓独开门户，超然不凡"①。

白沙自述，"此学以自然为宗者也"，"自然之乐，乃真乐也。宇宙间复有何事？故曰，虽之夷狄，不可弃也"②。又言及弟子张廷实之为人为学："以自然为宗，以忘己为大，以无欲为至，即心观妙，以揆圣人之用。其观于天地日月晦明，山川流峙，四时所以运行，万物所以化生，无非在我之极，而思握其枢机，端其衔绥，行乎日用事物之中，以与之无穷"③。

这显然也是白沙为人为学的自我解说，他把此种"自然之学"或"自得之学"，明确地归结为"心学"，并且说"为学当求诸心得。所谓虚明静一者为之主，徐取古人紧要文字读之，庶能有所契合，不为影响依附，以陷于徇外自欺之弊，此心学法门也"④。

白沙"自然之学"在当时就引来了不同方向的诠释与"修正"⑤，评价也趋向两端。

一者认为，"有明之学，至白沙始入精微"⑥，陈献章是走出教科书式的理学偏执的第一人，使儒学重新获得了它本该有的生机和活力。

一者认为，白沙之学是"伪学"，他把庄禅的虚无寂静之想纳入了儒学正轨，并且迷失在这种无所指归和难以范围的禅悦之思中。夏尚朴《东岩集》谓"白沙之学近禅"，将晚明精神上的"窳败"归结于白沙，说"近世论学，直欲取足吾心之良知，而谓诵习讲说为支离，率意径行，指

---

① 辑黄宗羲《明儒学案师说陈白沙案语》//《陈献章集》864 页。
② 《陈献章集》，192 页。
③ 《陈献章集》，12 页。
④ 《陈献章集》，68 页。
⑤ 白沙的两大及门弟子湛若水、张廷实，便代表着两种不同的诠释方向。前者极力把白沙之学纳入淑世的范围，以为有益于名理纲常；后者则有意无意地彰显了白沙学术与人生历程中的神秘主义色彩。
⑥ 辑《明儒学案白沙学案案语》//《陈献章集》，867 页。

凡发于粗心浮气者，皆为良知之本然。其说蔓延，已为天下害。揆厥所由，盖由白沙之说倡之耳"①。

调和两者的"持平"说法并没有增加有力的洞察和解释："近世道学之昌，白沙不为无力；而学术之误，亦恐自白沙始"②。黄宗羲虽然能够通达地看待白沙之学与正统理学的疑似仿佛，却仍不免遗憾："先生识趣近濂溪，而穷理不逮；学术类康节，而受用太早。质之圣门，难免欲速见小之病者也"③。

"白沙之学"究竟是否属于理学，以及晚明的"天崩地坼"是否与"白沙之学"有某种关联，不是一个可以简单澄清和解决的问题，不仅涉及对于难言客观的历史的描述与观察，甚至也涉及更加无法统一的价值判断。

兹事体大，不敢轻易置喙。

我们能够知道的是，在白沙生活的年代，程朱理学已然是人人居之不疑的官方哲学，甚至成了士子们的功名之学，不仅要以之安顿心灵，而且要以之安身立命，谋求衣食之资。白沙本人也并非一开始就以"自然""自得"作为旗帜来标举的，虽然他的祖父"不省世事，好读老氏书，尝慕陈希夷之为人"④，白沙本人也天资卓异，警悟绝人，"世网不足以羁之"。但这并不影响白沙按照士子们通常的进身途径读书进学求功名，以程朱之是非为是非，以程朱之主张为服膺。

白沙二十岁乡试第九，次年入京会试，仅中副榜，留国子监。二十四岁时再考，名落孙山，于是南归回到江门。景泰五年（1454年）往临川从吴康斋学，开始"道问学"的生涯，他自己回忆说："予少无师友，学不得其方，汩没于声利，支离于秕糠者，盖久矣。年几三十，始尽弃举子业，从吴聘君游，然后益叹迷途其未远，觉今是而昨非，取向所汩没而支离

---

① ［清］黄宗羲. 明儒学案：卷四［M］. 北京：中华书局，2008.
② 《明儒学案·白沙学案》。
③ 《明儒学案师说陈白沙案语》//《明儒学案》。
④ 《白沙先生行状》//《陈献章集》，868页。

者，洗之以长风，荡之以大波，惴惴焉，惟恐其苗之复长也"①。此次求学，虽有所获，但并未解决白沙精神上的根本困惑，即没有找到足以让他从此"心安理得"的思想支点。

白沙生而羸弱，父亲早逝，由寡母只手养育，自称"无岁不病，至于九岁，以乳代哺"②。单亲家庭、多病的童年，极容易培养出一个人柔弱敏感的气质、清纯细腻的心性和沉静多思耽于梦幻的品格。

白沙对寡母深情到依恋的程度，虽然包含了对"孝"作为伦理本源的自律，但其心理依据却是白沙对亲情的不免病态的眷顾，以至五十六岁受举荐入朝求官时，仍然以母亲作为自己行止出处的最动人的理由："臣母二十四而寡居，臣遗腹子也"，"非母之仁，臣委于沟壑久矣。臣生五十六年，臣母七十有九，视臣之衰如在襁褓。天下母子之爱虽一，未有如臣母忧臣之至，念臣之深也"，"顾臣母以贫贱早寡，俯仰无聊，殷忧成疾，老而弥剧，使臣远客异乡，臣母之忧臣日甚，愈忧愈病，愈病愈忧，忧病相仍，理难长久。臣又以病躯忧老母，年未暮而气已衰，心有为而力不逮，虽欲效分寸于旦夕，岂复有所措哉。臣所以日夜忧惫欲处而未能者，又以此也"③。

与白沙的"孝心"相对，白沙的母亲对白沙也宠爱到"专制"的程度，常常须白沙陪伴方能进食就餐，否则食之无味或干脆不进食；老夫人信佛，遇事必做祈祷，白沙陪伴，朝朝夕夕，母爱子慕。

这里当然用不着做更多心理学上的解释，但大体上可以肯定，白沙是一个在"性""情"中讨生活，而不是在经国济世的大道理大功利中讨生活，以至可以舍"生"忘"死"的人，尽管他不遗世务，留意士风，关心生民，面对曾经见证南宋最后覆灭的崖山遗迹，甚至含泪表达过有些感伤

---

① 《龙冈书院记》//《陈献章集》，34 页。

② 《乞终养疏》//《陈献章集》，2 页。

③ 《乞终养疏》//《陈献章集》，2、3 页。

的慷慨情怀。

他所要寻找的思想，显然是必须吻合他的气质与性情，并为服从这种气质与性情提供精神支撑的思想。因此，吴康斋虽然"尊师道，勇担荷，不屈不挠，如立千仞之壁，盖一代人豪"，吴康斋之学虽然"由濂、洛、关、闽以上达洙泗"①，但白沙发愤从学，"仍未知入处"②。他不得不"归白沙，杜门不出，专求所以用力之方"，开始了十年自残式的苦读，"坐小庐山十余年间，履足不逾于户阈"，"既无师友指引，惟日靠书册寻之，忘寝忘食，如是者亦累年，而卒未得焉。所谓未得，谓吾此心与此理未有凑泊吻合处也。于是舍彼之繁，求吾之约，惟在静坐，久之，然后见吾此心之体隐然呈露，常若有物。日用间种种应酬，随吾所欲，如马之御衔勒也。体认物理，稽诸圣训，各有头绪来历，如水之有源委也。于是涣然自信曰：作圣之功，其在兹乎。有学于仆者，辄教之静坐，盖以吾所经历粗有实效者告之，非务为高虚以误人也"③。

通过"忘寝忘食"面对"书册"，并没有找到"此心"与"此理"的"凑泊吻合"，终于"舍繁求简""惟在静坐"，反而"心体呈露"，精神洞达，然后"涣然自信"。

白沙由"迷"转"悟"的过程，在今天看来，有点匪夷所思，其实质却也不难理会，关键在于如何在现实和内心两方面获得价值取向的转移，"方法"的得当与否，是伴随着价值转移而发生而确定的。

从白沙求功名、求学、求自我安顿的历程看，首先，白沙必须解决他放弃社会事功或者说他在名利场中失败后的心理创伤与郁结，解决情绪上的紧张与惶惑④；其次，当他不再通过社会的主流途径去获得自我实现

---

① 《陈献章集》，70 页。

② 《陈献章集》，145 页。

③ 《陈献章集》，145 页。

④ 成化五年（1469 年），白沙应试再次下第，传说是被人做了手脚，而白沙也大笑置之。但有人说"他人戚戚太低，先生大笑太高"，白沙无以言对。看得出大笑背后的苦衷。

时，如何为自己相对独立的精神与灵魂寻找到可以安顿、可以停泊、可以泰然处之的价值依据；再者，当理学家已经把"修身、齐家、治国、平天下"的每一种途径与可能，都设计得无可置疑时，思想如何获得它原本应该具有的创造性与至少能够满足自我心性的愉悦？践履如何获得自我认同的真实性、具体性？

所谓"自然""自得"之学，正是成长于上述源于现实也源于内心的困惑、缺乏与渴望之上，首先就在于白沙面对现实的价值调整。

根据白沙自己的表述和同时代人的讲疏，"自然""自得"两个概念几乎可以置换，按我们今天的分辨，"自然"更像一种状态，"自得"则更像是获得这种状态的过程。白沙说："士从事于学，功深力到，华落实存，乃浩然自得，则不知天地之为大，死生之为变，而况于富贵贫贱、功利得丧、屈信予夺哉？"[1]"自得者，不累于外物，不累于耳目，不累于造次颠沛，鸢飞鱼跃，其机在我"，"夫学贵自得也，自得之后然后博之以典籍，则典籍之言我之言也"[2]，"往古来今几圣贤，都从心上契心传"[3]。

简单地说，"白沙之学"就是伴随现实取向的转移，放弃学术的功利指向，进而解除功利指向导致的精神遮蔽[4]，回到内心，回到"本真"自我，回到理论的开端，回到生命的原初。在这里，社会性的热情、世俗的纷扰、知识的累赘、理论的迷障，哗然崩解，生命通过诉诸内心的解构与修为，获得自由与超越，获得真实性与生气。所谓"华落实存""鸢飞鱼跃""浩然自得""其机在我"，指示的都是一种面向自我的收敛与回归，或者从另一种意义说就是内心的放达与自我的解放。

---

① 《陈献章集》，8 页。
② 《陈献章集》，879 页。
③ 《陈献章集》，881 页。
④ 在《东晓序》中，白沙以房屋的敞亮与荫蔽为喻，说明欲望对人的控制与遮蔽如同不见天日，曰"耳之蔽声，目之蔽色，蔽口鼻以安佚，一掬之力不胜群蔽，则其去禽兽不远矣"。

（二）"自然"的与"人文"的

"自然"最初是作为一个本体论概念出现的。

《老子》曰："人法地，地法天，天法道，道法自然。""道之尊，德之贵，夫莫之命而常自然"。这里的"自然"，既是与"道"合一或等同于"道"甚至高于"道"的普遍本体，又指与"人为""人文"相对的本然存在或本真状态。

魏晋时期，"越名教而任自然"中的"自然"，则更加深入生命之境，具有更多人文色彩。王弼说："万物以自然为性，故可因而不可为也，可通而不可执也"，"圣人达自然之性，畅万物之情，故因而不为，顺而不施"[①]。由定义一种客观的外在状态，到定义一种内在的心性状态，"自然"贯通了儒、道两家。发展至宋明时代的哲学，"自然"作为一个越来越具有解释力和覆盖性的概念，则已然融会圆洽，无所暌隔，成为中国古代思想中最核心、最根本的理念，指称一种认识，一种信仰，一种生活方式，一种近乎极致的物质与精神状态，一种至高无上的评价与规范，一种"始因"。

在儒家，"自然"也不再是动不动要上溯到"三代"甚至比"三代"更远的"大朴未亏"的"洪荒之世"的前人类状态，而可以置于眼下当前、举手投足之间，诉诸个人。饱则安寝，饥则求食，物全理顺，莫不自得，仁义发于情性，情性本乎天理，天理即"自然"，"自然"即"诚"。"自然"于是成了最高的人性、最高的伦理。

如此，人世间的事理也纳入了自然法则，生活在人间，从事人间事务，同样可以实现"自然"、拥有"自然"，"自然"原则最终是一种人文原则，"自然"原则最终指向人文原则，或者说，"自然"原则的达成，也就

---

① ［魏］王弼. 王弼集［M］. 郑州：河南大学出版社，2018：77.

是人文世界的化成。

白沙作为儒者而以"自然"为指归，除了希望以此矫正儒学逐渐堕落为功名利禄之学外①，实际上也是从另一个方向对儒家性理之学的皈依张扬，孔子有"春风沂水"的"自然"之想，颜子有"箪食瓢饮"之乐，孟子倡言"君子深造之以道，欲其自得"，邵子的"安乐"，濂溪的"光风霁月"，都指向一种内在自我的充足宁静之境，无与乎世俗是非与爵禄。

白沙沿此径路，通过"静坐"的方式去实现"自得"与"自然"，以期首先达到自我平衡与自我解放。

很显然，达到"咸率乎自然"的境界，并且真正拥有"自然之乐"，首先就需要对于"心本体"的清理，必须"去蔽"，不仅在认识论上而且在价值论上"去蔽"，方可以确立"与天地万物同体"的主体自我，方可能有"自在"的"心境界"。

与此相应，与自然合一的"心境界"的获得，又以主体在价值论上的归结和认同为前提。

对于白沙来说，从习举子业到"道问学"，都未获得自我的挺立，相反沉溺不返，几乎淹没。当他在价值清理与转移的基础上舍繁取约、幡然醒悟，"静坐"然后"自得"时，他欣慨于心，对自己开始有了信任感，即主体和它的价值取向达到了统一。

白沙反复强调"虚明静一""致虚立本""从静中养出端倪"，正是要求通过"虚""静"达到主体的敞开，使自我拥有一种开放的感受状态，而对于此种要求与状态的描述则不免充满神秘主义色彩：

> 夫养善端于静坐，而求义理于书册，则书册有时而可废，善端不可不涵养也，其理一耳。斯理也，识时者信之，不识时者弗

---

① 不只一种传记材料记载，白沙在京中接受问学，白沙说"我无以教人，但令学者看'与点'一章。"人引朱子语录说"专理会'与点'意思，恐入于禅"。白沙说："此一时也，彼一时也。朱子时，人多流于异学，故依此救之。今人溺于利禄之学深矣，必知此意，然后有进步处耳。"。

信也。为己者用之，非为己者弗用也。诗、文章、末习、著述等路头，一齐塞断，一齐扫去，毋令半点芥蒂于我胸中，夫然后善端可养，静可能也。终始一意，不厌不倦，优游厌饫，勿忘勿助，气象将日进，造诣将日深。所谓"至近而神""百姓日用而不知"者，始自此进出体面来也。到此境界，愈闻则愈大，愈定则愈明，愈逸则愈得，愈易则愈长。存存默默，不离顷刻，亦不著一物，亦不舍一物，无有内外，无有大小，无有隐显，无有粗精，一以贯之矣，此之谓自得。①

义理之融液，未易言也；操存之洒落，未易言也。夫动，已形者也，形斯实矣。其未形者，虚而已。虚其本也，致虚之所以立本也。②

古之善学者，常令此心在无物处，便运用得转耳。学者以自然为宗，不可不著意理会。③

以上言论所描述的有点玄妙的"自得"过程，我们暂不理会。从根本处看，所谓"养善端于静坐""致虚立本""常令此心在无物处"等，就是从外骛到内求，从"为人"到"为己"，从"有我"到"无我"，从"循迹"到"循心"，再从"循迹""循心"到"任迹而无心"④，所谓"天地心普万物而无心""无心即天机"⑤。

这是一个不断舍弃放下、不断解除依附执迷的过程，以"负"的方法、"减"的方法，达到精神的增长、心灵的扩张与生命的还原。由"静坐"而"自得"，由"自得"而至于"自然"，胸中无半点芥蒂，终始一意，不厌不

---

① 《陈献章集》，975 页。

② 《陈献章集》，131 页。

③ 《陈献章集》，192 页。

④ 《陈献章集》，976 页。

⑤ 《白沙子古诗教解》下卷//《陈献章集》，767 页。

倦，勿忘勿助，这有点类似庄子"吾丧我"和佛家"大我"的意思，与其说是一种理论，还不如说是一种修养和通过修养达到的可以意会而不可言传的境界。

　　此种修养带来的是身心交泰、形神兼济而不只是单方面或道德或身体的修为，而是通过认知调控心理和情绪，使之宁静纯一，由心理和情绪的宁静纯一达到精神"去蔽"。精神"去蔽"便可与"自然"的任何方面的信息气息形成感应交流，然后出神入化，人本身就成为"自然"或者说分解在"自然"中，"不着一物亦不舍一物"。世界恢复成为一个混沌的生机勃勃的整体，主体融会在这一不能分解也无须分解的整体当中，故"无有内外，无有大小，无有隐显，无有粗精"，故"天地我立，万化我出，而宇宙在我"。一切都充满神秘而唯美的气息，在思维上是畅通无阻，在精神上是海阔天空，在价值上是圆融通达，逻辑的与现实的固执，全然解除，直觉开放。

　　此时此刻、此情此境，是理性世界的终点，又是更高的理性世界的起点，是一个无方所的方所，无归宿的归宿，一切可以由此出发，一切可以由此归结，成圣成凡，纯任天然。

　　走向自我获得的过程，是纯粹私人化的，诉诸个人隐秘的体验和参悟，"心可得而拟，口不可得而言"①。

　　黄宗羲不能体会白沙所谓"此心之体隐然呈露，常若有物"，究竟是一种什么情景。其实，在今天看来，这与某种程度的气功状态是一致的（在《与伍光宇书》中，白沙曾述及自己"百病交攻"时学习"以心御气之术"，获得很好的效果）。克雷奇在《心理学纲要》中曾以"集中性的沉思"与"敞开的沉思"为题阐述过这种状态，他把它作为一种神秘的东方技术来诠释，认为主要是精神导引带来了身体内部的调整，以至进入某种幻觉的体验。

―――――――――

① 《陈献章集》，864 页。

　　但是，仅作生理与心理的分析，似乎无法解释清楚它对于中国古代思想与思想家的深远影响和巨大诱惑. 中国思想家常常以之为一种思想的乃至价值的归宿，而不仅是带来身体安逸的养生术；以之为精神的解脱、解放与重大的超越，而不只是心理的愉悦与健康。它意味着认知、情感乃至价值判断的某种重大调整与变迁，意味着身内身外的世界由此走向自在、自足、自由与安详，一种接近审美的心醉神迷的状态，与"心无本体，工夫所至，即是本体"①的说法相一致，只是在这里，"工夫"是内在的心性的，而不是外在的实践的。

（三）"自然"的三重境界

　　以宁静淡泊作为理论指归的人，常常是内心敏感而热烈的人。

　　白沙对"自得""自然"之学的发明，正可以疗治他"淑世不遂"带来的心理郁结与精神衰弊，平衡心性高迈而体质懦弱的矛盾。

　　只有当世俗的热衷与社会性热情逐渐解除，才可以"或浩歌长林，或孤啸绝岛，或弄艇投竿于溪涯海曲"②，才可能"优游自足无外慕，嗒然若忘，在身忘身，在事忘事，在家忘家，在天下忘天下"③，面对世界的繁复与纷扰，用审美态度取代现实态度，自我还原到造化的自然流转中。

　　白沙视文辞为秕糠，声称"只对青山不著书"④，却写诗成癖，欲罢不能，其人生践履、思想境界，主要以诗的方式获得言说与呈现，"先生心学之所流注，在诗文"，"著作之意寓于诗"，"道德之精，必于诗焉发之"⑤。

---

① 黄宗羲《明儒学案序》。

② 张诩《白沙先生墓表》。

③ 《陈献章集》，16 页。

④ 《白沙先生行状》//《陈献章集》，880 页。

⑤ 湛若水《白沙子古诗教解原序》。

他的诗是对他的"自然之学"的最好诠释。

"自然"对于白沙来说，至少有三重含义。显然，这三重含义大体上也是"自然"作为一个重要概念贯彻于全部思想史的：

首先，天理"自然"，"自然"意味着最高的本体和价值渊薮，是永恒的召唤，是如同"青天白日""大冬严雪"般的"真"的所在。

其次，"天下未有不本于自然，而徒以其智收显名于当年、精光射来世者也"[1]，"夫子道本乎自然，故与百姓同其日用，与鬼神同其幽，与天地同其运，与万物同其流，会而通之，生生化化之妙，皆吾一体，充塞流行于无穷，有握其机而行其所无事焉耳矣。惟夫子学本乎中正，中正故自然，自然故有诚，有诚故动物"[2]。这里的"自然"是"仁者以天地万物为一体"的生命境界，即沟通天人、包容人我的"善"（伦理）的境界。

再次，"自然"就是最高的审美境界和最高的美之所在，所谓"花发水流，无非道之形"，"山峙水流，无非至道"[3]。

不论是在白沙的视野中，还是在思想史的主要篇章中，"自然"的三层含义往往是互相包裹着的，而且以三者的原初和谐为根本诉求。不论是对于"人"来说，还是对于"文"来说，它们的分离和单方面膨胀，都是不能忍受的，都意味着某种失败。

湛若水《重刻白沙先生全集序》对"自然"作为生命境界、道德境界与审美境界的浑然一体做了揭示："白沙先生之诗文，其自然之发乎？自然之蕴，其淳和之心乎？其仁义忠信之心乎？夫忠信、仁义、淳和之心，是谓自然也。……盖其自然之文言，生于自然之心胸；自然之心胸，生于自然之学术；自然之学术，在于勿忘勿助之间，如日月之照，如云之行，如水之流，如天苞之发，红者自红，白者自白，形者自形，色者自色，孰安排是，孰作为是，是谓自然。"

---

① 《陈献章集》，71 页。

② 湛若水《白沙先生改葬墓碑铭》。

③ 《陈献章集》，765 页。

在湛氏看来，白沙与白沙之学，集"自然"的三重含义与三种境界于一身。或者说，"自然"之于白沙就如同与生俱来，不可分解，"自然"而"自得"，"自得"而"自然"，自然与自我互构互动，互相激发又互相牵引，共同到达旺盛、饱满。"自然"既是一种道德状态，又是一种美感状态，生命"自然"与审美"自然"互为前提。

因此，对于白沙来说，或者说对于所有与白沙类似的思想者来说，"自得""自然"之学的提出，不只是求"真"、求"知"的结果，也是他求"善"、求"美"、求"道"的结果；不只是有关思想出处的安排，也是人生出处的安排。而审美"自然"，不仅安顿了尘嚣中的生命，也为审美之学提供了目标和消除异化的方向。

"自然之学"是白沙构造并自安于其审美乌托邦的哲学基础，在一种更通达的视野中，"自然之学"就是审美之学，它表征着白沙对作为世俗生活中心的功利世界的有限撤退与生命力的转移。而且，完全不必把这种取向归结为庄学与禅学，它远不具备那样反现实、反社会、反生命的色彩，而更像是对现实、对社会特别是对生命的更殷勤、更恰当的关注与呵护。通过审美的方式实现自由与超越，获得生命的真实性与生气，在白沙的时代语境中是一种具有可行性的和相对自主性的选择。

以"自然"作为审美之维，首先意味着一种审美创造的标准："古文字好者，都不见安排之迹，一似信口说出，自然妙也"①，"大抵诗贵平易，洞达自然，含蓄不露，不以用意装缀，藏形伏影，如世间一种商度隐语，使人不可摸索为工"②，"言，心之声也。形交乎物，动乎中，喜怒生焉，于是乎形之声，或疾或徐，或洪或微，或为云飞，或为川驰。声之不一，情之变也，率吾情盎然出之，无适不可。有意乎人之赞毁，则《子虚》《长杨》，饰巧夸富，媚人耳目，若俳优然，非诗之教也"③。

---

① 《陈献章集》，163 页。
② 《批答张廷实诗笺》//《陈献章集》，74 页。
③ 《认真子诗集序》//《陈献章集》，5 页。

平易，含蓄，不装缀，不饰巧夸富，无意于人之赞毁，率情而出，这是白沙交代出的诗教的基本要素。

《夕惕斋诗集后序》《认真子诗集序》是白沙的诗学纲领，所有的主张都指归于"自然"："受朴于天，勿凿以人；禀和于生，弗淫以习。故七情之发，发而为诗，虽匹夫匹妇，胸中自有全经。此风、雅之渊源也。而诗家者流，矜奇眩能，迷失本真，乃至旬锻月炼，以求知于世，尚可谓之诗乎？晋魏以降，古诗变为近体，作者莫盛于唐。然已恨其拘于声律、工对偶，穷年卒岁，为江山草木、云烟鱼鸟粉饰文貌，盖亦无补于世焉。若李杜者，雄峙其间，号称大家，然语其至则未也。先儒君子类以小技目之，然非诗之病也。彼用之而小，此用之而大，存乎人。天道不言，四时行，百物生，焉往而非诗之妙用？会而通之，一真自如。故能枢机造化，开阖万象，不离乎人伦日用而见鸢飞鱼跃之机。若是者，可以辅相皇极，可以左右六经，而教无穷。小技云乎哉？""诗之发，率情为之，是亦不可苟也已，不可伪也已。"①。

诗的极致，诗的本原，就是不作伪、不苟且的浑朴自然的呈露，诗就是抵达造化"初衷"的"自然"，包括自然而然的人伦日用，包括"鸢飞鱼跃""四时百物"，在"天何言哉"的状态里呈露。如是，可以"左右六经"，可以"辅相皇极"。

也只有在这种状态下，诗才不会沦为炫饰的小技。

对"自然"的强调，保证了在处于理性化的思想与理智化的功利考量包围中，人的感性发育所需要的充足性和全面性，而充足的感性特征正是审美的前提。同时，"自然"所包含的超越性要求又契合审美对自由与无限的要求。

降低到物欲、肉欲的感官化及功利性，与超越到宗教神学的感性取消，都不是审美所能接纳的。正是在这一点上，"自然"作为诗学维度，

---

① 《陈献章集》，10 页。

体现了将理性与感性、肉体与精神、存在与超越、有限与无限相统一的审美品质。

与此相一致，"自然""自得"的心性状态，是一种与审美要求相一致的状态，"排除各种知性概念，虚以待物，破除自我中心，以物观物而不要以人观物"。内心虚静，直觉开放，一切以自己的性情做主，审美书写成了一种开放的自我书写，审美趣味泛化为人生趣味："吾书每于动上求静，放而不放，留而不留，此吾所以妙于动也。得志弗惊，厄而不忧，此吾所以保乎静也。法而不囿，肆而不流，拙而愈巧，刚而能柔。形立而势奔焉，意足而奇溢焉"①，"作诗当以雅健第一，忌俗与弱。""若论道理——须将道理就自己性情上发出，不可作议论说去，离了诗之本体，便是宋头巾也"②。

当"诗性"与"人性"相混合，审美创造便可能得心应手，"得其圜中"而不自觉，技术、非美感的议论，都将随性情而动，随性情而妍媸。

（四）"自然"及其反动

作为一种事关性理的写作，白沙自己的诗，难免说理尚意，有宋诗的特征，但白沙对宋诗的"头巾气"有清醒的警觉和批判，因为说理尚意完全不合"自然之学"的旨趣。

在一种绝对的"自然"要求下，言辞、著述，甚至审美创造本身，也是一件需要看管乃至取消的"玩物丧志"之事，大诗是天地，"圣人与天本无作，六经之言天注脚"③。人因循、生化于天地，就有自由自得，就是完满自足的。

此时，审美创造反而可能是矫情多余的举动，越是刻意地追求，越是

---

① 《书法》//《陈献章集》，80页。
② 《次王半山韵诗跋》//《陈献章集》，72页。
③ 《题梁先生芸阁》//《陈献章集》。

失算，所谓"诗之工，诗之衰也"，"六经一糟粕"，"辞愈多而道愈窒"①。

高明的生命境界与审美境界是无迹可求的，而"诗"是"迹"，甚至"经"也是"迹"："此心此理之微，生生化化之妙，物引而道存，言近而旨远，自非澄心默识，超然于意象之表，未易渊通而豁解也"②。

白沙的仰慕者，因为不懂得这一点而常常敦促白沙著述，白沙只能无以言对③。

其实，白沙的"自然之学"，原本就是一种体验之学、涵茹之学，与理性化、逻辑化的理论表达是对立的。即使是他有限而节制的诗歌创作④，在某种意义上，也是对他的"自然之学"的反动。他的言说是悖论式的言说，本身就是困境。正像他一方面强调生命的自然须放弃人为、放弃理智，去获得一种"植物性"，因为"造化一场变化"，"大块无心，物自来去，何足留情"⑤，人实在是沧海滴水，不能不委运随化；一方面又深深懂得，浮屠犹以"到彼岸为标准"，道学中人"耻为一身计，痴拥万年情"⑥，不可不自我挺立，成就圣贤事业。否则，"与虫蚁并活而已"，"人具七尺之躯，除了此心此理，便无可贵，浑是一包脓血裹一大块骨头。饥能食，渴能饮，能著衣服，能行淫欲"⑦，禽兽而已。

20世纪的废名正有类似的感慨，他说："人之情总在人间。无论艺术与宗教，其范围可以超人，其命脉正是人之所以为人也。否则宇宙一

① 《陈献章集》，131、20页。
② 《白沙子古诗教解序》。
③ 白沙《刘进盛书来，劝著述，用旧韵答之》曰："一入商量便作疑，可堪垂老更求知。追陪水月惟须酒，管勾风花却要诗。"对著述的事似乎是顾左右而言他。他在《道学传序》还表达过对说"焚书一遭"者的"了解之同情"。
④ 白沙《杂诗序》云："自成化辛卯秋九月以来绝不作诗，值兴动辄遇之"，但有时候"情危境逼，因缘成声"。
⑤ 《陈献章集》，180页。
⑥ 《遇雨诗》//《陈献章集》，850页。
⑦ 《禽兽说》//《陈献章集》，61页。

冥顽耳”①。

言说与反言说，“自然”与“作为”，这是中国思想史中的绝大命题，困扰和成就了无数思想者。用言说的方式(包括以诗来言说)表达不言说与不可言说的渊默，用不言说的方式表达一种“言说”；以“自然”为归依设计“作为”，以“作为”凸显与表征“自然”，这既枘凿，又充满张力。它可以导致无所作为，也可以导致无限作为，而落实为具体的人生和审美创造，则构成大千世界，无数风光。

在古典的小农经济时代，拥有田园牧歌式的生活条件，人生的审美化与审美的自然化常常是一个被不断重复书写的主题，它们以及与它们相关的理念、愿望、冲动、践履构成了一种话语和话语方式，表征着那个时代和那种生活的精神高度、可能性与诗意，为我们留下了可以深入未来的思想资源与审美资源，它们所照示的境界甚至将成为我们永恒的乡愁与相思之地。

白沙的“自然之学”正是此中的华彩篇章，充满了沉默的智者意味，又充满审美者的温柔明媚，非常人性化，也非常温暖。它所显示的既建构又解构、既谨严又烂漫的品质，可以为任何一种人生的审美的乃至理论的设计提供帮助。而白沙本人好诗酒，喜欢花草，留意“边缘而琐屑”的事物与情感，惯于沉溺梦乡②，甚至有点反智，有点神神道道③。他晚年对衡山异常向往，说“老脚一登祝融峰，不复下矣”④，像宗教冲动，更像是抑制不住的审美冲动。

他的“自然之学”与其说是一种思想的创发，不如说是一种人生的真

---

① 废名文集[M]. 北京：东方出版社，2000：132.

② 白沙有很多诗纪梦，梦友人、梦先贤、梦名山乃至梦幻化，相信“梦亦是真”。何建南《白沙子与中国术数文化》一文有详述，见《陈献章研究论文集》(长沙：湖南大学出版社，2001)。

③ 白沙诗文中屡屡露出神秘主义的蒙昧倾向，张诩作《白沙先生行状》也附会了不少寄托神圣、归结不朽的灵异之说。

④ 《陈献章集》，193 页。

实的践履，一种让人心仪的人格风度，一种价值归依。

这种践履、人格风度与价值归依的展开，意味着多少消解了世俗生存的依附和拘束，同时也消解了生命的广大和凝重；意味着自我解放，也意味着自我收缩乃至自我取消；扩张了审美，也限定乃至固化了审美的路径。

"自然"同时可以向着反面的方向延伸。最高的"自由自在"，对应着最大的"自觉自为"。"自然"的极致，无法规避的一种可能常常是"自然"的斲丧和反动。而在"道学"特定的旗帜与目标下，所谓"风流"，也终究难免可能是戴着枷锁的舞蹈。

第二章

元声元气与清洁的诗史——从诗学读懂王船山

遭逢"天倾地坼"的易代变故，明清之际的王夫之①是从整体意识形态的高度来审视诗歌与诗史的，因此，对于历代诗歌，多所检讨和批判，他召唤英雄主体，召唤元气淋漓的诗歌写作，以便拯衰救弊，再造华夏文明。

然而，热切的社会关怀和紧迫的当局感，对于主体的苛刻打量，对于艺术情感的夸张诉求，并不一定有助于诗性的孕育与理性的澄明，有时甚至相反。

《中国诗史》的作者陆侃如、冯沅君曾说："在中国古代哲学家中，只有三个人是真能懂得文学的，一是孔丘、一是朱熹、一是王夫之，他们说话不多，句句中肯。"陆氏与冯氏所概括的事实，非常宏阔，所论高屋建瓴。

自然，并不是说，对此可以无所置辩，譬如，说王夫之关于"文学"的言论"句句中肯"，就未必确切；说他关于诗歌"说话不多"，也不准确。船山关于诗的著述，卷帙浩繁；而他"句句中肯"的主张和议论，则只有

---

① 王夫之，1619—1692，讳夫之，字而农，号薑斋，又署卖薑翁、壶道人、夕堂、双髻外史、梼杌外史、一瓠道人、南岳遗老、续梦庵柴人、七十二峰七十二叟、大明典客、船山老人、船山病叟等，世称船山先生。

基于他本人特定的诗学立场才可以成立，离开他本人与诗学有关的思想逻辑和历史逻辑，其所论则"罅隙"甚多。在今天看来，甚至不免有迂阔的"道学"之嫌。

总体言之，王夫之确实是"真能懂得文学"的。而且，他所显示的，绝不是一般文人士大夫所具有的胸襟和手眼。在此种胸襟手眼之下，王夫之不仅把明代的大部分文人墨客，还把我们今天仍然视为大家的杜甫、孟郊、韩愈、白乐天、苏轼等人的创作所体现的某些精神气质与审美风度，批评得"痛快淋漓"，这很让一些拥戴他们的学者不安，大惑不解之外，甚至不惜著文责怪船山悖于情理的偏激①。

与此同时，有大量著述，高度评价船山的美学思想和他在诗学理论上的创获，谈得最充分的是船山对"情""景"、"情""理"关系的辩证把握，对审美意象的分解，对"兴、观、群、怨"诗学观的创造性诠释，还有船山对于"现量""取势""取影"等概念的改造与厘定。

在无法否定船山美学与诗学的杰出贡献的同时，研究者似乎有意无意地回避了船山对历代诗人的苛刻批评，这种批评不论是用古典的还是现代的审美标准来看，都不尽合理，有的不免违背"文学"常识。而且，这种批评显然不可能与他富有创造性的美学与诗学理论无关。

那么，除了某种可以理解的意气使然之外，是什么原因使得船山超越或者说背离了"文学"判断的常识呢？

事实上，研究者对此的回避，不止出于呵护圣贤的下意识策略，也缘于船山思想本身。

按照船山的诗学理想，他对于诗史的苛评，完全是这种理想支配下的自然而然的结果，可以自圆其说。按照其自身的思想逻辑合理地解说他或肯定或否定的历史与审美判断，原本正是研究者真正重要的使命。

---

① 船山对于诗史的酷苛评论，包括对于杜甫的批判，引来的批评文字很多，郭瑞林《千古少有的偏见——王夫之眼中的杜甫其人其诗》[湘潭师范学院学报(社会科学版)，2000(4)：82-87]，以不让于船山的愤激口吻对船山的"偏见"进行了批驳，算是具有代表性的一篇。

而更加充满诱惑力的是，从对于船山诗学立场与诗学思想的诠释中，我们可以洞察到古典诗学与美学中，存在着一种并不陌生的中国式的"英雄主义"理念，这种理念及其所隐含的思维方式，有着深远广大的文化与精神背景，甚至以或隐或显的方式与面貌，延伸到了中国近现代的诗学选择之中。

（一）从"元声"到"霸气"

整个明代诗歌创作，船山最不屑的是所谓"竟陵派"领袖钟惺、谭友夏，其中，对钟惺毫无保留地指斥，对谭友夏则保留了同情的理解，他说："人自有幸不幸，如友夏者，心志才力所及，亦不过为经生、为浪子而已，偶然吟咏，或得慧句，大略于贾岛、陈师道法中依附光影，初亦何敢以易天下，古今初学诗人，如此者亦车载斗量，不足为功罪也，无端被一时经生浪子，挟庸下之姿，妄篡风雅，喜其近己，翕然宗之，因昧其本志而执牛耳，正如更始称尊，冠冕峨然，而心怀扭促，谅之者亦不能为之恕已。"[1]

对"竟陵派"的批判，表明了船山对诗歌创作者的创作天资和才能的推崇。在船山看来，"竟陵派"之不成样子，最直接的原因是他们根本不具备大方之家的才具，强立山头，婢学夫人，装腔作势而已。"诗不以学"而"别有风旨，不可以典册、简牍、训诂之学与焉也"[2]。而且，即使有才具，也很容易为"名利"所葬送："弇州以诗求名，友夏以诗求利，受天虽丰，且或夺之，而况其本啬乎！"[3]"竟陵派"的失败正是源于"受天"不丰又误入歧途。

依照船山的观点，最宏量大度的诗属于"元声元韵"，即保持了生猛

---

① 《明诗评选》卷七"评谭元春安庆"。
② 《诗绎》。
③ 《明诗评选》卷六"评袁宏道《和萃芳馆主人鲁印山韵》"。

蓬勃之气、未曾分解破裂的生命元声,除了无法避免的时间因素,对于生命中原生浑厚的诗性构成不能挽回的淘涮剥蚀外,最明显的破坏性因素大约有两端,一端是功利主义的围剿,所谓"名利热中,神不清,气不昌,莫能引心气以入理而快出之","汉晋以上,惟不以文字为仕进之羔雉,故名随所至,而卓然为一家言。隋唐以诗赋取士,文场之赋无一传者,……燕、许、高、岑、李、杜、储、王所传诗,皆仕宦后所作,阅物多,得景大,取精宏,寄意远,自非局促名场者所及。"①

　　具有破坏性的另一端是创作上的过分"自觉",即刻意地以某一种程式和技术作为僵硬的指导原则,以至走向反动。船山曾直截了当地指出,有《诗式》而诗亡,有"八大家文"的范本而文丧,他甚至具体说"五言之敝,始于沈约,约偶得声韵之小数,图度予雄,奉为拱璧,而牵附比偶,以成偷弱、汗漫之两病",以致后来者"强砌古事,全无伦脊",成为"猥媟亡度之淫词"②。

　　在船山看来,声律对于古诗并不是绝对的、唯一的,声律的刻意讲求在某种意义上正是诗道沦亡的标志,所谓"因小失大",诗因此成为一种可以堆砌做作出来的技术,而失去了其大本大原,即与白月争光的主体及其情感,即"穷六合、亘万汇"的"如江如海之才"。

　　这也正是"晚节渐于诗律细""语不惊人死不休"的杜甫总让船山耿耿于怀的原因之一。

　　船山直言,屈赋之伟大之"光焰瑰玮"就"不在一宫一羽之间"③。

　　与此相似的是,任何美学趣味的单方面推崇,往往导向偏执和偏蔽,譬如"趋新而僻,尚健而野,过清而寒,务纵横而莽"④,结果是"亡度""无伦脊"可言。此种结果的酿成,不仅意味着内在情感与内在性理的贫

----

① 《夕堂永日绪论》外编五十三条。

② 《古诗评选》卷五"评庾信咏怀"。

③ 《楚辞通释》卷一。

④ 《古诗评选》"释齐竞陵王萧子良《九日侍宴》"。

枯、俭啬、浮浅、褊躁，也意味着创作者在创作法度讲求和美学把持上的能力低下。

更等而下之的是，文坛上因为某一种创作径路可资取巧借鉴，某一种风尚可以献宠求荣，往往导致拥戴宗盟，这同样是诗道文场的劫数。即使如杜甫推戴庾信"清新""健笔纵横"，也是如此①。

然而，唐以后，这种"劫数"，却简直成了日常上演的功课。

以无法为大法，认为为诗为文的关键不在撮弄字句、起承转合，不在章句韵律之限，这是中国诗学史上被不断重复过的思路。船山并不例外地以一种更加极端的姿态肯定了诗文的天然本性，也因此而多少凸现出某种原始主义的审美取向②和难免被指目为"退化"的历史观。

确实，船山虽然对"诗"与"史"有理智的分解，对"诗""文"的审美属性有宽容的见识，但是，他的诗学观与经学思想依然是浑然一体的。"风华不由粉黛"，"言有余则气不足"，船山对后世"文明"丧失了原生浑厚的"诗性"而被偏枯干涩的"理性"取代，甚为不满。在他看来，韩愈称得上是这种偏枯的理性的宗师，"屈嘉谷以为其稂莠，支离汗漫"，而且才华不足，"夺元声而矜霸气"③，韩愈以"霸气"为根基的创作与作为，对于生命的文明的"元声"来说，完全是破坏性的。

对现实文化所显示的精神状态的不耐，加上逐渐内化为思想惯性与思想传统的文明观、历史观④的驱使，轻易导致了船山的清算与归结指向原初混沌之境，指向天人之际。

《夕堂永日绪论·序》是理解船山诗学观的入口，研究者往往忽略不

① 《古诗评选》卷五"评庾信《咏怀》"。
② 所谓"原始主义的审美取向"，是指返回整体主义和有机主义的人文世界，把审美纳入与政治、宗教、道德教化相统一的意识形态建构，具体的说，就是把"诗学"还原到经学的高度。
③ 《唐诗评选》卷二"评刘长卿诗"。
④ 包括儒道两家思想，均以"三代"甚至"三代"以上的蒙昧的人文世界，作为社会的人文的价值指归之所，并以此打量和缔造现实。另外，从文明检讨的方法论角度看，任何批判与反思，往往需要通过对原初事实的澄清或想象作为现实判断的起点。

计而直接检索《夕堂永日绪论》中合乎现代美学理念的言说，但是，对船山美学的整体索解却无法绕过这篇序言。

按照这篇序言的表述，在船山心目中，"诗"是"礼乐崩解"后的补偿物，"乐"降为"俳优"的同时，"天机"化作"诗"，化作"经义"，它们自然以抵达"元声"为最高境界，所谓"《周礼》大司乐以乐德、乐语教国子，成童而习之，迨圣德已成，而学《韶》者三月。上以迪士，君子以自成，一惟于此。盖涵泳淫泆，引性情以入微，而超事功之烦黩，其用神矣。世教沦夷，乐崩而降于优俳。乃天机不可式遏，旁出而生学士之心，乐语孤传为诗，诗抑不足以尽乐德之形容，又旁出而为经义。经义虽无音律，而比次成章，才以舒，情以导，亦所谓言之不足而长言之，则固乐语之流也。二者一以心之元声为至。舍固有之心，受陈人之束，则其卑陋不灵，病相若也。韵以之谐，度以之雅，微以之发，远以之致，有宣昭而无罨霭，有淡宕而无犷戾：明乎乐者，可以论诗，可以论经义矣。"①

从最深远的来源、最普遍的功能、最精微的旨趣立论，船山以一种具有人类学意味的经学立场和视点看待文学。

大体而言，这种陈述并不违背历史真实。

"礼""乐"的发生即是文明的发生，诗的艺术因子最初是与宗教、伦理、教育的因子一体同构的，"礼""乐"由神秘的仪式过渡到人为的仪式，诗由一种宗教、历史、游戏的公共抒写进入人文的、私人化的非集体的抒写，这是一个普遍的过程，一个没有可逆性的过程。船山与历史上大多数思想者一样，并不甘心于诗歌的这种"退而求其次""每下愈况"的补偿性质，而希望企及原初的境界。因此，他对"元气"泄尽的后世诗歌与诗人的轻视，就是一种不会因局部观感而改变的基本立场(他常曰，某人某诗"去古未远""依然古道""是古人心"，以示旌表)。以他对诗歌作为统一的意识形态性质的确认，他甚至认为，"自竟陵乘闰位以登坛，奖

---

① 王夫之. 姜斋诗话[M]//船山全书: 册十五. 长沙: 岳麓书社, 2011.

之使厕于风雅，乃其可读者一二篇而已。其他媟者如青楼哑谜，黠者如市井局话，蹇者如闽夷鸟语，恶者如酒肆拇声，涩陋秽恶，稍有须眉，人见欲哕，而竟陵唱之，文士之无行者相与学之，诬上行私，以成亡国之音，而国遂亡矣。竟陵灭裂风雅，登进淫靡之罪，诚为戎首"，"推本祸原，为之訾裂。"①

由此，这种跨越"文学"的政治指责和意识形态讨伐，对船山而言，就一点也不奇怪，而是"当下自然"的逻辑。

正像孔子"知其不可为而为之"的努力与热情并不仅仅是基于一种社会性的洞察和意愿，同时也是出于对生命及其精神本原的洞察和意愿，船山对历史的清算不只停留在人事、社会的层面，而涉及整体的精神历程，他的美学与诗学正是建立在立足拯救与重建的深刻反思之上，挑剔的打量是全方位的，事关生命的本质。

在他的心胸手眼中，在他以天下兴亡为担当的使命意识中，虽然无法挽回精神的分化与流变，但整体的人格唤起和具有涵盖性、普遍性的英雄主体及其情感的缔造，正是他当仁不让的，在他看来，如此，庶几可以振拔诗性的萎靡与文明的虚弱。

（二）私人化与"女性化"：情感失范文章失度

将"诗"与"经义"置于统一观照之下②，同时又意识到，"经生之理，不关诗理"，一如"浪子之情，无当诗情"③。船山肯定"诗以道情，情之所至，诗无不至"，"往复百歧，总为情止"④。

但是，既然"诗"与"经义"同样服从于一种更高的精神指令，即作为

---

① 《古诗评选》卷三"评《子夜春歌》"。
② 《夕堂永日绪论》之"内编"多谈诗，而"外编"所谈"经义"时有夹缠。
③ 《古诗评选》"释鲍照《登黄鹤楼》"。
④ 《古诗评选》卷四。

统一的意识形态，它们在情感品质上就必须是相同或相似的，这种情感不能是过于私人化和充满偶然性的，而应该是一种集体的甚至囊括天地的情感。诗必须有着普遍意义的能指，主"知"要深入"微词奥义"，主"情"要关乎"万古之性情"。船山对诗史的苛评，很大成分上就是对历代诗歌所显示的情感品质及价值取向，它们总是趋向于私人化和"女性化"，所施予的尖锐的批判。

船山对杜甫多所责难，除了杜甫那些被称为"诗史"的篇章让他"终觉于史有余，于诗不足"，而论者干脆以"诗史"推尊老杜，更让他觉得是"见驼则恨马背之不肿"①，几近荒唐外②，更根本的原因，是杜甫诗中所显示的某种情感品质让船山痛心不已。

《诗广传》卷一《论北门》一篇长行文字，表达了船山对杜甫诗中卑俗情感的轻蔑，以及对整个诗史上这一类情感的演化流程的检讨：

> 诗言志，非言意也；诗达情，非达欲也。心之所期为者，志也；念之所觊得者，意也；发乎其不自已者，情也；动焉而不自持者，欲也。意有公，欲有大，大欲通乎志，公意准乎情。但言意，则私而已；但言欲，则小而已。人即无以自贞，意封于私，欲限于小，厌然不敢自暴，犹有愧怍存焉，则奈之何长言嗟叹，以缘饰而文章之乎？意之妄，忮怼为尤，几悻次之。欲之迷，货私为尤，声色次之。货利以为心，不得而忮，忮而怼，长言磋叹，缘饰之为文章而无怍，而后人理亡也。故曰：'宫室之美、妻妾之奉、穷乏之得我，恶之甚于死者，失其本心也'。由此言之，恤妻子之饥寒，悲居食之俭陋，愤交游之炎凉，呼天责鬼，如衔父母之恤，昌言而无忌，非殚失其本心者，孰忍为此哉！二

---

① 《古诗评选》"释《上山采蘼芜》"。
② 在这里，可以见出船山诗学真正的高明，即不以"史"的价值来肯定诗的价值，它们应该是两种不同价值规则内的事。

雅之变，无有也；十二国之风，不数有也。汉、魏、六代、唐之
初，犹未多见也。夫以李陵之逆，息夫躬之窒，潘安、陆机之
险，沈约、江总之猥，沈佺期、宋之问之邪，犹有忌焉。《诗》之
教，导人于清贞而蠲其顽鄙，施及小人而廉隅未刊，其亦效矣。
若夫货财之不给，居食之不腆，妻妾之奉不谐，游乞之求未厌，
长言之，磋叹之，缘饰之为文章，自绘其渴于金帛，设于醉饱之
情，靦然而不知有讥非者，唯杜甫耳。呜呼！甫之诞于言志也，
将以为游乞之津也……韩愈承之，孟郊师之，曹邺传之，而诗遂
永亡于天下……是《北门》之淫倍于《桑中》，杜甫之滥百于香
奁。不得于色而悲鸣者，其荡乎！不得于金帛而悲吟，荡者之
所不屑也，而人理亦亡矣。①

不完整地引述这段文字很容易造成歧解，也很难看到船山缕述诗歌
的内在情感如何从杜甫、韩愈、孟郊等一步步趋向淫滥龌龊的全过程，但
对"情""意""志""欲""大欲""公意"的分辨是明确的。

杜甫的不堪在于将一些过于物质化与私人化甚至充满女人气的情感
情绪纳入了诗歌的长言咏叹中，甚至缘饰成章而不以为愧耻，即他某些
时候所表达的欲望、情感、意念，是一些无法上升到关于家国天下的理性
与天道的高度，没有普遍意义和合法性，不能使人性获得超拔反而会使
人性沉沦的欲望和情感。船山几乎所有对于杜甫的不满都是由此生发出
来的："啼饥号寒，望门求索"、自怜悲苦似"游食客"、"装名理腔壳"、
"摆忠孝局面"②等。

确实，抒写悲苦的情志和宠辱皆惊的遭遇，是杜诗最常见的主题，按
照某一种标准，这样的主题所显示的器量胸怀，自难广大。

---

① 《船山全书》册三。
② 《唐诗评选》"释杜甫《漫成》"。

在船山看来，情感与品度是连在一起的，恶劣的没有深度的情感伴生于本不杰出的品度，"性正则情深"，"力薄则关情必浅"，"诗以道性情，道性之情也"①。

性、情、欲的组合与关联，既简单又微妙，但差之毫厘、谬以千里。诗心与平常心（饥寒心）及圣贤之心，诗情与日常情感（"数米计薪"之情）及社稷生民之情，诗性与理性（功利）及天地之性，往往交缠于同一主体，既重叠又相互区别，既排斥又兼容。杜甫之"滥"情，关键在于他"诞于言志""自比稷契"，却是以此作为"游乞之津"，世俗的心思、理性和情感，不仅遮蔽了他与圣贤之心、社稷生民之情与天地之性的沟通，也笼罩了他基本的诗性与诗情。

船山在艰难繁复的分辨中，冲击碰撞，曲折回互，充满理论的紧张与险峻，但保持了基本立场的一致性，打通了情感与性理，对情感品质与审美表达做出统一的解释。他认为，汉人辞赋大多成为"怨怼之辞"而无法比拟屈赋，是因为作者"徒寄恨于怀才不试"，"以厄穷为怨尤"②。"屈子忠贞笃于至性，忧国而忘生，故轮囷絜伟于山川，粲烂比容于日月，而汉人以热中宠禄之心，欲相仿佛，悖怒猖狂，言同讥咒。"③

因此，结论其实非常简单："其情贞者其言恻，其志菀者其言悲，则不期白其怀来，而依慕君父、怨悱合离之意致，自溢出而莫围"；"其情私者，其词必鄙；其气戾者，其言必倍"④。内在的情感状态、心性状态、"气"的状态，决定着审美表达的分量和品级，"情贞"则"言恻"，"志菀"则"音悲"，"情私"则"词鄙"，"气戾"则"言倍"，一切粗糙的、卑俗的、生硬的、无法登大雅之堂的审美表达，对应着作者内在心性与情感的粗厉与卑俗。

---

① 《明诗评选》卷五。
② 《楚辞通释》"释《爱远山》"。
③ 《楚辞通释》"释《九辩》"。
④ 《楚辞通释》"释《九歌》《爱远山》"。

这符合并且深化了"言为心声"的古老命题。

值得加以考虑的是，按照现代美学观点，文学情感以及表达的私人性质，是文学作为起点与前提的要素之一，在远离"史诗"时代之后，无法设想某种集体情感(与船山的"大欲""公意"相仿佛)与理念支配下的写作，会不是做作和充满意识形态意味的。

与此同时，情感之"贞"与"私"，气之"戾"与"昌"，很难做简单的道德评判，特别是对于审美来说，更难做优劣取舍。审美表达常常是在一种并不平衡的心性状态下(即"气""情"的不同状态的郁结与释放)完成的，现代审美甚至以表现变态的、阴郁的、暴戾的、怪诞的情感为当仁不让的使命。这样的理论变迁，自然非古典语境下的船山所能响应。他对曹植的鄙薄，就是因为他从曹植的诗中读出情感与气质的病态、偏枯，他无法喜爱曹植的多愁善感、忸怩优柔，"以腐重之辞，写鄙秽之情"①，风雅因之扫地。他甚至怀疑《七哀诗》"明月照高楼"非植所作，而是"谲冒家传，豪华固有，门多赋客，或代其庖"②。

从文字考察情感之"贞""淫"，由情感检讨时代的精神状态，检讨"人理"的存废，船山所痛心疾首、噩梦连连的心结所在——晚明的天塌地陷、中原陆沉，由此可以有所归结和解答。

船山认为，"精神""命脉""遭际""探讨""总之""大抵""不过"一流语词进入晚明"经义"，就是人心朽坏的证明，相应地，"诗""文"被"俚语咿哟""里巷淫哇"所充斥，这种现实远非一日之现实，而由来有自。"汉魏以降，无所不淫"，这种"淫"不仅是心性情感的，同样是关于法度形式的。陶渊明诗中有"饥来驱我去"之类句子就是"量不弘而气不胜"，"杜甫不审，鼓其余波"，"愁贫怯死，双眉作层峦色像"，白居易"本无浩渺之才，如决池水，旋踵而涸"，苏轼"菱花败叶，随流而漾，胸次局促，

---

① 《古诗评选》"释曹植《赠王粲》"。
② 《古诗评选》"释曹植《赠王粲》"。

乱节狂兴所必然也"。更可怕的是，元稹、白居易放弃"诗教"之任而"将身化作妖冶女子，备述衾裯中丑态"，"韩、苏诐淫之词，但以外面浮理浮情诱人乐动之心……惮于自守者，不为其蛊，鲜矣……伊川言佛氏当如淫声美色以远之，韩、苏亦然，无他，唯其佻达引人，夙多狐媚也。"①

这种对感性的拒斥，这种严谨端肃到苛刻的精神诉求，显然基于"为天地立心，为生民立命"的高标，基于对经国济世的崇高心志情感的期望与要求，以一种抽象、圣洁、高远的普遍性，取消"文学"表达的独立性与私人性，以至高无上的圣贤境界，规范所有的世俗情感。

所以，船山不仅不屑妇人、衲子、游客、诗佣之作，对市井之谈、俗医星相、迷惑丧心之语，污目聒耳之秽词，亦深耻之②。他需要的是"博大弘通""淹贯古今""有得于道要"的"雅正之音"与"冲穆之度"，可以"引申经传之微言"，而讨厌诗文中"正是不仁"的"娇涩之音""忿决之气"，尤其无法忍耐"末路悲戚"如贾岛者。

（三）"天文斐蔚"与"旷世同情"

不能忍受纯粹诗人气质的曹植，船山对汉高祖、汉武帝、魏主曹操、曹丕的创作，却是无限心仪，俯之仰之，从他们身上，船山读出了一种禀于天地的高贵气象和巨人的人格力量。

他视高祖《大风歌》为"天授"，以为"绝不入文士映带"③；认为汉武帝的《秋风辞》，"宋玉以还，惟此刘郎足与悲秋"④；船山无保留地认同曹操，谓之"天文斐蔚""意抱渊永""卓荦惊人"，建安七子"臣仆之有余

---

① 《明诗评选》"释刘基《感春》""释宋濂《兰花篇》"。
② 船山谓："僧诗如猩猩，女郎诗如鹦鹉，曲学人语，大都不离其气类。"语见《唐诗评选》"释僧灵澈诗"。
③ 《古诗评选》"释高祖诗"。
④ 《古诗评选》"释汉武帝诗"。

矣，陈思（曹植）气短，尤不堪瞠望阿翁"①。又谓"读子桓（曹丕）乐府，即如引人于张乐之野，泠风善月，人世陵嚣之气淘汰俱尽"，《燕歌行》"倾情倾度，倾声倾色，古今无两"，"殆天授，非人力"，"圣化之通于凡心，不在斯乎?"②说曹丕、曹植有"仙凡之隔"③。

出现在船山几种诗歌评选中的如上表述，今天读来，有点触目惊心。

简单地把这种取向看作船山对君权的膜拜有失肤浅，对船山这样以洞彻天地，贯通古今自任且心智卓越、器宇宏大的思想家来说，"帝王气象"意味着一种可以化育天下、字养生民的崇高的主体性，一种感天动地、民胞物与的心量与情怀。在古代社会，作为臣民，无论蒙昧与否，雄才大略、文情豪迈的君主，都是他们最深刻、最内在的"情结"所在，所有的光荣和梦想都指归于此。

船山自不例外。

船山生当易代之际，以遗臣自居，渴望光复前朝，并为此魂牵梦萦，不遗余力。他把清入主中原，看作是野蛮对文明的颠覆而不只是常见的改朝换代。当光复无法付诸行动时，船山将满腔热情和抱负，注入思想文化的清理，如同孔子般重新诠释"经""史"（即使是他的诗歌评选，也曾获得"与尼山自卫反鲁、正乐删诗之意，息息相通"的评价），以期重建人的精神与国家的精神——"天之未丧斯文也"。

在他看来，晚明的失败，根本就是思想文化上的颓堕所致，"自李贽以佞舌惑天下，袁中郎、焦弱侯不揣而推戴之，于是以信笔扫抹为文字，而诮含吐精微、锻炼高卓者为咬姜呷醋，故万历壬辰以后，文之俗陋，亘古未有"，"王伯安厉声吆喝个个心中有仲尼，乃游食髡徒夜敲木板叫街语，骄横卤莽，以鸣其蠢动含灵皆有佛性之说，志荒而气因之躁"④，因

① 《古诗评选》"释魏武帝曹操诗"。
② 《古诗评选》"释魏文帝曹丕诗"。
③ 《夕堂永日绪论》内编三二条。
④ 《夕堂永日绪论》。

为志荒气躁,情感失范,文章失度,"色引其目而目蔽于色,声引其耳而耳蔽于声",外在的诱惑遮蔽了内在的性理,于是"划断天人,失太极浑沦之本体"①,异端纷纭,形而下猖獗。

船山标榜气节,惟欠一死,以赴死的精神与意志,稽核儒家原典,俯瞰历史,指点人文,并且把释、道思想也纳入自己的考核中,所谓"六经责我开生面,七尺从天乞活理","疏浚水之歧流,引万派而归墟,使斯人去昏垫而履平康之坦途"②,以此为毕生的使命,首要的目标正在于使"失度"的"文章"(它就是文明的表征)、"失范"的"情感"(它指向性理)重新回到固有的轨辙上来,尽管这种轨辙有点子虚乌有。

易代的遭际,使船山对时代的精神现象较之承平之世的思想家有更敏锐的判断与洞察,也强化了他的"经世"倾向,强化了他关于"天理民彝"的思考,对于可以寄托天下的博大的主体的向往异常迫切,指归"帝王气象"的美学与诗学选择,便成为他整个思想的必不可少的环节。

在《俟解》中,他说:"有豪杰而不圣贤者矣,未有圣贤则不豪杰者也。能兴即谓之豪杰。兴者,性之生乎气者也。拖沓委顺当世之然而然,不然而不然,终日劳而不能度越于禄位田宅妻子之中,数米计薪,日以挫其志气,仰视天而不知其高,俯视地而不知其厚,虽觉如梦,虽视如盲,虽勤动其四体而心不灵,惟不兴故也。圣人以诗教荡涤其浊心,震其暮气,纳之于豪杰,而后期之以圣贤,此救人道于乱世之大权也。"

将孔子诗教中"兴"的概念引申到人性锻造的高度,表明船山手眼中并没有一种独立于经世之学的诗学或美学,而且它们都共同召唤着"英雄"主体与"英雄"人格,所谓"豪杰""圣贤",由此去获得最高的完成。

完整而恰当地体现了船山有关主体与人格诉求的是屈子及其骚赋。

船山以自己与屈子"时地相疑,孤心尚相仿佛"③,作《九昭》列于《楚

---

① 《夕堂永日绪论》。
② 《张子正蒙注·序》。
③ 《楚辞通释·序例》。

辞集释》之末，以正选解人的姿态解说《楚辞》，并对《楚辞》的篇什予以调整，不屑王逸注解，对朱子的某些说法也不以为然。

在他看来，屈赋中所有浓墨重彩抒写的愤怒、失望、犹疑、徘徊、叹息、悲伤、眷顾，都源于忠贞之性、高尚之情，源于一个丰沛充实、精光四溢、充满浩然之气的主体，一种完美健康的人格。屈原以千古独绝之忠，"往复图维于去留之际，非不审于全身之善术"，"既达生死之理，则益不昧忠孝之心"①。

问题的关键就在这里，并非不知道全身之术，并非没有对于个人存在的"生死之理"的参悟，然而，代表家国天下承担的"忠孝之心"，反而更加堂堂正正。船山反复强调，屈子"情贞""素怀不昧"，是真正的大丈夫，船山自己亦不屈身降志于现实，不屈身降志于任何可以让信仰、意志妥协迁就的思维模式与生存方式。

船山认为，其实屈原非常清楚，所谓"与天为徒，精光内彻，可以忘物忘己"，但屈原不能改变"倏尔一念，不忘君国之情"的怀抱②。

同样的，船山于丹道不陌生，对五行魂魄之说也精熟，但他只认可屈原那种不失自身意志与立场（"己之独立"）的老庄之思、王乔之教，而且认识绝不取代信仰，他也知道"冥飞蠖屈"就可以应对现实、身家平安，但是却"固不能从"③。

船山"旷世同情，深山嗣响"④，指认《离骚》为"词赋之祖，万年不祧。汉人求肖而愈乖，是所谓奔逸绝尘，瞠乎皆后者矣"⑤。后世之所以"求肖而愈乖"，就是因为不具备可以对称的主体与人格，而拥有这种英雄般的主体以及人格，情感将变得纯正，艳诗不艳，闲适不闲，表达也由

---

① 《楚辞通释》卷一。

② 《楚辞通释》卷一。

③ 《楚辞通释》卷七。

④ 张仕可序《楚辞通释》。

⑤ 《楚辞通释》卷一。

"必然"进入"自由","诗教虽云温厚,然光昭之志,无畏于天,无恤于人,揭日月而行,岂女子小人半含不吐之态乎","两间之固有者自然之华,因流动生变,而成其绮丽,心目之所及,文情赴之,貌其本荣,如所存而显之,即以华奕照耀,动人无际矣","神理流于两间,天地供其一目,大无外而细无垠,落笔之先,匠意之始,有不可知者存焉"。①

当表达成为有关生命的书写或者进而是生命的自我抒写时,表达就变得无可指责了,当诗意是天人共赋的诗意,当"文情"是"两间"固有之情,它们所指示的审美状态便接近一种自然而然的不可亵玩的状态。

这已然接近圣人"师心""原道"的神秘主义境界:造化本身就是诗文的极致,伟大的诗文必定是与伟大的主体人格及其情感与造化对称的产物,诗人只需以开放的心怀体会感受那生生不息的脉动,载录天地间的浩然之气以及对应于心的苍茫情怀就足够光彩照人——"元气元声,存乎交禅不息而已"②,所谓"揭日月而行""大无外而细无垠",完全无视"女子小人半含不吐之态"。

(四)"英雄主体"与"英雄美学"

充足的才华,发乎性理的纯正情感,类似于圣贤豪杰的伟大主体以及人格,这是船山美学的主要构件,也是他认可的诗学理想的基本元素。

这是一种充满"英雄主义"气质和色彩的诗学与美学,所谓"英雄美学"。

大体言之,船山的"英雄美学"是由儒学所内含的基本美学思想与船山在末世遭逢中挽救颓堕、期许英雄的精神创发共同构成的。

儒学,特别是演化为宋明理学的儒学,对主体、人格与情感原本有着

---

① 《夕堂永日绪论》。

② 《楚辞通释·序例》。

苛刻的要求,对文学有非常强烈的工具意识,而船山召唤英雄、期待大器,为主体设置了更高的标准,正是这种要求与标准,导致了船山对诗人与诗史的苛评。

在很大程度上,这种苛评是非审美的,正如后世崇拜者所说:船山"胸有千秋,目营四表","于荒山榛径之中,穷天人性命之旨","考其所评选诗钞,与尼山自卫反鲁、正乐删诗之意,息息相通,迥非唐、宋以来各选家所能企及",孔子"删诗"而使"天道备,人事侠,遂立千古诗教之极",而船山《诗广传》"从齐、鲁三家之外开生面焉。又评选汉、魏以迄明之作者,别雅、郑,辨贞、淫,于词人墨客唯阿标榜之外,别开生面,于孔子删诗之旨,往往有冥契也。知此可以读三百篇,知此可以观汉、魏以来之正变,以及无穷。紫不夺朱,郑不乱雅,利口覆邦之祸,庶几不再见于中华乎。"①

将船山对诗史的甄别,上升到可以"兴国覆邦"的高度,这对于今天的人来说,似乎不可思议。如果说是后来者的需要使得孔子"删诗"成了一个范型了数千年文化的大事件,而无法回避其意义的话,那么,船山在末世的待遇却远没有这样幸运,当他的思想从灰墙土瓦中走出并光大于清季时,社会已正在告别古典时代,新的语境和"语言"在一步步建立。将船山的诗学继续往非审美的诗教意义上拉扯,不仅不能让它获得肯定,反而会使那些真正值得肯定的具有原创性的思想被遮蔽。

事实上,只有当船山的理论触角超越已经发育饱满的儒家诗教而做独立的审美体察时,他的卓越的领悟力和创造性才真正显示出来,而这正是他被专业领域内的研究者看成文论大家之所在。

但是,这并不意味着我们可以撇开船山作为理学家所具有的基本思想和逻辑,而能够对船山美学与诗学的最高旨趣获得充分的理解。恰恰相反,当我们孜孜以求于船山思想中合乎现代美学与诗学理念的理论亮

---

① 刘人熙序《古诗评选》。

点而缺少对其思维方式与逻辑的整体把握时，我们对船山的表彰往往是"谨毛而失貌"，不得要领，甚至指东打西，把风马牛不相及的现代诉求安派在船山只言片语的附会解释上，也无法理会和解释他在理论上的矛盾夹缠，譬如他既对魏晋以降的诗文大家挑剔再四，又并不要或者说自知不能取消他们在诗史上的地位，而且常常不小心忘记了自己的"经学"立场而让审美判断占据先机。

理解船山诗学理想的最终指归，理解船山有意无意标举的"英雄美学"，也许必须要回到他的崇拜者的阐释所提供的非审美的经学立场上去，虽然我们不必像他的崇拜者那样把立论者的理论初衷与实际意义等同起来而视船山为"千古圣人"，以至对于他其实充满是非矛盾的思想不敢置一词。

按照经学的视角，审美的诗常常是感性的奢侈品，是理性的颠覆之具，由审美气质与性情创造的审美，只有纳入"兴、观、群、怨"，"兴于诗、立于礼、成于乐"等有效于家国性命的渠道，才具有建设性，其意义才是充足的。否则，就不足以服务于有关主体、人格、情感、气质、风度的统一缔造，以使个体生命达于圣境，使国家履踏康庄。

思想通达深刻如船山，当然懂得感性的诗对于生命的正面含义（他甚至说过"薄夫欲者之亦薄夫理，薄于以身受天下者之薄于以身任天下"）①，他同时也懂得诗可以负载某些负面的情感而具有破坏性。

实际上，这正是一切感性之具共同的两面性。

船山既不能像迂阔僵化的道学家，无视生命的诗性成分与欲求而放言审美的取消，何况他深知"诗""乐"的审美是"成人"的仪式与"初阶"，也是生命不可或缺的大成"华严之境"。但是，又不能放任情感扩张、诗心狂野到覆水难收的程度，乃至引来江山易主、社稷倾覆。

在古典语境中，秉承一元有机的生命观及思维方式，我们无法要求

---

① 《诗广传》卷二《论衡门一》。

船山不将改朝换代、社会崩解与道德沦丧、思想窳败、诗人堕落连在一起考虑，那么，船山折中而高明的选择便是将一种英雄主义的理念和理想纳入古典美学与诗学中，以期英雄主体跨越审美与非审美的鸿沟，书写代表"大欲""公意"的"诗"篇，进而像写"诗"一样书写人生、打理社会、重整乾坤、赞化天地。

此时，就是天与人归、天人合一之实现了。

在审美认知与非审美认知之间的理论分辩中，船山的思想获得了不失宽广的生长空间，他的美学与诗学称得上是理学化了的儒家美学与诗学的最高完成。

但是，我们无法从船山自列于《楚辞》之末的《九昭》中，读出屈骚似的美感与意味，甚至也无法读出船山所期望的那种主体与人格。由此看来，最高蹈、最经典的美学与诗学，也并不意味着能直接孕育出最经典的"诗""文"。对一个美好的事物，我们可以将每一个要素分解得很清楚，但并不意味着可以重构这个事物，或者说重构本无意义，正像船山所意识到的，"文章与物同一理，各有原始，虽美好奇特，而以原始揆之，终觉霸气逼人。如管仲之治国，过为精密，但此与王道背驰，况宋襄之烦扰粧腔者乎"①！

确实，当船山把自己认可的"光昭之志""亘日月之情"嵌入杂剧《龙舟会》时，《龙舟会》就像一出几百年前的"样板戏"，主题先行，文辞单调，是非确凿，正气凛然，情感枯涩造作②，意味淡薄，人物如标签——或者是土木偶像般的"高大全"，或者是从头到脚、从里到外的坏人与恶人，整个剧本所呈现的气质，正是船山所嘲弄的"不蕴藉而以英雄，屠狗夫耳"，不免"削骨称雄，破喉取响"之病③。

---

① 《古诗评选》"释元帝《春别应令》"。
② 船山喜"边塞诗""疆场诗"，不仅喜其豪气，且沉迷于其中复仇的"战斗"的快感，自己的创作也屡屡表现出"种族情绪"，且视为庄严神圣。
③ 《明诗评选》卷一"释孙蕡诗"。

　　热切的社会关怀与紧迫的当局感，并不一定有助于诗性的孕育与理性的澄明，有时甚至相反。

　　船山既秉承了一元的"原道""载道"观，将"诗""文"置于统一的意识形态范畴，又以服从服务于当时当世为崇高使命（《四书训义》卷一说"道至平天下而极矣"），其激烈的工具愿望、主题意识，难免成就苍白造作甚至拙劣的表达，"史诗"般的情怀，始料不及地衍生出语录式的教案和单调的意识形态符号。

　　时移世易，20世纪的中国是一个较船山所处更加激越沧桑的时代，民族国家的拯救与再造同样召唤着船山标举的英雄主体与情感，毛泽东屡屡说不喜杜诗，说杜"哭哭啼啼"①，这绝非只是他个人的一时好恶。且不说毛泽东与船山在学术上的渊源关系，从20世纪中国文化的基本走向看，将文学与启蒙、与国民精神的改造、与主体的高扬做划一的规范与要求，就显示了古老的世界观、生命观的延续与再生。

　　除此之外，对创作主体及其情感纯洁性的诉求，对高洁绝尘的英雄人格的推崇，对私人性体验与欲求的拒斥，美学上清洁单纯到"洁癖"，与审美过程（无论是创作过程还是欣赏过程）中类似"儿童思维"与逻辑的情感与想象，直到某些充满着伪"史诗"气味的革命叙事与抒情，无不可以从船山的"英雄美学"中找到影子。

　　由此也凸现了古典的"英雄美学"在现代审美活动中的困境及其可能性。

　　毕竟，文学就是文学，文学又并不止于文学。

---

① 李中耀. 毛泽东为什么不喜杜诗[J]. 杜甫研究学刊, 1998(4).

第三章

道文兼济——曾国藩如何渴望以"文章不朽"

以"功、德、言三不朽"享盛誉于清季，被仰慕者称为"圣人""完人"的曾国藩（1811—1872），早年有"多作几首诗"成为"诗家"的想法，并且终生渴望以"文章不朽"。

道光二十四年致诸弟家书中反复申言："吾人只有进德修业两事靠得住。进德，则孝悌仁义是也。修业，则诗文作字是也。""所以望于诸弟者，不在科名之有无，第一则孝悌为瑞，其次则文章不朽。"[1]为此，他甚至奉劝诸弟不必"扶墙摩壁，役役于考卷截答小题之中"，不必以"考卷误终身"，"当尽弃前功，壹志从事于先秦大家之文"，"万不可徒看墨卷，旧没性灵"[2]。

除了时势和他自身心智才具所造就的经国济世的煌煌事功外，曾氏于诗文之道揣摩倡导，不遗余力，曾经自比"陈卧子"，"恨当世无韩、苏、黄一辈人可与发吾狂言者"[3]。

在乾隆以后萎靡、涣散、迟暮的文化氛围中，曾国藩拈出"倔强不驯""峥嵘""傲兀""如火如荼""喷薄""吞吐""古茂""笃厚""雄奇""峻

---

① 《曾国藩家书》道光二十四年五月、八月。

② 《曾国藩家书》道光二十四年三月、五月。

③ 《曾国藩家书》道光二十四年三月。

洁"等一系列并不空虚的美学概念，成为研究者确立其晚清诗文领袖地位的材料和有关"晚清中兴"的谈资。

（一）"诗性精神"与"家国情怀"

曾氏以关于"为人"的概念和范畴表述"为文"策略与要求，严格说来，并未超出儒家诗学的大致轮廓，他只是以他特具的"中兴"热情与器识，重新调整并具体化了一些传统的原则和主张。而且，不得不承认，曾国藩的"理论"，并没有召唤出可称"大家"的诗文，他对自己的诗文创作也并不满意。

同治九年六月谕纪泽、纪鸿信中，他以交代后事般的沉重口吻说："余所作古文……不特篇秩篇太少，且少壮不克努力，志亢而才不足以副之。"在同期的日记中，也多次言及："观人有抄册，抄余文颇多，自以无实而享盛名，忸怩不宁"，"念此生学问文章，一无所成，愧悔无已"①。

决定曾国藩"诗""文"成就绝难成为大家的，不仅是因为他学韩、苏"得其骨不得其肉，得其气不得其韵，得其意不得其象"的"才力不副"②，也并非全然如钱仲联所称"惜为功业所分心，未能极诣"（曾本人不止一次地以此为自己排解），最重要的是，在作为审美的"诗""文"必须发展出独立的性质、意义与章程时，曾氏以理学词臣的姿态，自然而然地要求消泯和统一这种独立性，将"诗""文"创作，当作一件与修身、齐家、治国、平天下决不两分的事，甚或仅仅是某种手段和工具而已。

他自然是以"言志""载道"作为"诗""文"圭臬的。

"道与文章不能不离而为二"且"两无所得"，是令曾国藩颇为痛心的末世态，起而拯救的结果，是更加强化"诗""文"的非审美、反文学性质，

---

① 《曾国藩日记》同治二年五月、同治九年三月。

② ［明］胡应麟. 诗薮：内编：卷四：宋人学杜［M］. 上海：上海古籍出版社，1958.

使之在起点的逻辑上即不存在任何自足独立的意义与章程。

这同时表征了一种广大深远的文化传统。

发端于魏晋的所谓"文学自觉"与审美独立性诉求，总是在主导性的意识形态缝隙中步履维艰，在宋以后的官方与准官方哲学中，甚至呈现出某种倒退和萎缩。

学者多指曾国藩为"桐城文派"的传人，曾氏自谓"粗解文字，由姚先生启之"，且著文为"桐城派"源流张目①。西儒艾略特认为，不止传统规范现在，现在的视界同时创造性地修正着传统②。"桐城派"醒目耀眼于清季，自然与曾国藩"登高一呼"的"光大"，密不可分。

"桐城派"的古文与古文理论，并非纯粹意义上的文学和文学理论，而是调和义理、考据、词章之学，以张扬"道学"、经理人伦风化为己任，拒绝单纯而难免轻薄的"文采风流"。

对此，曾国藩有如"逃空虚者"，"闻人足音跫然而喜，而况昆弟亲戚之謦咳其侧者乎"。

但是，曾氏其实并不完全满足和满意桐城诸公的文章"造诣"。《复欧阳兆熊》书云："姚氏要为知言君子，特才力薄弱，不足以发之。"《复吴敏树》书云："望溪先生古文辞为国家两百余年之冠，学者久无异词，即其经术曾无损于毫末，惟其经世之学，持论太高"，"自孔孟以后，惟镰溪《通书》、横渠《正蒙》，道与文可谓兼至交尽。其次昌黎《原道》、子固《学记》、朱子《大学序》寥寥数篇而已，此外则道与文章不能不离而为二。鄙意欲发明义理，则当法《经学理窟》及各语录札记，欲学为文，则当扫荡一幅旧习，赤地新立，将前此所业，荡然若丧其所有，乃始别有一番文境。望溪所以不得入古人之阃奥者，正如两下兼顾，以至无可怡悦。"

曾国藩选辑《经史百家杂钞》以区别姚鼐氏的《古文辞类纂》，"上及

---

① 《曾国藩全集·诗文卷·欧阳生文集序》。

② [英]艾略特. 传统与个人才能[M]. 卞之琳，李赋宁，方平，译. 上海：上海译文出版社，2012.

六经"，"所以立名之始"，强调"舍经而降以相求，犹言孝者敬其父祖而忘其高曾，言忠者曰我家臣耳，焉敢知国"，以"经"作为"文辞"不祧之祖，而且，"采辑史传稍多"于姚氏①。

曾国藩标榜"桐城"又不甘列于"桐城"门下，除了作为"立言者"的壮志私衷外，原因还在于曾氏经理天纲人道的胸襟、视野、气魄，非桐城可以范围，特别是中年以后。

咸丰十一年六月致沅弟信曰："望溪经学勇于自信，国朝巨儒多不甚推服，《四库书目》中于望溪每有贬词，《皇清经解》中并未收其一册一句，姬传先生最推崇方氏，亦不称其经说。其古文号为一代正宗，国藩少年好之，近十余年，亦别有宗尚矣。国藩于本朝大儒，学问则宗顾亭林、王怀祖两先生，经济则崇陈文恭公。"

生逢末世，大乱方滋，曾氏有关国家天下民生的"患难"体验，远胜"盛世"的桐城诸公，他更加需要上及三代圣人的思想维系和精神人格依托，故于阐明经学奥义的训诂音声之学，并不全盘漠视，也并不视为终极目标，"汉人词章，未有不精于小学训诂者，如相如、子云、孟坚。""余于古文，志在效法此三人并司马迁、韩愈五家"②。人事纠葛、现实掣肘以及对圣人般洒脱胸襟的自我期许，又让他不免时时瞻顾"冲淡之味、和谐之音、萧然物外之境"。

然而，为"诗"作"文"，最多只能"因文见道，以诗辅史"，朱子谓"今人不去讲义理，只去学诗文，已落第二义"③。

对此，曾氏早年即了然于心。

他鄙弃"以诗人自了者"，且毫不讳言"文士之自命过高，立论过亢，几成通病"。

做京官多闲暇而不免以"诗""文"砥砺品质性灵，且作为一种表白、

---

① 《曾国藩全集·诗文集·经史百家杂抄题语》。
② 《曾国藩家书》咸丰十一年六月。
③ 《曾国藩家书》咸丰二年八月。

一种生活方式的补充时，他在家书中常言及自己"浅露"，"浮躁"，"读书少，见理浅"，"数日心沾滞于诗"，"一早清明之气，乃以之汩溺于诗句小技，至日间仍尔昏昧"，"好作诗，名心也"，"可恶之至"，"抄《乐府题解》，此所谓玩物丧志者也"，还引倭仁批语曰："文辞溺心，最害事，朱子云平淡自摄，岂不较胜思量诗句耶?"

曾国藩的"诗""文"并不缺少他所渴望的森然奇崛、格古调逸的表层"气势"与"识度"，缺少的是对以情感为核心的"诗性精神"的认可与认同①。

政治家的理性态度和上升到名教的"家国情怀"②，以及由此而来对自身情感情绪的范围垄断，使得他的"诗""文"大多难免成为准道学甚或伪道学的"言志"之作，所谓"两下兼顾，以至无可怡悦"。

以曾氏所服膺的"义理""经济"陶铸心性，以"道学境界"范围私人情感，首先就使得文情诗性不能不向准教化的方向偏移，而排斥了文学情感所应该具有的丰富广阔乃至"倾斜""变态"。

事实上，具有独立性质和意义的"诗""文"在整个清代主流哲学中几无立足之地，顾亭林《通鉴不载文人》谓"一命为文人，殆不足观"。颜元指"诗""文""字""画"为"乾坤四蠹"，士大夫多以沦为"诗人""文人"为人生第二义。

理学家如此，汉学家如此，把理学汉学囊括于胸中的曾国藩，自不例外。

如此，对曾氏来说，为"诗"作"文"的正面含义就只能在"立言"（"三

① 语出朱光潜译维柯《新科学》，引入中国文学研究，含义已有所变异，更多从译文的汉语字面上得其意会而已。

② 在某种意义上，传统士大夫的经世之学，包括"道学"，本质上就是一种超越感性自我的理性精神与"家国情怀"，其宇宙论、认识论、人生论的价值指归，在于民胞物与、社稷苍生，宽泛地看就是"修身、齐家、治国、平天下"，其中"修身"更多私人性，"平天下"的使命可遇不可求，只有"齐家""治国"是士大夫不可逃避的当仁不让的选择。

不朽"之末)的规则内,他曾经以既欣慰又羡慕的口吻说,同侪老友郭嵩焘于"四部"皆有撰著。这种"立言",自然已弱化甚至取消了审美的独立性质,"经书八股""诗赋杂艺"一主一从的说法,也就成为当下自然。

曾国藩所谓"赤地新立"作文,本意正在于以有限的"感发兴起"的方式,体会天人性命之常,维护"道""理"之常。当目的高悬时,"诗""文"就只能以手段的形式,以一种尴尬的面貌出现。

曾氏"课程"中,有一条是"每月作诗文数首,以验积理之多寡,养气之盛否",同时他毫不含糊地经常把《诗经》与《周易》、《离骚》、周子《通书》、张子《正蒙》指为同类,还为九弟曾国荃选文三本,一为气体高浑、格调古雅、可以传世无疑者,一为议论郁勃、声情激越、利于乡会场者,一为灵机活泼、韵致妍妙、宜于岁科小试者①。

一方面,将"八股""制义"纳入"文"的轨道,以为"制义存真""历劫不磨",亦可以有卓然独绝气象②;同时,又奇怪"国朝大儒如戴东原、钱辛楣、段懋堂、王怀祖诸老,其小学训诂实能超越近古,直逼汉唐,而文章不能追寻古人深处,达于本而阏于末"③。

"本""末"既立,所谓"另有一番文境",自然成了无所指对的空言,即使他意识到"凡作诗文,有情极真挚,不得不一吐之时"④,也只能落入"文便是道"⑤,"文人之笔,劝善惩恶也"⑥,"诗者,持也,持人情性"⑦,"成教化,助人伦,穷神变,测幽微,与六籍同功"⑧的套路,而绝不会接纳无节制无目的的审美扩张。

---

① 事见《曾国藩全集·日记》卷一。

② 见《曾国藩全集·日记》道光二十一年十二月。

③ 《曾国藩家书》同治二十二年三月。

④ 《曾国藩全集·日记》卷一。

⑤ 《朱子语类》。

⑥ 《论衡佚文篇》。

⑦ 《文心雕龙明诗篇》。

⑧ 《历代名画记》。

(二)"法不法"与"文不文"

曾国藩《〈湖南文征〉序》曰:"窃闻古之文,无所谓法也。《易》《书》《诗》《仪礼》《春秋》诸经,其体势声色,曾无一字相袭,即周秦诸子,亦各自成体。持此衡彼,画然若金玉与卉木之不同类,是乌有所谓法者。后人本不能文,强取古人所造而摹拟之,于是有合有离,而法不法名焉。"

这段话,与方望溪《杨千木文稿序》中的话如出一辙。

方氏谓:"自周以前,学者不尝以文为事,而文极盛。自汉以后,学者以文为事,而文益衰。其故何也?文者,生于心而称其质之大小厚薄以出者也,戋戋然以文为事,则质衰而文必弊矣。""魏晋以降,若陶潜、李白、杜甫,皆不欲以诗人自处者也,故诗莫盛焉。韩愈、欧阳修,不欲以文士自处者也,故文莫盛焉。南宋以后,为诗若文者皆勉焉以效古人之所为,而虑其不似,则欲不自局于蹇浅也能乎哉?"

类似的表述,在曾氏留下的文字中不只一见。

道光二十三年二月日记云:"杜诗、韩文所以能百世不朽者,彼自有知言、养气工夫。"同年六月致诸弟信曰:"但于孝悌上用功,不于诗文上用功,则诗文不期进而自进矣。"同治二年三月致沅弟信曰:"自古圣贤豪杰,文人才士,其志事不同,而其豁达光明之胸,大略相同,以诗言之,必先有豁达光明之识,而后有恬淡冲融之趣。"同年谕纪泽信曰:"由班、张、左、郭上而杨、马而庄骚而六经,靡不息息相通,下而潘、陆,而任、沈、鲍、徐、庾,则词愈杂,气愈薄,而训诂之道衰矣。"

"以文为事,而文益衰",不以诗人文士自处,反而"文莫盛焉",依据在于"质衰而文弊","质"是决定性的。所谓"质"指的是人的"知言、养气工夫""豁达光明之胸"与"豁达光明之识",这些决定"文"的因素却不是"文"可以决定的。恰恰相反,自觉为"文",正好意味着无论"心"

"质"都不够充实。

表面上看来，这无非是重申"功夫在诗外"的道理，实质上却有着更加广阔深厚的思想背景，与儒、道哲学深刻的"反"历史的浑朴取向相一致，隐含了原始返初的思维和价值指归。

在这里，无法掩盖的悖论至少有两重：其一，未尝以"文"为事而"文"盛，未尝言"法"而有"法"，反之则每况愈下。那么，后世一切有关"诗""文"的努力与规划包括曾氏本人的倡导分辨，一定是徒劳的，而且，势必加速"质衰文弊"的进程。其二，"诗人""文士"的角色确认，在某种意义上是确认"诗""文"的独立性质，审美走向自觉的必然步骤，自觉即意味着自为，自为即是"自在"的"沉沦"，这是一个充斥于释、道哲学中的悖论式命题。有关这一命题的肯定、诘难与发挥，虽然充满辩证的智慧，证明了东方式悟性思维的圆通与高明，但在缺少必要的前提条件下的无止境的怀疑与否定，无疑与更具必然性和现实意义的进化发展的逻辑相反动，而不免呈头足倒立的荒谬姿态，只有自我（"诗""文"）扩张（在另一个角度看就是自我解构了）的动力而缺少足够的自我建设性（在某种意义上就是自我的完成与完整性，自我完成的合法性界限）。

审美的展开，虽然最终不能独立于"人道"，但它显然是一种逐渐有别于原始混蒙之境，也有别于经济、德业、立志、修身的"立言"之道。

因此，指向原初和"文学"之外的无节制的反思，就多少显现出"泛文学""反文学"的倾向。

悖论之所以言之有据地存在，而且，在日复一日的阐发中屡屡以新鲜动人的面貌出现，关键还在于，在传统知识者的视野中，"载道"作为一种关乎根本的指向，对"文"本身的独立性质和意义构成了剥夺。这正如同"士"本身，是以自身的方式和性格服务于"王道""霸道"，但与"王道""霸道"的彻底泯合，却同时意味着"士"的独立性格和身份的丧失。

这两者其实是二而一的事。

在以儒家诗学为中心的传统中，"文之道"是指归并且最终依附于

"人之道"的(大半又只剩下所谓"王道""霸道"),"人道"的逻辑决定着"文道"的逻辑,最为极端的结局,就是今人所说的"很坚定的政治现实主义,应用到诗学里,就成为政治现实主义诗学",以至与现实政治的理念与诉求合而为一,成为主流意识形态的应声或应景。

方东树《答叶溥求论古文书》云:"欲为文而第于文求之,则其文必不能卓然独绝,足以取贵于后也。周秦及汉,名贤辈出,平日立身,各有经济、德业,未尝专学为文,而其文无不工者,本领盛而辞充也。"

这在理论上看是成立的,但"经济、德业"乃至"义理、情韵",却总是不免把"诗""文"规定在一个与文学不再相关的领域,有时甚至仅仅是伦理名常、忠孝节义、写景应酬的工具性领域。政治的正确性代替了诗性的广阔与丰富性,最终构成对于审美的"文学"的取消。

这正是古代诗学经常遭遇的困境,在现代汉语诗学中,也常常可见以新的面貌出现的类似冲动。

"道学"对于"文学"的覆盖,其本质是对于以张扬感性和感情为特征的"诗性精神"的统帅,也就是对于生命的功利管制与理性把持。

自然,这并不意味着彻底拒绝和舍弃"诗""文"所可能达成的对情性的有限疏导,由此出发甚至可以建构一种普遍性的"诗教"。

对此,曾国藩显示了足够的通达。

况且,"文学"在一定的操作规则下,可以"上通乎道德,下止乎礼义","称性之作,直参造化"①。问题是,有关创作技艺的指导,也必须折冲樽俎于此。于是,古代诗学中发展了种种指向"中庸"与"节制"的美学原则。

曾国藩《笔记二十七则》"敛、侈、伸、缩"条云:"凡为文,用意宜敛多而侈少,行气宜缩多而伸少,推之孟子不如孔子处,亦不过辞昌语快,用意稍侈耳。后人为文,但求其气之伸,古人为文,但求其气之缩。气恒

----

① 沈颢《画麈》。

缩，则词句多涩，然深于文者，固当从这里过。"

　　曾氏于为诗为文乃至为人之"繁简""伸缩""吞吐""喷薄"，多所洞见，如果不把它们放在曾氏所处的特定的文化背景中，几乎无可置辨，它们与桐城派所揭示的道理是一致的。刘大櫆《论文偶记》曰："文贵简，笔老则简，辞切则简，理当则简，味淡则简，品贵则简，神远而含藏不尽则简，故简为文章尽境。"方苞《与程若韩书》曰："文未有繁而能工者。"

　　方、刘的"繁""简"之辩与曾国藩所谓"气之伸缩"实是表里的关系，对"简约""敛缩"的推崇，与哲学上"意在言外"，"知者不言"，"大巧若拙"，"得意者越于浮言，悟理者超于文字"①的觉悟，不仅可以贯通，而且有着深刻的默契。

　　如果不是过于刻板，士大夫对于庄老浮屠之旨同构于儒家义理，可以因之建构自己在行藏用舍、进退出处间的心理平衡，可以因之应对位高势危、事成毁至、鸟尽弓藏的现实，多所会心和实践，自然也不难把其中的美学取向为我所用地纳入自己的心胸手眼之中。《庄子·天地》云："朴素而天下莫能与之争美"，郭象注曰："夫美配天地者，唯朴素也"。相似的说法还有"夫虚静恬淡寂寞无为者，万物之本也"，"淡然无极而众美从之"。

　　对于"素朴"作为"本真"的至上之境的强调，与对于繁复、富丽、人为的否弃，是互为表里的，根源于"万物之本"的归结。

　　由此引申出来的当然不只是美学趣味，而更是生命趣味，不只关乎认识，更关乎价值理想。

　　其中的命题常常有着深刻到悖论程度的辩证性。

　　关于真假、柔刚、简繁、少多、俭侈、伸缩、虚实等的言说就是如此，每一组对立的命题原本可以贯通，但也很容易走向截然两分的极端。

　　大体上，庄老浮屠之旨都强调以"无"胜"有"、以"卑"对"高"、以

---

① 《大珠禅师语录》。

"少"总"多"、以"静"制"动"。《丹阳真人语录》谓："夫道以无心为体，忘言为用，柔弱为本，清净为基。节饮食，绝思虑，静坐以调息，安寝以养气；心不驰则性定，形不劳则精全，神不扰则丹结；然后灭情于虚，宁神于极，不出户庭，而妙道得矣"。这与《庄子》屡屡申述"道不可闻，闻而非也；道不可见，见而非也；道不可言，言而非也"的"原道"方向是一致的。

在如上认识的前提下，过于情感性的和充塞着欲望的痴迷不悟的心智状态，必然被否定和抑制，被张扬的是澄明和历练，是沧桑度尽、红尘看透的老苍与恒久，是收敛和简约（俭约）。

于是，中国诗画中极大地发展出了"万古长风，一朝风月""空山无人，水落花开""天地苍茫，浮生瞬息"一类意境，而诗学与美学原则中则充满对"荒寒清冷""野逸萧疏""无彩之彩""无色之色""不言之言"的肯定与认同，透露出一种成熟、练达、苍老的气质。

正如同释、道哲学对此的言说，表达了关于人本的困境一样，由此生发的美学原则，同样呈现出一种近乎悖论的窘迫。在更多的时候，它们甚至吻合了"道学"对于审美的"诗性精神"的剥夺，吻合了传统社会背景下"人""文"独立性的自我消解。

无论作为哲学还是作为美学原则的"伸""缩"、"繁""简"，必然是"互动"的，没有"伸""繁"作为前提和初始条件，"缩""简"的存在就丧失了充足的依据，甚至无可存在，一如人生之"少境"不能充足发展，"老境"也难免空虚空洞（在某种条件下，关于真假、柔刚、俭侈、虚实，同样如此）。

因此，"缩""敛""简"只能是终点的要求，而不能是起点的要求，如果沦为起点的要求，结果往往是自我取消。

而且，由器识、度量、悟性所达到的"简""敛""缩"以至"少言""不言""淡彩""无彩"，须经过感性的激发、理性的澄清与言说，方能有真正的"无彩"之彩、"不言"之言，方能拥有"大巧若拙""浑朴天然"，拥有从"实"到"虚"、从"有"臻"无"的真境界。

展开的深度决定着终极证果的深度。

舍弃感情张扬、理性思辨与繁复叙述的过程，即"伸""繁""重彩""繁言"的"进化"过程，"敛""缩""简"即成为无源之水、无本之木，同样毫无意味和深度可言。

事实上，中国古典哲学与美学中，对此并不缺少辩证的领悟，只是价值取向的驱使，往往决定这种领悟或者流于悖论，或者走向了以"果"范"因"的困境。苏轼《与侄论文书》谓："凡文字少小时须令气象峥嵘，五色绚烂，渐老渐熟，乃造平淡，其实不是平凡，绚烂之极也。汝只见爷伯而今平淡，一向只学此样，何不取旧日应举文字，看高下抑扬如龙蛇捉不住，当旦夕学此。"曾国藩在道光二十四年五月致诸弟信的"私淑"之言，与此如出一辙："六弟之天姿不凡，此时作文，当求议论纵横，才气奔放，作为如火如荼之文，将来庶有成就""专言上乘证果，反昧初阶"。同治四年七月谕纪泽纪鸿信中直言："少年文字，总贵气象峥嵘，东坡所谓蓬蓬勃勃如釜上气。"

这样的申说，便是多少超越了悖论与困境的妙谛真诠，尽管它们所针对的是"文字"而不是纯粹的"文学"。

曾氏家书、日记，当比曾氏刻意作为的"诗""文"，更为光彩照人，更多不朽之处，也正在于他多少解除了"道学"的冠冕而以切身的体验带着情感乃至情绪，道出了人情世故之琐碎艰困与一己之受、想、行、识、爱、憎、恩、怨，道出了生活的真相与生命的真相，充满自反的热情，而且"执着"，而且"缠绵悱恻"。

它们更接近于"文学"的真谛，更加"放肆""绚烂"，因此，也更加"凿凿有味"。

（三）"文字之道"与"混元之理"

"道"与"文"不能不离而为二，如方望溪氏"两下兼顾"又至于"无可怡悦"，且"不得入古人之阃奥"。曾国藩渴望抵达"道与文兼至交尽"之境而实不能得的困境，实际上是已经或正在丧失其充足合理性（并非指具体的某一点上的合理性，而是其整体覆盖统领的合理性）的传统文化与社会的困境。

曾国藩在几乎无可挽回的情势下施展其并不具有绝对正义性的作为，圣而不"时"，多有勉强言之、勉力为之的苦衷和悲情。

曾国藩作有"古文四象"，以"气势""识度""情韵""趣味"四者分配邵子"阴阳四象"，内辖"喷薄""跌宕""诙诡""闲适""阔括""含蓄""沉雄""凄恻"等八种文境，并要依此选辑诗歌读本。《送周荇农南归序》曰："天地之数以奇而生，以偶而成，一则生两，两则还归于一，一奇一偶，互为其用，是以无息焉。物无独，必有对，太极生两仪，倍之以四象，重之以八卦，此一生两之说也。两之所该，分而为三，淆而为万，万则几于息矣。物不可以终息，故还归于一。天地氤氲，万物化醇，男女构精，万物化生，此两而致于一之说也。一者阳之变，两者阴之化，故曰一奇一偶者，天地之用也。文字之道，何独不然。"《云桨山人诗序代季师作》曰："盖声音之道，与政相通，国家鼎盛之日，太和充塞，庶物恬愉，故文人之气盛而声亦上腾。反是，则其气歉而声亦从而下杀。达者之气盈矣，而志能敛而之内，则其声可以薄无际而感鬼神；穷者之气既歉，而志不克划然而自申，则甕牖穷老而不得一篇之工，亦常有之。然则谓盛世之诗不敌衰季，卿相不敌穷巷之士，是二者，殆皆未为笃论已。"

孤立地看待曾氏上述对于具体文章之事的见解，可以生发出种种见仁见智之说，它们整体上所体现的思维方式的一致性，无疑非常清晰：即以一种涵盖宇宙鸿茫、天地万物、世事人生的有机生命观看待纷纭复杂的人文现象，并以此得出条理处置它们的方式，无论人事，还是文章之事。

易之"象""数""理"，"阴阳五行"，"元气"说，是中国古代思想史的核心范畴，同时也是学者多已论及的支撑华夏美学殿堂的基石。曾国藩的"古文四象""奇偶相成"之说，与"阴阳五行"配"四时""五方""五音"

"六律"的传统模式，并无二致，其对于"声音之道"与"气之盈歉""政之兴衰"相通的见解，正是儒家思想与道家思想的贯通。曾氏于咸丰十一年十一月日记谓"乐律与文章兵事相通为表里"。而对于儒、道哲学都偏爱有加的"元气说"，曾氏有更多体贴。

与桐城刘大櫆相似，曾氏强调"为文全在气盛"，"古人之法，全在气字上用功夫"，"文之迈往莫御，如云驱飚驰，如马之行空，一往无前者，气也"，"文章之雄奇，其精处在行气"。

对于宇宙生命本源的"气"的注重，有时甚至凌驾"义理"之上。同治二年十一月日记曰："古人之不可及，全在行气，如列子之御风，不在义理字句间也。"同治五年日记曰："文家之有气势，亦犹书家有黄山谷、赵雪松辈，凌空而行，不必尽合于理法，但求气之昌也，故南宋以后文人好言义理者，气皆不盛。大抵凡事皆宜以气为之，气能挟理而行，而后虽言理而不厌，否则气既衰，说理虽精，未有不可厌者，犹之用字者，气不贯注，虽笔笔有法，不足观也。"

"气"的概念在汇通了儒、道思想后，不仅有着本体论含义，同时可以延伸到有关道德伦理的工具性层面，生天地者为元气，持人身者为精气，儒家"比德"天道与人道，庄子拟之以"同德"，"通天下一气耳"，"书之气，必达乎道，同混元之理"①等。由此"究天人之际"，可以贯彻万有，贯彻对待与对立，消弭分裂与"异端"。

与此一致，传统文化逻辑中的"经天纬地""经国济世""修身齐家""养生待物"，同样是一个从本体论到方法论都同构一统的有机系统，其中包含着共通的价值指向、思维方式乃至运作规则。

以天地阴阳比照世事人生，身心物我，所谓触类而通，同出一源。《乐记》云"人乐与天地同和"；《吕氏春秋·有始览》谓"天地万物，人之身也，此之谓大同"；《春秋繁露·阴阳义》曰"春，喜气也，故生；秋，怒

---

① 托名王羲之著《记白云先生书诀》。

气也，故杀；夏，乐气也，故养；冬，衰气也，故藏。四者天人同有之。"

类似的表述，在儒、道典籍中胜义纷呈。

曾国藩同治十年十一月谕纪泽、纪鸿家书曰："凡人生，皆得天地之理以成性，得天地之气以成形，我与民物，其大本乃同出一源。"道光二十二年十月日记曰："人心善恶之几，与国家治乱之几相通。"同治五年十一月谕纪泽曰："尔胆怯症由于阴亏，朱子所谓气清者魄恒弱。"又三月谕纪泽、纪鸿曰："庄生云，闻在有天下，不闻治天下。东坡取此语，以为养生之法。尔熟于小学，试取'在宥'二字之训诂，体味一番，则知庄、苏皆有顺其自然之意。养生亦然，治天下亦然。"同治八年二月家书曰："柳子厚《郭橐驼传》所谓旦视而暮抚，爪肤而摇本，爱之而反以害之。彼谓养树通于养民，余谓养树通于养儿。"道光二十三年正月日记谓，己身乃"父母之遗体，不将养，即陷入大不孝。"

一元的本体论归结，一元的整体主义思维方式，自然而然衍生出一元化的生命伦理、一元化的政治安排、一元化的文章逻辑。

曾国藩在末世有关"道学"与"文学"的分辨处置所遭遇的困境有关乎此，传统文化中曾经有过的"天人合一""道与文兼至交尽"的妙境也奠基于此，所谓"文字之道"通达"混元之理"，"文皆从道中流出"①。其可能导致"两无所得"的"缺陷"与"矛盾"，只有在足够"现代"的理性观照与价值评估中，才可能充分彰显。

而曾国藩之渴望以"文章不朽"，证明他对于此种跻身造化、比肩天地的"人文主义"精神的终极服膺，而不只是轻薄为文，也不只是埋首事功。

天之未丧斯文也，他显然是以"斯文"自任的。

他说："自古圣贤豪杰，负瑰玮之姿而有康济之才者，皆思摅其所藏，设施于世，亨毒万类，归于太和，非苟为富贵已也。其不幸遭乱世颠

---

① 《朱子语类》卷139。

沛，崎岖艰厄，一无所施，则以其忠孝至性，光明兀鞸浩荡之气，蓄而为道德，发而为文章著述，如山如渊，如云桡波委，其态无穷，如日月星辰，灿然亘万古而不蔽……"

如此，在曾国藩的手眼和教养中，大化流行，民胞物与，进德修业，乃生命最丰沛最充实最高远的理想之境，乃天下之文章渊薮。

第四章

大本大源：湖湘理学与湖南文学

    思想史上称之为"新儒学"的理学，其发生发展直至终结时最具影响力的表达都离不开湖南人的作为；谈理学而不言及湖南，正像谈西方哲学而不言及近代以来的日耳曼。

    湖南人文理性从展开到拥有一种独立的思想形态，大致自理学宗师周敦颐始。在此之前，尽管有屈原、贾谊"流窜"湖湘的骚赋，有李白、杜甫、王昌龄、柳宗元、刘禹锡等作为迁客逐臣对湖湘风物水土的"发现"与抒写，甚至还可以算上离湖南渺矣远哉的老庄哲学所内含的楚文化因子，以及《全唐诗》中屈指可数的出自湖南人之手的二三流诗。但是，很显然，这一切都不足以证明，湖湘文化在当时已经启辟鸿蒙，进入了中国文化的主流位置。炎帝神农，殡于湘土，虞舜南狩，葬身九嶷，湘妃竹泪，柳子洞庭等，这些古老而日新的浪漫传说，不时涌现在异域文化人笔下，或者成为乡土人文的绚丽景观，同时表征了唐宋以前湖南半巫术性质的文明状态以及朴拙刻苦而神人杂处的蛮荒气息，大有别于中原。杜甫"湖南清绝地，万古一长嗟"的诗句，苏轼"山川之秀美，风俗之朴陋"的说法，不太可能诠释出文明成熟、文化鼎盛的含义来。

    然而，正是在这片朴拙的不失野性与灵性的水土上，创始了宋以后作为官方哲学的理学。二程（程颢、程颐）、朱子（朱熹）等理学大师都不

讳言周子(周敦颐)在理学渊流中的宗祖地位。周子之后，胡安国、胡宏
父子，"开湖湘之学统"，胡宏的弟子，湖南另一位理学大师张南轩在接
受38岁的朱熹拜访之后，让朱熹发出"昔我抱冰炭，从君识乾坤"的
感叹。

　　所谓"湖南文学"①，应该说正是在理学之光的照耀下成长并且初步
拥有自己的个性和面貌的，其中堪称典范的人物是王夫之、曾国藩(在某
种意义上，毛泽东延续并光大了他们的典范性)。因为历史的机缘(这种
机缘又是因为其自身所显示的历史合理性而成为现实的，尽管也可以看
出十足的偶然性)，他们所服膺的文学与诗学思想，在现代史上被光大到
一种对于全民族来说都具有决定性的崇高地位。从20世纪"湖南文学"
创作的整体状态及具有代表性的人物身上，依然可以寻觅到理学的光彩
或阴影。

　　而对于我们来说，更为重要的是，通过对"湖湘理学"与"湖南文
学"的关系的描述，通过考察理学对于文学的规定与安排，我们可以洞
见传统视野与概念中"文学"的存在依据及其可能性，其基本的"赋性"
与"赋形"。

(一)"天"与"人"，"道"与"文"

　　理学的兴起与文人写意画的发端及俗文学的萌芽(它们并不代表完
全相同的精神指向)，有几乎相同的时间序列。即便把文人写意画的发

---

① 　本章所述及的"湖南文学"，是指出自"湖南"(这同样差不多是一个现代概念)本土作家之手
的"文学"，而不包括异域作家在湖南的写作。中国古代的地域分野与今天的地域概念有异，
也没有类似于今天的独立的"文学"概念。勉强言之，"诗""文"大数可以被划分在今天的"文
学"概念内，而对于所谓"湖南文学"的表述，也并不是要替"湖南文学"说项，以副流行的地
域文化与文明的自我表彰，而是要检讨传统思想领域中"道学"(理学)对于文学的决定性，以
及"道学"(理学)与文学的某种关联和互动关系。

端及俗文学的萌芽推溯到唐代，前者可以王维为证，后者则可以算上唐传奇与变文，我们也同样可以从陈子昂、韩愈的复古自任中，找到理学家"原道""宗圣""征经"的初始足迹。

这是一个耐人寻味的比较话题，另当别论。

然而，有一点应该指出的是，六朝贵族制度在唐和唐以后的哗然崩坏，以及儒、释、道哲学在此期间的交汇融合，意味着文化的深刻变迁已经或正在发生；中国经济重心的整体南移（由北方的旱地经济向南方的水田经济转移）也与此大致同步。取代了贵族的更加平民化的"士"（尽管他们仍爱好缘饰自己祖先的光荣，"慎终追远"，把自己的家谱延伸到王侯将相，但大多有点子虚乌有），在拥有政治基础后，必然会要求相应的内在的"文化仪轨"。六朝以来宽广而未免涣散的哲学背景与华丽荡靡的文化风尚，无法承担这种精神要求，于是才有"文章道弊五百年矣"（陈子昂语）的惋叹和相应的拯救①。

佐藤一郎在《中国文章论》中说："韩愈的文章富于技巧性并极其洗练，气魄洋溢。在他的文章中有着这样一个世界，在这个世界中，他所认识到的自身的高迈理想与重大任务才是可能的、充实的。支撑着他的使命感的，是那种对儒教正统的继承、发展的非己莫属的认识。如果这种认识光挂在嘴上的话，无非是一种傲慢罢了，但他却是在启示宋代儒学的先驱——道学方面，开时代之先。在韩愈看来，文学须与道的实现相为表里。"②

---

① "文章道弊"非指文章缺少审美性，而是文章的感性气质与唯美倾向对"道"构成遮蔽与侵蚀，甚至流于与"道"无关或背"道"的歧途。柳宗元《柳宗直西汉文类序》曰："殷周之前，其文简而野；魏晋以降，则荡而靡。"。

② 佐藤一郎. 中国文章论[M]. 赵善嘉，译. 上海：上海古籍出版社，1996：46.

　　韩愈对"文"的本质、本体——"古道"的反省与确认①，在宋代理学家的著述中以一种更加平实而定理化的苛严面貌出现。周敦颐的《通书》做了如下规定：

　　文，所以载道也。轮辕饰而人弗庸，徒饰也，况虚车乎？文辞，艺也。道德，实也。笃其实而艺者书之，美则爱，爱则传焉。贤者得以学而至之，是为教。故曰：言之无文，行之不远。然不贤者，虽父兄临之，师保勉之，不学也，强之，不从也。不知务道德而第以文辞为能者，艺焉而已。噫，弊也久矣。

　　圣人之道，入乎耳，存乎心，蕴之为德行，行之为事业。彼以文辞而已者，陋矣。

　　周子的表述是理学家有关"文""道"关系最经典的阐释。二程与朱子沿此思路提出了"作文害道"以及徒饰文辞乃"舍本逐末"的命题，把"文"与"道"的对立以及"文"可能出现的"异化"置于极端。

　　其实，这并不意味着二程和朱子完全无视"文"作为"道"的形式乃至形式的天然合理性与"彰道"的功能。在对先秦儒家"原教旨"的反思中，他们所期望达成的"文"的本义是——"巍巍乎，唯天为大，唯尧则之。荡荡乎，民无能名焉。巍巍乎其有成功也，焕乎其有文章"，"郁郁乎文哉，吾从周"，"质胜文则野，文胜质则史，文质彬彬，然后君子"（《论语》）——一种与道德对称、文质对称的"文"。这种"文"甚至可以直接被看成是天道地德的自然而然的呈示，即"天何言哉？四时行焉，百物生焉"（《论语》），"天地有大美而不言，四时有明法而不议，万物有成理而不说，圣人者原天地之美而达万物之理"（《庄子》）的天地间本来的圆满有序，以及圣人本于造化的荡荡之功、焕焕文彩。

――――――――――

① 韩愈的《原道》曰，圣人之道"文武周公传之孔子，孔子传之孟轲，轲之死，不得其传焉"。又《题哀辞后》曰："愈之为古文，岂独取其句读不类于今者邪？思古人而不得见，学古道则欲兼通其辞，通其辞者，本志乎古道也。"后人誉韩愈为"古人"，李翱的《与陆修书》说："非兹世之文，古之文也，非兹世之人，古之人也。"

在这里，功利企图与美感追求，人为创造与大化运作，是决不两分而浑然一体的。

事实上，当孔子们以缅怀的口吻表达这种混沌原始的先天协同（与早期人类未经分化的思维与心理结构相一致），并以此作为"诗意地栖居"的文明模式时，就意味着浑朴一元的"文""道"境界——天人合一的境界已然丧失。"失乐园"的现实所以带来无穷伤感和劳劳呼唤①；孔子在激扬与升华个体的群类热情以期跨越世俗人生阈限的同时，不得不退而认可"春风沂水"的诗意体验。而老庄则以另一种方式求超越与泯合——冷却、黜退自我营造的固执与执衷，回归天人一体的本原状态②。

天道与人道的剥离，道心与文心的殊途（按照弗雷德里克·詹姆逊的说法，即文学应与"较早的集体艺术实践的形态"相区分，"逐渐脱离仪式与宗教"），天理与人欲的现实破裂，在古代社会日益丧失着原始浑朴的状态时，成为越来越醒目而必然的事实——一种广义的进化与进步。

理学的兴起，正是在汉儒将殷周以来关于"天""人"之际的冥想推求理论化，使其成为"天人感应"的神秘主义学说破碎后，再一次以更加严密的阐释和规定，论证天人合一之道的先天合理性、主体内在性以及内外相关性；并重新确立人们对世界的认识，重新构建历史的整体性幻象："立天之道曰阴曰阳，立地之道曰柔曰刚，立人之道曰仁曰义"③，"诵咏《兔罝》之诗……道心融融，此人心之所同，千古所同，天地四时之所同，

---

① 参见吴非的《大境之美》（《曾国藩学刊》第三期）。该文对诸子"原道"之旨的论述极为精当。
② 包括理学的中国哲学，无不以通融和超越天人、人我、情理、性道等之间的间阻对立为指归，具有大而化之（一元化）的泛审美品格。特别是庄禅哲学，几乎是一种上升到本体的广义的美学，与儒学理学相比较，一者以建设性的姿态要求自我并且面对社会，一者以忘我——解构社会性热情与努力以恢复本然，建构与解构的取向在相同的社会条件下互补互动，相互消释圆融（庞朴先生指出中国文化的整体性格为忧乐圆融），构成了传统哲学的自足与恒久生命力。
③ 周敦颐《太极图说》引《易·系辞》。

鬼神之所同"①，以唤起正在蜕化解构的道德心理，从而体现宇宙的"生生"意志，以及"博施于民"的圣贤冲动。由无极太极而"立人极"，由天道而至世道(治道)人道，"天理之微，人伦之著，万物之众，鬼神之幽"一以蔽之地条贯于神圣的一元；由此派生的"人生观""文学观"，亦必然是苛刻而专断的②。

道德的天然性与内在认同，不能不离析还原为人为强制的外部律令，对"文学"的唯美倾向与其感性游戏的性质，不能不施以更加明确的限定和处置。

这本身就同时意味着情感退场甚至情感反叛。

正因为如此，理学家大多对《诗经》《楚辞》标以严肃的道德意义，有时简直是想当然：汉儒的《毛诗序》已经指《关雎》为述"后妃之德"，朱熹及其同道者对类似《关雎》的篇章所呈现的放达情性的品质，顾左右而言他，对《史记》、李白诗歌中让人心旌摇动的情感魅力给予挑剔的检讨和抨击③，以至认定"近世诗人，穷戚则职于怨怼，荣达则专于淫佚，身之休戚发于喜怒，时之荣泰出于爱恶，殊不以天下之大义而为言者，故其诗大率溺于情好也"④；从而以理性的功利关怀拒绝任何可能的情感放纵与审美沉溺，以对圣人人格境界的攀引取消任何个体和私人性意欲及其表达的合法性。

胡安国、胡宏父子在周敦颐之后"起承"湖湘理学，卓然成家。值赵宋衰蔽日甚一日之时，他们立志行道，以成为"傑然自立，志气充塞于天地，临大节而不可夺，有道德足以赞时，有事业足以拨乱，进退自得，风

---

① 杨简《慈湖外传》。

② 徐渭指斥朱子对人的琐碎押宰，认为朱子只为自己要做圣人，于是看得满世界的人都不是。参见拙文《论徐渭的审美历程与古典精神的自足轮回》[湘潭大学学报，1990(4)]。

③ 王夫之认为读《史记》近乎"玩物丧志"。李白的诗歌在唐以后至近代以前的整体评价远逊老杜。理学家多有指屈赋为"怨怼之辞"者。

④ 邵雍《伊川击壤集序》。

不能靡，波不能流，身虽死矣而凛凛然长有生气在人间"①的"大丈夫"自期，倡导"道学衰微，风教大颓，吾徒当以死自担"②，认为"玩其辞而已"的"口耳之学，曾何足云"③，且更加强调"事功"之于人生的根本意义。"文学"从此被纳入"经世致用"的指归之下。即使是"致用"之途闭塞、主体被剥夺或者不得不怏怏地放弃"事功"的热情，即使以自我的审美放逐对抗世俗的挫折与失败，以虚空玄妙应对琐屑庸凡，表面上诗化的体验与要求，也同样归于一元本体，指归于含义更加模糊宽泛的"道"，最终也不可能允许挟带原欲的生命，扩张放达到自我颠覆的程度。为"诗"为"文"之所指，只能在社会性的伦理要求可以容纳的范围之内，而且要与这种社会性的伦理要求达成深刻的一致与共谋④。

周敦颐的《爱莲说》是"湖南文学"第一篇称得上范文的作品，"出淤泥而不染，濯清涟而不妖，中通外直，不蔓不枝，香远益清，亭亭净植，可远观而不可亵玩"的莲花形象，不仅象征了理学家所认可的最清洁的文学，而且也体现了他们所能认可的最起码的人性与人格。

（二）"言志"与"言意"，"达情"与"达欲"

理学（或称道学）家视野中的文学所要表达和覆盖的不是某种私人性的偶然的情感，而是一种集体的甚至囊括天地的情感，一种具有普遍意

---

① 《五峰集》卷二。

② 《宋元学案》卷四二《五峰学案》。

③ 胡宏《知言》卷四。

④ 曾国藩为"诗"为"文"标举"阳刚"，同时并不放弃以"阴柔""惬适"对称，这只是一种美学上的对称。在凭高势危、事成毁至、鸟尽弓藏的现实鉴诫与历史箴规面前，他屡屡以行藏无碍、遗世远举的标举来保持行藏用舍、进退出处之间的和谐平衡，这是传统社会众多文化表率人物都有所实践和发明的稳定的文化心理结构。

义的能指①，主知(所谓"微词奥义")主情(所谓"万古之性情")都要臻于至诚至善。

周子教二程寻"孔、颜乐处"的圣人人格，张子追求"视万物无一物非我"的"大心"境界，船山强调表现"大欲""公意"。在此基础上，还必须约之从中庸节制的原则②，使其表达不至流为纯粹的倾诉与煽情(下乘者难免如此)。因此，"专主于为文"必定无所作为，"主于道则欲消艺进，主于艺则欲炽道亡，艺亦不进"③，"古文本之经学，依之事理，无心而虚伪者不能作，故奸邪之人物其古文传于世者未之闻"④。

由此来看，以道学规范文学，并不是最轻松简便的为文途径，而是最严酷艰难的途径，甚至可遇不可求。

但如果"道""理"丧失了其本体论含义而仅仅成为某种工具性质的伦理纲常，并不真正包含天下家国人伦物理的大义，如此为文就很可能是僵硬原则与纲领下的仿造与伪造；而这正是道学规范文学常常自毁长城、自蔽家业之所在。最高的理想下很容易塑造出投机取巧、为我所用的纯功利主义的败家子或本无造化的腐儒。

---

① 中国历史上汉民族的"史诗"与具有体系性的神话并没有获得流传(尽管近年来在湖北神农架地区发现有所谓"黑暗传"的民间传播，但它的存在状态，显然正是在"人文理性"的范围之外)，这与先秦人文理性的迅速成长及其价值取向有关；史诗与神话材料多已变成"三代之治"一类理性历史的纯洁符码，或者流为仙话与鬼话。史诗与神话往往内含一个民族的集体情感与集体无意识，儒家诗学对集体情感的推崇显然已是另一种含义，但也由此可以洞见"史诗"传播过程中中断与转换的某种消息。从文化人类学的视角看，"史诗"的发生对于古代民族的思维来说，是一种普遍的情景，因此，"史诗"的问题，关键是传播和接纳并且是否被理性文化容留的问题，而不是产生出现的问题。参见孟泽，启良. 史诗的消亡与中国文学的人文走向[M]//多元文化语境中的文学. 乐黛云，等主编. 长沙：湖南文艺出版社，1994。

② "中庸节制"作为一种美学原则正像作为一种生命原则一样，在儒家哲学中发展得很充分，譬如对繁简、俭侈、吞吐、多少、伸缩、增缩、浓淡的辩证掌握与要求比比皆是，以至与道家"言意""有无""虚实"等更高一级的对生命困境的觉悟连在一起。

③ 《象山全集》卷二二《杂说》。

④ 青木正儿《清代文学评论史》述方苞《答申谦居书》要旨，见佐藤一郎《中国文章论》第二章。

　　事实也确乎如此。正统的"诗""文"创作在道学兴盛的宋以后直至明末几乎无声无息；其时尽管派别林立，文场上多有揭竿树帜者①。明初重臣、号称一代宗师的湖南人李东阳的创作，代表着"湖南文学"真正步入主流阵营；但是，其"风教之旨""温柔敦厚之制"无非是治平之世的"故事新编""老调重弹"而已。钱谦益的《列朝诗集小传·李少师东阳》曰："国家休明之运，萃于成弘，公②以金钟玉衡之质，振朱弦清庙之音，含咀宫商，吐纳和雅，汎汎乎，洋洋乎，长灵之和鸣，共鸣之交响也。"这些话在今天看来，与其说是对于他的"文学"的认可，还不如说是对他作为廊庙之器的天然资质的礼赞。

　　在理学成为官方哲学而与整个社会文化保持相对严密的一致时，文学往往成为无关乎灵魂的"即兴""应景""应制"的花草，成为优越的文化地位与文化立场的附带说明，成为一种心理按摩和性情自慰。真正的文学只有在有意无意地对理学的超越与反叛中完成自身，而超越与反叛的程度决定着它们所能达到的高度。晚明"心学"的本意在于对理学原理做出更具普适性与可行性的现实解释，却始料不及地促成了整体意识形态的瓦解，致使有序严谨的官方哲学加入了某种平民化的颠覆性的"异端"倾向。

　　王船山将晚明"易代"的变故，完全归罪于此种思想上的颓堕及其所导致的主流意识形态的瓦解，其表征甚至是亘古未有的"文之俗陋"，指责"自李贽以佞舌惑天下，袁中郎、焦弱侯不揣而推戴之，于是以信笔扫抹为文字，而诮含吐精微、锻炼高卓者为咬薑呷醋，故万历壬辰以后，文之俗陋，亘古未有"，"大雅中理语造极精微，除是周公道得，汉以下无人能嗣其响……王伯安厉声吆喝'个个心中有仲尼'，乃游食髡徒夜敲木板叫街语，骄横卤莽，以鸣其'蠢动含灵皆有佛性'之说，志荒而气因之躁，

---

① 宋以后"诗""文"创作的衰颓与整体上文学话语方式的变迁有关。但是，理学对"诗""文"创作的规范也是至关重要的，它同时强化了"诗""文"创作者对新的文学话语方式的敌对。

② 指李东阳。

陋矣哉"①！因为志荒气躁，文章失范，"色引其目而目蔽于色，声引其耳而耳蔽于声"②，外在的诱惑遮蔽了内在的性理，于是"划断天人，失太极浑沦之本性"③，异端纷纭，形而下猖獗，引来天塌地陷、中原陆沉。

船山标榜气节，唯欠一死，"抱刘越石之孤愤而命无从致，希张横渠之正学而力不能企"④，试图对儒家原典重新加以诠释，以期在晚明多少有些混乱的思想基础上重建人的与国家的精神，所谓"六经责我开生面，七尺从天乞活理"，"疏瀹水之歧流，引万派而归墟，使斯人去昏垫而履平康之坦途"⑤，就是他所认同并为之努力终生的使命。

"易代"的遭际使船山较承平之世的理学家有更宽广的见识与深邃的洞察力，也强化了他的"经世"倾向，强化了他有关"天理民彝"的分辨与思辨，以及对于可以寄托天下兴亡的博大的人格主体的仰望和相思。《俟解》中说："有豪杰而不圣贤者矣，未有圣贤而不豪杰者也。能兴即谓之豪杰。兴者，性之生乎气者也。拖沓委顺当世之然而然，不然而不然，终日劳而不能度越于禄位田宅妻子之中，数米计薪，日以挫其志气，仰视天而不知其高，俯视地而不知其厚，虽觉如梦，虽视如盲，虽勤动其四体而心不灵，惟不兴故也。圣人以诗教荡涤其浊心，震其暮气，纳之于豪杰，而后期之以圣贤，此救人道于乱世之大权也。"将孔子诗教中"兴"的概念引申到人本与人性锻造的高度而不放弃社会性的伦理价值归结，说明船山的体贴已深入到孔儒诗教的原始堂奥与内在骨髓，并深得圣人三昧。对"意"（"意犹帅"）的强调，对"情""景"（"情不虚情，情皆可景，景非滞景，景总含情"）的辩证把握，对"诗体""诗法"（"法尚应舍，何况非法"）的指点，都显示出非同一般的见识与提纲挈领的通达。

---

① 《夕堂永日绪论》。
② 王夫之《张子正蒙·叫状篇》注。
③ 《夕堂永日绪论》。
④ 王夫之《自题墓石》。
⑤ 《张子正蒙注·序》。

船山高标自许，他认为为文为诗"无法而大法"，贵在"性情流转"，而不在撮弄字句、起承转合，不在章句韵律之限，甚而说"诗教虽云温厚，然光昭之志，无畏于天，无恤于人，揭日月而行，岂女子小人半含不吐之态乎？""两间之固有者自然之华，因流动生变，而成其绮丽，心目之所及，文情赴之，貌其本荣，如所存而显之，即以华奕照耀，动人无际矣。""神理流于两间，天地供其一目，大无外而细无垠，落笔之先，匠意之始，有不可知者存焉"①。这已然上升到圣人体会"原道"、师心"造化"的神秘主义的高远境界，"造化"本身就是"诗""文"的极致；伟大的"诗""文"必定是伟大的心量与"造化"对称的产物，诗人必须以开放的心怀体会并且有能力感受那生生不息的脉动与激发，以表达天地间的浩然之气与对应于心的苍茫情怀。

然而，船山同时说："诗，本教也。"而当"诗""文"及其创作主体在"教"的规则下必然丧失（或本不能拥有）这种体道的自然广大的性质时，平庸与极端、浅露与尖锐、夸张与滑稽（非美学意义上的）就在所难免了。

显然，船山的批判与认同，无不基于"为天地立心，为生民立命"的理学姿态，基于在患难中对经国济世的巨人人格的要求与期望，并以一种高尚、圣洁而渺茫的普遍性，规范"文学"的独立性与私人性，以一种至高无上的圣贤境界来要求所有世俗的具体的情感。因此，他关于"诗""文"所应该表达和如何表达的衡度，其实也非同一般的方正谨严——"古人修辞立诚，下一字即关生死"；他不仅不屑妇人、衲子、游客、诗佣之作，对市井之谈、俗医星相迷惑丧心之语、污目聒耳之秽词亦深耻之。他所需要的是"博大私通""淹贯古今""有得于道要"的"雅正之音""冲穆之度"，可以"引申经传之微言"。对代表帝王家气象、禀之于天地的汉高祖、汉武帝、曹操、曹丕的创作，无限心仪景仰，而讨厌纯粹诗人气

---

① 《夕堂永日绪论》。

质的曹植①，讨厌诗文中"正是不仁"的"娇涩之音""忿戾之气"。

当形而上之旨趣落实到具体规划与检讨时，道学家之意味同时昭然若揭，譬如他认为让"精神""命脉""遭际""探讨""总之""大抵""不过"一类词语进入晚明"经义"中，就是流俗糟粕侮辱圣贤；对"诗""文"中有"俚语咿哟""里巷淫哇"大为不满；指斥"汉魏以降，无所不淫"；指斥元稹、白居易"将身化作妖冶女子，备述衾裯中丑态"；嘲笑陶渊明诗中有"饥来驱我去"之类句子是"量不弘而气不胜"；说"杜甫不审，鼓其余波""啼饥号寒，望门求索"似"游食客"；白乐天"本无浩渺之才，如决池水，旋踵而涸"；苏轼乃"萎花败叶，随流而漾，胸次局促，乱节狂兴所必然也"。

正像在思想上船山严格以至挑剔地判别"圣学"与"异端"，在"文学"上船山同样严谨地区分"志"与"意"、"情"与"欲"的表达所指示的完全不同的境界与风尚。《诗广传》曰："诗言志，非言意也；诗达情，非达欲也"，"意有公，欲有大，大欲通乎志，公意准乎情，但言意，则私而已，但言欲，则小而已"。

单独看待这种概念上的缕析，几乎无可置辩，只有澄清这些概念所关涉的意识形态背景和古典语境，其内涵所指的狭隘与尖锐，才会触目惊心。一元化的载道逻辑及其紧迫的当局意识，不可能让船山做出超越传统的"文学"定义，也无从有超越传统的创作实践，这从船山出人意料地染指的杂剧《龙舟会》——一出三百多年前的"主题先行"的"样板戏"中②，可以找到足够的说明，也可以从中看到"载道"的高远理想及念念在心的主题愿望，如何与一种苍白拙劣的表达联系在一起，"史诗"般的

---

① 船山《夕堂永日绪论》内篇三二："曹子建于子桓，有仙凡之隔。"。

② 《龙舟会》是王船山留存的唯一一称得上俗文学的作品，讲述谢小娥为父亲谢皇恩、丈夫段不降报仇的故事，文辞类似"诗剧"，强烈的"主题愿望"使全部故事、人物乃至任何语言符号的设计都成了纯粹观念表达的道具，与三百年后的"样板戏"如出一辙。

情怀与愿望，如何变成了语录式的教案①。

（三）"一奇一偶者，天地之用"

在中国历史上，社会危机往往表现为单纯的意识形态危机，意识形态危机又每每指对着"文""道"的分解与"天理""人欲"的破裂，所谓"道心惟微，人心惟危"。

挽救这种危机的思想努力常常在"半神学半哲学的领域里做文章"，很少涉及技术和制度上的反省②，而最终以回复某种普遍的一元本体为归宿。"只有那唯一自在的本体才是真实的，个体若与自在自为者对立，则本身既不会有任何价值，也无法获得任何价值。只有与这个本体合而为一，它才有真正的价值。"③而代表这一"本体"的概念正是"道""理""性""气""心"等④。这些概念不仅有着"自在自为"的本体论含义，有着"至大无外，至小无内"的形而上指称，而且，由此"究天人之际"，可以贯彻万有，贯彻对待、分裂；同时，它们又可以延伸到道德的工具性层面，甚至可以沦为完全不具形上意义的伦理符号。无论在哪一个层面，与之相对的个体存在或者形式，其独立的意义与章程都将趋向消泯与统一，"与本体合而为一时，个体就停止其为主体，主体就停止其为意识，

① 参见拙文《船山二题》[古典文学知识，1997（4）]。
② 参见黄仁宇《赫逊河畔谈中国历史》"道学家"章。
③ 黑格尔. 哲学史讲演录：第一卷："中国哲学"章[M]. 北京：商务印书馆，1983. 黑格尔对中国哲学评价很低，这与他所持的西语立场上的哲学定义有关，如果以纯粹中国古典哲学的语言立场来看待西方哲学，可以得出同样的评价。尽管如此，在我们今天拥有"准西方"的现代语言立场之后再看黑格尔对中国哲学某些特点的分析，就并非纯属"不实之辞"了。
④ 以"心"为本体，是"心学"——理学异端的"发现"。从个人"究天人之际"的思路看，"道""理""性""气""心"可以是哲学意义上的本体，而从社会性的思路看，"皇帝"是这种本体的世俗象征，一切热情均指归于他。

而消逝于无意识之中了"①。

因此，不只理学，整个传统思想史上，人的自觉往往同时意味着人的消解，"文学"的自觉也同时伴随着"文学"的取消，"自觉"只要求主体的敞开与包容，而不许可主体的分离与独立，因此个体只能在主流意识形态的缝隙中似隐似现，而理学兴起以后甚至呈现出某种倒退与萎缩。

基于同样的逻辑，所谓"经天纬地""经国济世""修身齐家""养生待物"，乃至为诗作文，在传统哲学中是一个从本体论到方法论都同构一统的有机系统，以天地阴阳、天"文"地"理"比照世事人生、身心物我，然后贯通具体的世俗规划。儒家"比德"天人，庄子拟之为"同德"，所谓触类而通，同出一源。求"真"往往意味求"贞"②，物理、心理、伦理被视为一"理"③；这也正是黑格尔当年所奇怪的："在中国人那里，存在着最深邃、最普遍的东西与极其外在、偶然的东西""直接的结合"（譬如《易经》以八卦图形作为宇宙的始原又同时用作卜筮）。船山在《四书训义》卷一中说："道至平天下而极矣。"这是出于同样的思维逻辑对孔子"吾道一以

---

① 《哲学史讲演录》第一卷"中国哲学"章。

② 王夫之《说文广义》："真，《说文》据会意而言，为仙人化形登天之名。乃古今文字皆用为'真伪'字。仙人登天，妄也，何得云真。'真伪'字当作贞。贞、真相近，传写差讹，遂有'真'字。方士假为之说，汉人附会之耳。六经、论语、孟子无真字。贞，正也，卜筮者所正，得之爻体也，故为正、为实、为诚、为常、为不妄，而与虚伪相对。考文者废真字可矣。"船山对"真"字的考索不一定准确，但对"真"的伦理本义的概括却富于启发性。笠原仲二的《古代中国人的美意识》认为：《说文》中"真"的原初意义，象征人死后变形升天的样子，同时它又与"虚""假"相反对，意味着事物内部充实的姿态。笠原氏接着阐释说："真"象征着人们摆脱尘累而升华到无碍的天空(即自己生前的故乡、生命的本源、自由的世界)的愿望或这种愿望达到后的喜悦。也就是说，它象征着人们把自己有限的生命向无限的生命归投(解脱)的憧憬、理想或这种理想实现后的快乐。

③ 黄仁宗的《赫逊河畔谈中国历史》"道学家"条曰："理学或道学将伦理之理与物理之理、心理之理混为一体，在1200年前后仍与欧洲思想界不分轩轾。可是欧洲在1600年前后已将有关伦理之理与物理之理划分清楚(此亦即JosephNeedhan所谓naturallaw与lawofnature不同)，而在中国则二者依然浑同。

贯之"的"原道"哲学最富于启示性的解释。

清代中兴名臣曾国藩及其后辈对船山的推崇，正是基于这一根本的思路，而并非在于船山"深明大义"的"夷夏之辨"和纯粹基于现代西语立场而发掘出来的所谓"启蒙"的近代意义。

曾国藩早年在京中有"多作几首诗"成为"诗家"的想法，并且终生渴望以"文章不朽"。自谓"粗解文字，由姚先生(姚鼐)启之"。但他并不甘心列于桐城门下。清代的古文理论，也就是古老的"文""道"关系的整合与复归，在桐城元老辈手中接近完成。方苞倡导"义法"，刘大櫆以"义理、书卷、经济"作为"行文之实"，姚鼐指"夫文者，艺也。道与艺合，天与人一，则为文之至"，在认识上已达到"文以载道"命题的核心。但是，桐城文论所缺乏的是"天与人一"的理想文境在现实主体上落实的可能性与实践。虽然船山曾经体验到"主体"作为经世为文前提的巨大意义，并常常以此自期，而真正饰演了实践者角色的却是曾国藩。

曾国藩对于"文""道"的兼济乃是一种以主体人格实现为条件的精神状态与主观境界，而殊非观念与方法之事，有着经验的明确的体认——"自周公以下，唯孔孟道与文为俱至……若谓专务道德，文将不期而自工，斯为上哲而然。"① "自孔孟以后，惟濂溪《通书》、横渠《正蒙》道与文可谓兼至交尽，其次如昌黎《原道》、子固《学记》、朱子《大学序》寥寥数篇而已"② ——倘若不拥有相应的心灵堂奥和人格境界，对圣哲文境、文道合一的追踵就是空想而徒劳的；只有主体人格的圣贤化，方可能解除文与道、情与理的尴尬对峙，方可能有审美愉悦与体道乐感的交汇统一。

曾国藩以执着而不乏悟性的心智，在接受理学熏陶的同时，便有了经济当世、纲纪国家、励风俗、导人心的清醒的角色意识，而历史又成全

---

① 《曾文正公全集》卷四。

② 《曾国藩全集·诗文集·与刘霞仙》。

了他"并功、德、言为一途"、体兼圣王的豪迈自许。"君子之立志，有民胞物与之量，有内圣外王之业，而后不愧于父母之生，不愧为天地之完人"①；"风俗之厚薄奚自乎？自乎一二人之心所向而已……此一二人之心向义，则众人与之赴义，一二人之心向利，则众人与之赴利"②。有英雄磅礴之气，成就光明伟俊之业，这就是曾国藩对"一二人""完人"之自我体认。因此，在乾隆以后迟暮、萎靡的文化气氛中，他毫不犹豫地拈出了"倔强不驯""峥嵘""傲兀""如火如荼""喷薄""雄奇"等一系列美学概念，在对"阳刚""阴柔"（一对贯彻宇宙乾坤、人格气质、美学境界的经典性的对称互补范畴）的辩证把握中，也并不掩饰自己的私意偏颇："人本阳刚之气最厚者，其达于事理，必有不可掩之伟论，其见于言表，必有不可犯之英风"③，"造句约有两端，一曰雄奇，一曰惬适……雄奇者，得之天事，非人力所能强企；惬适者，诗书酝酿，岁月磨练，皆可日起而有功。惬适不必能兼雄奇之长，雄奇则未有不惬适者"④。充分的信念与信心，甚至让他不计谦谦君子风度而"自比陈卧子"，"恨当世无韩、苏、黄一辈人可与发吾狂言者"⑤。

曾国藩不仅洞察了"一奇一偶者，天地之用也"的天人同构，还独出心裁地阐释了文道同一的原始真义："盖声音之道与政相通，国家鼎盛之日，太和充塞，庶物恬愉，故文人之气盛而声亦上腾。反是，则其气歉而声亦从而下杀。穷者之气既歉，而志不能划然而自申，则瓮牖穷巷而不得一篇之工、亦常有之。然则谓盛世之诗不敌衰季，卿相不敌穷巷之士，是二者，殆皆未为笃论已"⑥，"乐律与文章兵事相表里"，"文之迈往莫

① 《曾国藩家书》，39页。
② 《诗文集》，181页。
③ 《笔记十二篇·阳刚》。
④ 《笔记二十七则·文》。
⑤ 《曾国藩家书》道光二十四年三月。
⑥ 《云桨山人诗序》。

御，如云驱飚驰，如马之行空，一往无前者，气也"①。在一种心涵宇宙鸿蒙、视通古今万象、只手乾坤、人生在握的英雄主义（圣贤）美学中，"诗穷而后工"的稔熟常识难成笃论。这也就是给予他启示的桐城三祖无法规范他的地方。方苞虽位至辅臣却曾为狱囚，终不免道学讲师气息，刘大櫆一生蹭蹬科场穷愁抑郁，姚鼐进身省阁却无志于"经济"。

曾国藩对于诗文的最高境界——即文即道的境界的企望，是他体认圣贤的自我折射。理性自律、功利关怀以及政治家的"家国情怀"，使他不可能对以情感为核心的"诗性精神"有纯文学的认同②。在作为审美的文学创作日渐发展着独立的性质与意义时，曾国藩以理学词臣的姿态，依照其所秉承的思维方式与思想逻辑，自然而然地要求消泯这种独立性。"文学"的含义只能落实在"立言"（"三不朽"之末）的规则内，或者仅仅是手段和工具而已。"道与文道不能离而为二"，"两无所得"是令他痛心的末世态。而在他所施行的拯救中，却同时使"诗""文"在起点的逻辑上不存在自足的性质与章程，以至把"诗""文"与"八股制义"混为一谈③。所谓"赤地新立"，作文"另有一番文境"，也就成为除了圣贤境界外无所指对的空言。

当丰富广阔乃至"倾斜""变态"的自然情感，折中条理为圣教的"乡愿""傀儡"时，他所标榜的森然奇崛、格古调逸的"诗""文"，就只能是准道学或者伪道学的"制义"之作。

这正是曾国藩无法成为"诗""文"大家，也无法倡导出"诗""文"大家的根本原因（尽管他光大了桐城文派，又在文学史上倡导出了所谓"湘乡派"与"宋诗运动"）。当他多少解除了道学冠冕，从神圣的目标中淡出，以切身的体验带着情感乃至情绪在《家书》《日记》《书信》中抒写人

---

① 《曾国藩日记》咸丰十一年十一月。
② "诗性精神"，语出维柯《新科学》。
③ 《曾国藩日记》道光二十年十二月。

情世故的琐碎艰困与一己的受想行识、爱憎恩怨时，他的文字反而更接近"文学"，更让人惊心动魄。也正是这些文字表明曾国藩确实是中国传统文化（包括古典美学）最后一个称得上代表的代表。"湖南文学"的古典形态因此而拥有一个响亮的终结。

（四）"大本大源""圣贤学脉"

20世纪的"湖南文学"在整个中国文学中所占有的份额与分量，非前此的历史所可比拟；但它们并不因此而成了一个与历史没有瓜葛的独立现象。如果缺少有关传统文化背景的阐释，把握20世纪湖南乃至中国纷纭复杂的文艺现象便难得要领。

用稍稍传统一点的文学观来看待这一时期的"湖南文学"，我们将毫不迟疑地标举毛泽东在文学上的崇高地位，而不只是其文学思想的影响力所构成的地位。他所创作的与他的政治风度可以互为解释的诗词和天马行空式的书法，显示了一种让王夫之、曾国藩无限倾心却未能获得如此实现高度的人格与主体境界。

在某种意义上看，它们是一个不失浩大与雄浑激昂的时代的象征，这个时代的苦难之深重，一如它的希望和抱负之热烈宏伟。

毛泽东虽然最终成了大有别于传统文化面貌的马克思主义者，但同样明确的事实是，他和他的思想成长于中国文化水土之上，并且以服务和指导中国的现实为目的。

在毛泽东的青少年时代——一个足以大部分完成一个人的思想、心理与人格结构的年龄段，他不止一次地表达过与湖湘理学精神相一致的见解，表达过对曾国藩的景仰。《论学书》中说："欲动天下者，当动天下之心"，"动其心者，当具有大本大源"，"今吾以大本大源为号召，天下之心其有不动者乎？天下之心皆动，天下之事有不能为者乎？天下之事可为，国家有不富强者乎？""圣人既得大本者也，贤人略得大本者也，愚人不得大本者也"①。这里的"大本大源"归结，与理学家究天人之道、反思人伦物理区别并不大。曾国藩谓"吾之身与万物之生，其理本同一源。乃若其分，则纷然而殊矣"②，"凡人之生皆得天地之理以成性，得天地之气以成形，我与民物，其大本乃同出一源"③。曾氏认为，关于"本""源"的洞察，多在"六经"、在"圣人立名之始"，所以他不满意时人"舍经而降以相求，是犹言孝者敬其父祖而忘其高曾，言志者曰我家臣，焉敢知国"④。曾氏改造了姚鼐的《古文辞类纂》，并作《经史百家杂钞》，"每类必以六经冠其端，涓涓之水，以海为归，无所于让"⑤。毛泽东推许道："干振则枝披，将挥则卒舞，如是之书曾氏《杂钞》其庶几"，"国学者，道统与文也，姚氏《类纂》畸于文，曾书则二者兼之"，且谓，"今之论人者，称袁世凯、孙文、康有为而三，孙袁吾不论，独康似略有本源矣。然细观之，其本源究不能指其实在何处，徒为华言炫听，并无一干竖立、枝叶扶疏之妙"，"愚于近人，独服曾国藩"⑥。

　　毛泽东推许曾国藩，绝不止于他"收拾洪杨一役，完美无缺"，而包括曾氏所表现的不像袁世凯之类"徒以智计手腕牢笼天下"，如"秋水无源，如何能久"，而是像"大宗教家"，贯通"圣贤学脉"，乃"办事而兼传教之人也"⑦。也就是说，曾氏"内圣""外王"集于一身，乃深得"大本大源"者。《讲堂录》有笔记两则曰："张子曰：为天地立心，为生民立道（命），为往圣继绝学，为万世开太平。为生民立道，相生相养相维相治之道也。为万世开太平，大宗教家之心志事业也"，"王船山谓有豪杰而不圣贤者，未有圣贤而不豪杰者。圣贤德业俱全者；豪杰歉于品德而有

① 中央文献研究室，编. 毛泽东早期文稿[M]. 长沙：湖南出版社，1990.
② 《曾国藩全集·书信》，21 页。
③ 《曾国藩家书》，1427 页。
④ 《经史百家杂钞·序例》。
⑤ 《经史百家杂钞·序例》。
⑥ 《毛泽东早期文稿》。
⑦ 《毛泽东早期文稿》。

大功大名者，拿翁（破伦）是也，而非圣贤"。"大宗教家"（圣贤）不仅于"大本大源"深有开悟，有至大至刚的伦理意志（一种并不纯粹的主体精神），可以提携天下，垂范后世，同时也在于"实事求是"，可以"办事"，可以"经世致用"。"实事求是"，语出《汉书》，沿用于乾嘉考据学家，在曾国藩手中被改造为"即物穷理"的理学原则："夫事者非物乎？是者非理乎？实事求是，非即朱子即物穷理乎"①。毛泽东的"实事求是"观在此基础上注入了结合中国实际的实践内涵，是指向现代意义上的"经世致用"的逻辑阶梯，为学为文皆统摄于此。"古者为学，重在行事，故曰行有余力，则学为文"，"闭门求学，其学无用，欲从天下国家万事万物而学之"，"志不在温饱，对立志而言。若言作用，则王道之极亦只衣帛食粟不饥不寒而已"②。这与"圣人务本"，"道至平天下而极矣"，"吃饭穿衣即是人伦物理"的理学思想并不相悖，同样基于"民胞物与"的使命。

毛泽东日后的事业及其思想（包括文学思想），与上述他对主体人格、精神及实践实用哲学的认同密不可分。从"大本大源"、伦理意志的高扬中，隐约可见《延安文艺座谈会上的讲话》中"文艺作品反映出来的生活却可以而且应该比普通的实际生活更高、更强烈、更有集中性、更典型、更理想，因此就更带有普遍性"的说法，不仅对创作主体的胸襟、视野、人格有着严格的诉求与规定（对所反映的现实主体的纯洁性与善恶，亦同样有着严格的判别与处置），而且诉求一种具有超越性意义的表达。从"致用"思路中，可以找到"文艺为人民服务"，"古为今用、洋为中用"的潜在命意与宗旨。

事实上，毛泽东文学思想所包含的对文学的伦理与实践功能的强调，还可以从他早年醉心梁启超的文章找到解释③。

梁氏倡导"新的经国文学观"，认为"欲新一国之民，不先新一国之

———————————

① 《曾文正公书札》。

② 《毛泽东早期文稿》。

③ 萧三的《毛泽东传》称毛早年醉心梁启超的文章到被师范学校老师提醒的程度。

小说不可"，"故欲新道德、宗教、政治风俗、学艺必新小说，乃至欲新人心、欲新人格必新小说。何以之故？小说有不可思议之力支配人道之故"①。在 20 世纪中国整体上处于危机存亡之时，这种夸张的实用主义态度，很难被认为是草率的。联系传统哲学的一元致思方式，对文学的工具论处置势所难免。

因此，20 世纪的"湖南文学"已经成为"现代文学史"事实的部分，多在种种缺少独立身份的精神运动中运作，所有的光荣与黯淡皆系于此，我们很难找到一种纯粹基于个人的表达②。沈从文之不能入主流阵营（除个别时段外）正是必然。

一元中心、载道逻辑决定了文学可能走向狭隘、纯粹制义与洁癖，连人也成为匿名的或中性的代码。以至在文学文本中，充斥着公共性的政治话语与立场，人为的豪迈、悲壮与欢乐，语言空转、词汇萎缩；而在政治文本中，又充斥着种种情感情绪的文学想象式的反科学话语，以至谵妄。以唯美的方式行政，又以行政的策略作文，任何个人的情感与趣味都只意味着一种与"衾裯中丑态"类似的卑劣与自私。而在解除了"载道"的逻辑后，却又难免会单纯指向"载物"的"衾裯中丑态"。这是同一种隐性文化基因的显化。

20 世纪 80 年代以后，中国进入了一个物质相对繁盛的时期，过于严格的道德追求与经世致用、忧时伤世的国士情怀相对萎弱，个体的感性沉溺与多元涣散的审美趣味相对加强。但是，眼前的中国毕竟不是西语立场上的雍容而臃肿的"后现代"，苍茫独立的理性情怀和谨慎理智的批

---

① 《小说与政治的关系》。

② 佐藤一郎的《中国文章论》说："中国的古文传统，由于革命而一度断绝，但即使是在现代中国，它也还是变换了姿态在延续着生命……中国传统的道的文学思想，会成为为人民服务的人民文学而再次强力地复活，依据古文锻炼出来的修辞法，表现在毛泽东的著作之中，甚至被骨肉化了。"佐藤氏还认为，在中国文论中，"不是政治家之文学者，不适宜接近世界的中心，也不被垂名于青史"，这其实仍然是文道一统的逻辑使然。

判态度，将与感性和私人性意欲的扩张互动。同时，一个走向现代化的国家，必将伴随着文学上更加强烈的建设性与批判性要求。在道德膨胀的所谓"文化冒险主义""激进主义"与道德涣散瓦解的相对主义之间，有着广阔的文学生长之地，这可以从"湖南文学"与"湖湘理学"上千年的恩怨纠葛中获得必要的警示：任何公共伟大的情感意欲的表达，必然而且必须首先是基于个人的私人化的体验与表达，否则，所谓"大欲""公意"，所谓"天理流行"，就可能是对于主流意识形态的简单抄袭与服务。私人性的情感意欲，本身并非没有源于生命的合理性，它们甚至是生命的所有的光荣的或者平庸的合理性的基础和源泉，在一定意义上，"意"与"欲"，"情"与"性"，并不可以做简单的价值取舍。相应地，文学如果不具有基于自身身份的独立的性质、意义与章程，而仅仅是一种寄生，不论是怎样的寄生，寄生于"大欲""公意"，还是"人欲""私意"，这种寄生往往导致文学的取消。

如果"把一切价值转化为道德价值"①，正像把一切价值归结为对于道德的革命与反动，文学就难免不成为伦理学或社会学教材的图画本。

自然，私人性的情感意欲以及拥有独立身份的文学表达，是否具有恰当的形而上的精神指称与"原道"品格，将决定着它本身的高度和分量。毕竟，世界上没有独立于人类精神现象之外的单一的文学与文学要求，"文学的伟大价值不能仅仅用文学标准来测定"②。

---

① 艾略特《关于人文主义重新考虑后的意见》。
② 艾略特《宗教与文学》。

第五章

行谨重而言放荡：周作人与文章之事

　　周作人（1885—1967），出生于浙江绍兴，鲁迅胞弟，初名櫆寿，后改名作人，曾使用仲密、知堂、药堂、十堂等笔名。

　　少年时，周作人参加过科举考试，1901 年，进南京江南水师学堂，1906 年赴日本留学，1911 年夏回国。辛亥革命后，在绍兴等地任职。1917 年，开始在北京大学、燕京大学等学校任教，提倡白话文，倡导新诗，参与新文化运动。1938 年，在北京出席日本人主持召开的"更生中国文化建设座谈会"；1941 年 1 月，出任伪华北政务会教育督办；同年 4 月，在东京出席东亚文化协会文学部会。抗战胜利后，国民政府以"通谋敌国图谋反抗本国罪"处周作人有期徒刑十年，1949 年，保释出狱。后居北京，以著文、翻译为生，死于 1967 年。周作人著作等身，自编文集数十种，内容涉及文化、文学、教育、社会、时政、宗教、人类学诸方面。

　　周作人曾经自称，"我的兴趣所在是关于生物学人类学儿童学与性的心理"，"自己所不知的乃是神学与文学的空论之类"①。

　　然而，周作人在后世更多为人所知的却正是他对于"神学"（古代社

----

① 《瓜豆集》题记[M]//钟叔河. 周作人文类编：第 3 卷：本色. 长沙：湖南文艺出版社，1998：345.

会与专制时代的意识形态)的理性分解，对于新文艺的设计与拟议，他所感兴趣的知识和学养，正是成就他关于"神学"与"文学"思想之渊源所在，如他自己说的，"文章尚无成就，思想则可云已定，大致由草木虫鱼，窥知人类之事"①。

在新文学史上，周作人第一个以"人的文学"相号召，强调文艺的人道主义、自然主义与浪漫主义性质，期望文艺"别为孤宗，不为他物所统"，拥有独立的美学章程；肯定新文学方向的必然性与充足合理性，强调文艺的自发与自足性，反对政治与道德对于文艺的捆绑。同时，周作人肯定传统作为建设新文艺的重要资源，意识到汉字、汉语、汉文学、汉文化自身的逻辑与"宿命"。他认为，汉字、汉语、汉文化所指示的规定性，一定会在新诗、新文学所能创造的新的版图、品相、形制中，获得必要的回响和反应；而所谓"欧化"，正与此同行，不仅是无法回避的参照，同时是新文艺必不可少的养料，甚至，没有"欧化"，就没有所谓新文艺。

在某种意义上，周作人当时为新文艺及其生长与发育，提供了最宽容的视界，提供了最合乎文艺本质的定义与诠释，既明且哲，既锐利又开阔，既新潮又传统。

然而，连周作人自己也意识到，虽然外面是说着"流氓似的土匪似的话"，骨子里却仍然是"法利赛人"，他自承，自己不能不是一个道德主义者，怎么也做不出为文章的文章。他说，"文人里边我最佩服这行谨重而言放荡的，即非圣人，亦君子也"。而所谓文学，无论古今，并没有超越"文章"的义理和标准。

（一）"哀弦"的意义及使命

梳理周作人的文艺思想，不能不深入到他早年在日本留学，与鲁迅

---

① 《〈秉烛后谈〉序》//《本色》，353 页。

一起发心从事于"文学"时形成的观念和主张，尽管那时候的主张，似乎被他日后更成熟的思想所遮蔽、所取代，但是，观点容或有异，其基本的取向与内在的精神气质却是一脉相承的。

刊于 1908 年 12 月《河南》第 9 期的《哀弦篇》，是一篇与鲁迅《摩罗诗力说》有着相似诉求的文献，同样有着那个阶段中国知识者放眼世界反思中国问题时所呈现的思维与逻辑特征。鲁迅以"摩罗诗力"相号召，"立意在反抗，指归在动作"，周作人则以为"哀弦"乃任何民族"人心之未寂""灵明之未灭"的表征，"哀弦"之有无，体现的是一个民族"存亡绝续之兆"，哀悲之音，正是大群觉悟之音，民族中兴之所必须。

于是，周作人召唤"哀弦"之音。

一个国度，为什么会"萧条""黯淡"乃至"死寂"如"落日废墟""无神寒庙"？因为没有"觉悟"。为什么没有"觉悟"，因为"不知自悲"，不懂得"悲哀"是人世间生命的底色，没有关于自我以及自身命运的"幽暗意识"。没有此种"觉悟""意识"的后果，便是哀弦断响，人心永寂。

按照周作人的论证，"夫物色所动，情思为牵。绿野繁华，感芳菲之兴；孤坟秋草，动萧槭之思。第世鲜有赏北邙以怡情，入灵山而痛哭者，何则？中心之哀乐，恒与外物之盛衰为因，而不能少假也，故耶路撒冷墟矣，耶利米为之哀歌，逸响流于后世，及今已二千四百载，人有游犹太故区者，过什翁川畔，凭吊古迹，犹徘徊不忍去，不膜拜圣地之庄严，而为以色列子孙吊也。即今见之诗歌，亦往往留哀响，岂非萧条之感，异世有同情哉！若夫中落之民，身世既凌夷矣，仓皇四顾，寂漠当前，则此时也，将何以为欢乎？……悲哀之声作，于是寄其绝望之情，而未来之望，亦造因于是。末世有哀音焉，正所以征人心之未寂，国虽惨淡而未至於萧条者也。"

而从根本上说，"夫人世悲哀而已"，"悲哀者人生之真谊，万物莫能优之。《渊书》曰'笑乐之既，或生恶感；第悲哀之后，则惟是悲哀已耳'。""盖在人事，恒乐少而悲多，乐暂而悲久也。是故天下心声，多作愁叹之节，而激刺人情，感应尤疾。古人闻啼鴂而伤春，过川流而叹逝，天物无心，而人感焉，悲从中来，不可断绝，岂曰无因，正人情之所不能自已尔。""悲哀者，天地之心，宇宙何意，人生何闷，唯知哀音者始能见之耳。故旷揽景物，瞻宫阙金碧者，不如过白杨丘垅；而狂歌曼舞之乐，又不如听野哭之凄清也。况今日者，国中沉寂，时入凋零，虽有芳华，已非其候，熙熙者将何所为，固惟有坐守萧条，忧伤以终老而已矣。"

回首反观自己所属的国度，周作人说，"中国文章，自昔本少欢娱之音，试读古代歌辞，艳耀深华，极其美矣，而隐隐有哀色。灵均孤愤，发为离骚，终至放迹彭咸，怀沙逝世。而后世诗人，亦多怨叹人生，不能自已，因寄情物外，远怀高举，托神仙游戏之词，聊以写其抑郁；或则汲汲顾影，行乐及时，对酒当歌，不觉沉醉。《怨歌行》曰：人间乐未央，忽然归东岳。当须盘中情，游心恣所欲。人生亦仅矣，使得醉梦终生，流连荒亡，以待槁死则可也。吾东方之人，情怀惨淡，厌弃人世，断绝百希，冥冥焉如萧秋夜辟，微星隐曜，孤月失色，唯杳然长往而已。读波斯中世之诗，亦往往感此；盖人方视为浩浩，而不知正戚戚之尤者也。"

问题是，曾几何时，国人开始背弃了自身最真实的情感，背弃了深沉的悲哀而沉迷于肤浅的快乐，沉迷于功利主义。"洎夫近世，国人浸昧此谊，民向实利而驰心玄旨者寡，灵明汩丧，气节消亡，心声寂矣。吾倾耳九州，欲一聆先世之遗声，乃鲜有得。而瀛海万里之外，犹有哀音，遥遄相和。虽其为声，各以民殊，然莫不苍凉哀怨，绝望之中，有激扬发越之音在焉。盖东西殴脱间民，其气禀兼二方之粹，故感怀陈迹，哀乐过人，而瞻望方来，复别怀大愿也。"

不只"近世"的中国"心声寂矣"，中国所在的东方，几乎都是寂寞之乡。"东方之衰微甚矣，昔日释迦、摩诃末之故土，今几为寂寞之乡，而华国亦零落，今后之人，怀先代文明之盛，将惝恍不可复见，即欲一闻衰世哀音，亦无由得。寂者无论矣，纵有声闻，则亦阻隔不得相知也，岂不重可悲欤！"自然，"印度、波兰固亡矣，特较震旦则万万有胜，举世滔滔，迷于物质，而印度吠檀多哲学犹存，足维民德，近发愤期自立，国人当亦骎知之矣。"

激于此种在中国"久不闻哀悲"的情况，激于"震旦"与世界上别的民族精神状态的对照，周作人因此"少为编志，以告国人"，而尼采所谓"吾于诸载册中，惟爱人血所书"，也正是他"撰集是篇之意"。

周作人认为，"一国之有文章，其犹两间之有众籁"，"人生之与文章，有密附之谊，而国民之特色殊采，亦即由此得见。"他引用丹纳的分析法，认为决定文章品质的有三个因素：种性、境地、时序，即我们今天讲的民族、地域、时代。"由此三者，错综参伍，而成一代之文章"，虽然"言有殊绝，而情无异同，即在异物，彼鸿雁之哀鸣，猿狖之悲啸，哀乐之感，且通于人，而况人类乎？"

周作人相信，中国人不仅可以，而且应该努力去感知人类可以同感的悲哀之声，他列举了波兰、乌克兰，还有波西米亚（捷克）、保加利亚、克罗地亚，包括希伯来等民族与国家的文学，认为他们虽然或许已经亡国灭族，但从他们的吟唱中可以感知"民心怀旧，贞固不移"，因此"中兴之期，犹且暮可待也"。

最后，周作人总结：列国文人，行事不同，而文情如一，莫不有哀声逸响，迸发其间，故其国虽亦有黯淡之色，而尚无死灰之象焉。如此，这也是周作人对于母国之所寄情与指望，他说："膴膴平原，先世所宅，不犹列德跋（litva）之土耶？浩浩黄沙，其来自天，不犹彼伏尔加母河耶？古德遗迹，与先王陵寝之地，至足怀念者，不犹耶路撒冷耶？而念之者谁乎？生民憔悴，流亡死伤者，宁不剧于兵燹欤，而念之者又谁乎？昔固有之，今无是矣。哀鸿之诗，嗣响既绝，民声之不可闻者久，下而求诸一人，亦惟有欢娱之声而已。夫乐固可也，顾览北邙以怡情者，岂世亦有之欤？盖自人昧悲哀之谊，心日醉于浮华，因不惜弃绝故园，皈依异域，而高谈政治为干禄之谋者，犹其次也。今于此篇，少集他国文华，进之吾土，岂曰有补，特希知海外犹有哀弦，不如华土之寂寞耳。夫一人向隅，满坐为之不乐，况在今兹，薤露虽伤，而奏诸蒿里，不得谓之失时也。尼采曰：惟有坟墓处，始有复活。吾亦以是为小希焉尔。"①

向死而生，唯有坟墓处，始有复活。

如此，庶几可以"瞻望方来""别怀大愿"，中国文明之希望在此，汉文学之希望亦在此。

与《哀弦》题旨相近，同年刊于《河南》杂志的《论文章之意义暨其使命因及中国近时论文之失》，也是了解周作人早期文艺思想，进入周作人精神世界的重要文献。

在这篇文章中，周作人认为，一个民族，一个国度，其存在不仅在于"质体"，更在于"精神"，所谓"国魂"是也。而"精神"的呈现，正在"文章"或者说"艺文"："盖精神为物，不可自见，必有所附丽而后见。凡诸文化，无不然矣，而在文章为特著。""言，心声也；字，心画也。自心发之，亦以心受之，感现之间，既有以见他缘，亦因可觇自镜。""艺文作兴，如春花之开，如新潮之涨，浩焉无所底极，于以知高明华大，不觏于生之国民，诚不可与贪偷浇薄者同日语，而兴替之由亦正有不苟者在也。"②

通过"文章"，可以反观一个民族及其国民精神是"高明华大"还是"贪偷浇薄"。

那么，中国人的"文章""艺文""美术""思想"状况，周作人当时认为究竟如何？"中国之思想，类皆拘囚卷曲，莫得自展。而文运所至，又多从风会为转移，其能自作时世者，殆鲜见也。此其象为大否，拘挛臣伏，垂数千载。牛山萌蘖，既摧折于古之小儒；根叶所遗，暴君又重耳践踏之。"

试观上古文章，首出者就是《诗经》中的《国风》，本是天地之至文，但是，孔子以儒教之宗，承帝王教法，以"思无邪"范围之，然后"删《诗》

---

① 钟叔河. 周作人文类编：第 8 卷：希腊之馀光[M]. 长沙：湖南文艺出版社，1998：345-365.
② 《本色》，1-6 页。

定礼，夭阏国民思想之春华，阴以为帝王之佑助，推其后祸，犹秦火也。夫孔子为中国文章之匠宗，而束缚人心至于如此，则后之零落又何待夫言说欤！是以论文之旨，折情就理，唯以和顺为长，使其非然，且莫容于名教。间有闲情绮语，著之篇章，要亦由元首风流，为之首倡，逸轨之驰，众未敢也。况乎历来中国文人，皆曰士类，则儒宗也。以是因缘，文章著作之林遂悉属宗门监视之下，不肯有所假借。道学继起，益务范人心，积渐以来，终生制艺，制之云者，正言束缚。""文章之士，非以是为致君尧舜之方，即以为弋誉求荣之道，孜孜者唯实利之是图，至不惜折其天赋之性灵以自就樊鞅。其有潇淡自好、耻为物役之士，托意写诚，寄为文华，云泥相形，迹诚高矣，然综揽以论，则敷扬之意，固亦犹是常人之所同，而特异其采，未尝有能独辟蹊径，一新风会者也。世好秋实，由来者远，巧智之徒知非和光同尘不能无迕，偶有立异，久已为众所排，遂以槁丧矣。""历来中国民间既少杰人之作，而为时势变迁之主者又悉在帝王，则种业之所缘生，后果因陈，自不易摆脱，无足怪也。上者防民，因为禁制，其下附利，则乐趋之，制艺之目，不见于地方而独见于中国，且安保之不敢叛轶，或叛焉而无继者，此诚吾国文章丧死之极致！迷沦实趣，以自桔亡，思想之斵伐于国民，良较帝力为宏厉而尤可怖也。""中国精神萎衰，有走阪之势。闭关之世，既以是而坐致摧残，及西化东来，激于新流，益汲汲有席卷之恐，虽或幸安，而质体徒存，亦犹槁木耳。实利之祸吾中国，既千百年矣，巨浸稽天，民胡所宅?"①

以"思无邪"范围"文章"，孔子所承，乃"帝王教法"，其结果自然是"夭阏国民思想之春华"。而中国文人的"身份"（"士类""儒宗"）及其在体制内（"帝王之助佑""元首风流""和光同尘"）可能的取径和倾向，决定了中国文学最终无所逃于作为"制艺"的宿命。这就是周作人所意识到的文章历史与现实。

---

① 《本色》，6-8 页。

如此，他不能不郑重著文，以揭櫫"文章"（文学）的意义与使命，"为今之计，窃欲以虚灵之物为上古之方舟焉，虽矫枉过直，有所不辞"①。

他为"文章"设定的含义是："形诸笔墨""非学术者""人生思想之形现""具神思（Ideal）""能感兴（Impassioned）""有美致（Artistic）"。

他认为，"吾国之昧于文章意义也，不始今日。古者以文章为经世之业，上宗典经，非足以弼教辅治者莫与于此。"②至于近代，则同样"莫不多立名色，强比附于正大之名，谓足以益世道人心，为治化之助。说始于《论小说与群治之关系》一篇。"③根本上不懂得"夫小说者，文章也，亦艺术也"。而"文章者，国民精神之所寄也，精神而盛，文章固即以发皇，精神而衰，文章亦足以补救，故文章虽非实用，而有远功者也。第吾国数千年来一统于儒，思想拘囚，文章委顿，趣势所兆，邻于衰亡，而实利所归，一人而已。及于今日，虽有新流继起，似易步趋，而宿障牵连，终归恶化，则无冀也。有志之士，生当今日，见夫民穷国敝，幡然思以改之，因太息流涕言工商之不可缓，顾知谋一身之饱温，遂不顾吾心之寒饿乎？又或呼号保国，言利权收回矣，顾知保守金帛，而心灵梏桎遂不思解放乎？从可知文章改革一言，不识者虽以为迂，而实则中国切要之图者，此也。夫其术无他，亦惟夺之一人，公诸万姓而已。文章一科，后当别为孤宗，不为他物所统，又当摈儒者于门外，俾不得复煽祸言，因缘为害，而民声所寄，得尽其情，既所以启新机，亦即以存古化。以言著作，则今之所急，又有二者，曰民情之记（Tolk-novel）奇觚之谈（Marchen）是也。盖上者可以见一国民生之情状，而奇觚作用则关于童稚教育至多。谣歌俗曲，粗视之琐琐如细物然，而不知天籁所宣，或有超轶小儒之著述者，文物使之然，亦公私之故乎！吾人治文，当为万姓所公，宁为一人作役？文

---

① 《本色》，8页。
② 《本色》，10–20页。
③ 《本色》，27页。

章或革,思想得舒,国民精神进于美大,此未来之冀也。"①

一方面,周作人以"文学"为国民精神之表征,希望通过"文学",使"国民精神进于美大";另一方面,周作人充分意识到,看重文学,并不意味着像过去那样把"文学"纳入教化的轨辙,成为君临天下者操控的道具,而应该确立文学自身的地位与章程,"别为孤宗,不为他物所统",正像他在"五四"以后所说的,"使艺术之境,萧然独立"②。

文学艺术,虽然与民族精神,与社会的普遍状况,有着千丝万缕的关联,却毕竟有着自己的特殊属性,有着独立的标准与逻辑。

周作人认为,将文艺从教化的意识形态中分解出来,这是中国文艺思想臻于现代的重要标志。

同时,又不能不认可"艺文"乃国民精神之表征,他由此希望通过"文章"的改良,作用于社会与个人,以实现对于人心风俗、民族精神的重塑。两者之间,充满了复杂而繁难的两歧性,也充满悖论性的对立与紧张。

事实上,中国新文艺的思想,也正是在此种两歧性、悖论性的分辨和检讨中生长出来的。周作人不仅反复吁求新文艺的独立性,以便为现代文艺开辟一个可以自我生长的广大空间,也意识到,社会的整体变革,人的解放和自我解放,从专制抵达民主,这是中国现代社会转型、文化新生的最核心最根本的命题,无法绕过去,而且具有某种几近天然的垄断性与先决性:"有这一个社会的大问题不解决,其余的事都无从说起,文艺思想之所以集中于这一点的缘故也就在此"③。

这句话,正是对于 20 世纪中国文艺与文艺思想最重要的揭示与诠释。

正是基于这样的理解,周作人日后虽然对于所谓"革命文学"充满犹

---

① 《本色》,29-30 页。

② 《小说与社会》//《本色》,524 页。

③ 《托尔斯泰的事情》//《希腊之馀光》,440-441 页。

疑，却认同其至强调文学的"反抗"天性，他曾说："明朝的名士的文艺诚然是多有隐遁的色彩，但根本却是反抗的……大多数的真正文人的反礼教的态度也是显然，这个统系我相信到了李笠翁、袁子才还没有全绝，虽然他们已都变成了清客了。中国新散文的源流我看是公安派与英国的小品文两者所合成，而现在中国情形又似乎正是明季的样子，手拿不动竹竿的文人只好避难到艺术世界里去，这原是无足怪的。我常想，文学即是不革命，能革命就不必需要文学及其他种种艺术或宗教，因为他已有了他的世界了；接着吻的嘴不再要唱歌，这理由正是一致。但是，假如征服了政治的世界，而在别的方面还有不满，那么当然还有要到艺术世界里去的时候，拿破仑在军营中带着《维特的烦恼》可以算作一例。文学所以虽是不革命，却很有他的存在的权利与必要。"①

在《论小说教育》中，周作人认为，义和拳运动体现了中国社会的"通识"与普遍"民智"，此种"民智"的发生，看上去又多所受益于"小说教育"，而"小说中之有势力者无过于两大派，一为《封神》《西游》，侈仙道鬼神之魔法，一为《水浒》《侠义》，状英雄草泽之强梁，由此两派思想浑合制造，乃适为构成义和拳之原质"②。

那么，对于精神秩序依然是"义和拳"式的旧秩序的国人来说，思想的革命与社会的革命极其重要，文艺的"进化"正与此相协同，而思想的革命与社会的革命"至少要能做到，一是伦理之自然化，一是道谊之事功化。中国儒家重伦理，此原是很好的事，然持之太过，以至小羊老鸦皆明礼教，其意虽佳，事乃近污，可谓自然之伦理化，今宜通物理，顺人情，本天地生物之心，推知人类生存之道，自更坚定足据，平实可行。次则儒者常言，正其谊不谋其利，明其道不计其功，此语固亦甚佳，但个人可以用作修身之准则，若对家国人民，必须将道谊见诸事功，始能及物，乃为

---

① 《燕知草跋》//《本色》，644-645 页。
② 《本色》，534 页。

不负，否则空言无补，等于清谈也"①。

意识到中国社会的"通识"与普遍"民智"，进而召唤"伦理之自然化"与"道谊之事功化"，周作人对于传统文化及其精神的领会与剖析，既准确又犀利，可谓正本清源，涉及人道之根本。

他说，在中国，"人的问题，从来未经解决，女人小儿更不必说了。如今第一步先从人说起，生了四千余年，现在却还讲人的意义，从新要发现'人'，去'辟人荒'。"②"中国国民最大的毛病，除了好古与自大以外，要算是没有坚实的人生观，对于生命没有热爱，现在所需要的便是一服兴奋剂，无论乐观也罢，悲观也罢，革命文学也罢，总之要使人把人生看得极严肃，饮食男女以及起居作息都要迫切的做去，才是真正的做人的路道。"③"中国人是——非宗教的国民。他与别国人的相差只在他所信奉的是护符而非神，是宗教以前的魔术，至于宗教的狂热则未必更少。""中国人的大病在于喜欢服从于压制，最缺乏的是对于一切专制之憎恶。"④由此，在建设新文艺的理论讲求中，他直言"中国写幼年的文章真是太缺乏了"⑤。"中国文学中，人的文学本来极少。"⑥"中国本来绝无感情的滑稽，也缺少理性的机智，所有的只是那些感觉的挑拨，听了叫人感到呵痒似的不愉快；这是最下等的诙谐，历来的滑稽文章大都如此。"⑦

因此必须介绍"外国的著作，扩大读者的精神，眼里看见了世界的人类，养成人的道德，实现人的生活"⑧。

这样的识见，正是他建构新文艺思想的认知起点。

---

① 《论小说教育》//《本色》，538 页。

② 《人的文学》//《本色》32 页。

③ 《恶趣味的毒害》//《本色》，585 页。

④ 《托尔斯泰的事情》//《希腊之馀光》，440-441 页。

⑤ 《桥》//《本色》，650 页。

⑥ 《本色》，35 页。

⑦ 《读〈笑〉第三期》//《本色》，588 页。

⑧ 《本色》，39 页。

（二）"不统一的自然"：自性与个性

在一种启蒙的非宗教的语境中，周作人对宗教，尤其是宗教与文学的关系，有着深刻的理解和洞察。

在1921年所作《宗教与文学》的演讲中，他认为，文学与宗教都是情感的产物，而且，"文学与宗教本来是合一的"，"文学的发达，大都出于宗教"①，艺术同样如此。

"艺术起源大半从宗教的仪式出来，如希腊的诗（Mele＝Songs）、赋（Epe＝Epics）、戏曲都可以证明这个变化，就是雕刻绘画上也可以看出许多踪迹。一切艺术都是表现各人或一团体的感情的东西；《诗序》里说，'情动于中而形于言；言之不足，故歌咏之；歌咏之不足，故嗟叹之，嗟叹之不足，故不知手之舞之，足之蹈之。'这所说虽然止于歌舞，引申起来，也可以作雕刻绘画的起源的说明。原始社会的人，唱歌，跳舞，雕刻绘画，都为什么呢？他们因为情动于中，不能自已，所以用了种种形式将他表现出来，仿佛也是一种生理上的满足。最初的时候，表现情感并不就此完事；他是怀着一种期望，想因了言动将他传达于超自然的或物，能够得到满足：这不但是歌舞的目的如此，便是别的艺术也是一样，与祠墓祭祀相关的美术可以不必说了，即如野蛮人刀柄上的大鹿与杖头上的女人象征，也是一种符咒作用的，他的希求的具体的表现。后来这祈祷的意义逐渐淡薄，作者一样的表现情感，但是并不期望有什么感应，这便变了艺术，与仪式分离了。又凡举行仪式的时候，全部落全宗派的人都加在里边，专心赞助，没有赏鉴的余暇；后来有旁观的人用了赏鉴的态度看他，并不夹在仪式中间去发表同一的期望，只是看看接受仪式的印象，分享举行仪式者的感情，于是仪式也便转为艺术了。从表面上看来，变成

---

① 《本色》，54-55页。

艺术之后便与仪式完全不同，但是根本上有一个共通点，永久没有改变的，这是神人合一，物我无间的体验。原始仪式里的入神（Enthousiasmos）、忘我（Ekstasis），就是这个境地；此外如希腊的新柏拉图派，印度的婆罗门教，波斯的'毛衣外道'（Sufi）等的求神者，目的也在于此；基督教的《福音书》内便说的明白，'使他们合而为一；正如你父在我里面，我在你里面，使他们也在我们里面。'（《约翰福音》第十八章二十七节）这可以说是文学与宗教的共通点的所在。托尔斯泰著的《什么是艺术》，专说明这个道理……他说艺术家的目的，是将他见了自然或人生的时候所经验的感情，传给别人，因这传染的力量的薄厚合这感情的好坏，可以判断这艺术的高下。人类所有最高的感情便是宗教的感情；所以艺术必须是宗教的，才是最高上的艺术。"①

宗教的根本精神是"神人合一""物我无间"，"这在古代的文学便是如此"，"宗教无论如何受科学的排斥，而在文艺方面仍然是有相当的位置的。这并不是赞扬宗教，或是替宗教辩护，实在因为他们的根本精神确是相同。即便所有的教会都倒了，文艺方面一定还是有这种宗教的本质的情感。至于那些仪式当然不在我们论断之列。""已成的宗教能否继续存在还是问题，而宗教的根本精神却是与艺术的存在同其寿命。"②

在《圣书与中国文学》中，周氏引安特莱夫的话说："我们的不幸，便是在大家对于别人的心灵、生命、苦痛、习惯、意向、愿望，都很少理解，而且几于全无。我是治文学的，我之所以觉得文学的可尊，便因其最高上的事业，是在拭去一切的界限与距离。"③

所谓"拭去一切的界限与距离"，同样是宗教在或一意义上的指归。

1929年，周作人在《文学与常识》中，再次确认文学与宗教的相

---

① 《圣书与中国文学》//《希腊之馀光》，442-444 页。

② 《本色》，56-58 页。

③ 《圣书与中国文学》//《希腊之馀光》，444 页。

关——同行与分离："文学和宗教，原始是不能分论的；元始的宗教，最重法术和祈祷，一切符咒以及祈祷之歌辞，便是文学的滥觞。""文学与宗教，既系殊途同归，不过沿革下来，便渐渐的分开了，因为原始的歌辞，本为宗教的旨趣，后世歌辞渐为抒情的作品，目的既然不同，结果自趋分裂，所以文学的实际便是情绪的产物。不过沿革到现在，又有人唱为政治的目的，革命的目的，社会运动的工具，未免有背初旨！因为用文学为政治或其他目的，与原始用为宗教的目的，固然在'实现'一点上，与求'来世'或'因果'的一点上，似乎大有出入，不过视文学为一种'工具'，却是一样的谬误！因为真正的文学，乃是情绪的结晶，况且曩与宗教分之于前，今与政治混之于后，出尔反尔，盲目孰甚！"①

　　认识到文艺与宗教的同行与分离，警觉文学作为工具之混入政治，周作人正是从这样的视角去看待文艺的变迁与趋势的，"艺术的原起，是始于群众的，不过沿革下来，便渐成了个人的，但在个性的发展之外，还有传统的意念，以为无形的范围。文学的原起，也是属于群众的，不过自周已降，变成属于个人的，同时这种作品，也受传统的裁制，所谓即'道'的色彩，三纲五常的范围。因此同是一个作家，一方面虽发表着个性，但在另一方面，却作了'道'的牺牲品！好在从文学革命之后，'传统'的招牌，扯得粉碎，自由的发展，个性的发展，现在正可预期了……"但是，在新文学运动中，却同时有"以文学为工具和媒介"，期望所谓"团体的作品，民众的文学"的政治化社会化诉求，周作人认为，这种"工具式的文学，理论上事实上全是靠不住的"②。"现今文学的堕落的危机，无论是革命的或非革命的，都在于他的营业化"③。

　　在或一利益支配下的有意识的工具化和"营业化"，正是趋向"个人"的文学的穷途歧路。

---

① 《本色》，120 页。

② 《本色》，121-122 页。

③ 《半封回信》//《本色》，124 页。

在某种意义上，所谓文艺的"集团性"与"个人性"，其实是一个历史命题。

周作人在《近代散文抄序》中说："古今文艺的变迁曾有两个大时期，一是集团的，一是个人的，在文学史上所记大都是后期的事，但有些上代的遗留如歌谣等，也还能推想前期的文艺的百一。在美术上便比较地看得明白，绘画完全个人化了，雕塑也稍有变动，至于建筑，音乐，美术工艺如瓷器等，却都保存原始的迹象，还是民族的集团的而非个人的艺术，所寻求表示的也是传统的而非独创的美。在未脱离集团的精神之时代，硬想打破它的传统，又不能建立个性，其结果往往青黄不接，呈出丑态，固然不好，如以现今的瓷器之制作绘画与古时相较，即可明了，但如颠倒过来叫个人的艺术复归于集团的，也不是很对的事……所以这两种情形直到现在还是并存，不，或者是对峙着。集团的美术之根据最初在于民族性的嗜好，随后变为师门的传授，遂由硬化而生停滞，其价值几乎只存在技术一点上了。文学则更为不幸，授业的师傅让位于护法的军师，于是集团的'文以载道'与个人的'诗言志'两种口号成了敌对，在文学进了后期以后，这新旧势力还永远相搏，酿成了过去的许多五花八门的文学运动。在朝廷强盛，政教统一的时代，载道主义一定占势力，文学大盛，统是平伯(即俞平伯)所谓'大的高的正的'，可是又就'差不多总是一堆垃圾，读之昏昏欲睡'的东西。一到了颓废时代，皇帝祖师等要人没有多大力量了，处士横议，百家争鸣，正统家大叹其人心不古，可是我们觉得有许多新思想好文章都在这个时代发生，这自然因为我们是诗言志派的。小品文则在个人的文学之尖端，是言志的散文，它集合叙事说理抒情的分子，都浸在自己的性情里，用了适宜的手法调理起来，所以是近代文学的一个潮头。"①

当古代的"集团的"艺术远去之后，文艺的兴盛，往往是在政教合一

---

① 《本色》，388—389页。

的载道主义逻辑瓦解之后。

在《新文学的要求》中，周作人考察希腊古代的颂歌（hymn）、史诗（epic）、戏曲（drama）发达的历史，描述文艺的源流——从"族类"的文艺到"个人"的文艺的历程，他说："上古时代生活很简单，人的感情思想也就大体一致，不出保存生活这一个范围；那时个人又消纳在族类里面，没有独立表现的机会：所以原始的文学都是表现一团体的感情的作品。譬如戏曲的起源是由于一种祭赛，仿佛中国从前的迎春，这时候大家的感情，都会集在期望春天的再生这一点上，这期望的原因，就在对于生活资料缺乏的忧虑。这忧虑与期待的'情'实在迫切了，自然而然的发为言动，在仪式上是一种希求的具体的表现，也是实质的祈祷，在文学上便是歌与舞的最初的意义了。后来的人将歌舞当作娱乐的游戏的东西，却不知道他原来是人类的关系生命问题的一种宗教的表示。""古代的个人消纳在族类的里面，个人的简单的欲求都是同类所共具的，所以便将族类代表了个人。现在的个人虽然原也是族类的一个，但他的进步的欲求，常常超越族类之先，所以便由他代表了族类了。譬如怕死这一种心理，本是人类共通的本性，写这种心情的歌诗，无论出于群众，出于个人，都可互相了解，互相代表，可以称为人类的文学了。但如爱自由，求幸福，这虽然也是人类所共具的，但因为没有十分迫切，在群众每每忍耐过去了；先觉的人却叫了出来，在他自己虽然是发表个人的感情，个人的欲求，但他实在也替代了他以外的人类发表了他们自己暂时还未觉到，或没有才力能够明白说出的感情与欲求了。还有一层与古代不同的地方，便是古代的文学纯以感情为主，现代却加上了多少理性的调剂。许多重大问题，经了近代的科学的大洗礼，理论上都能得到了解决。如种族国家这些区别，从前当作天经地义的，现在知道都不过是一种偶像。""这新时代的文学家，是'偶像破坏者'。但他还有他的新宗教，——人道主义的理想是他的信仰，人类的意志便是他的神。"①

---

① 《本色》，47-49 页。

在《新文学的二大潮流》中，周作人认为新文学的潮流，无非两种："革命文学与颓废派。这两者的发达都是当然的，而且据我看来，后者或要占更大的势力。""可以预言，乐观的理想主义毕竟将归于失败。""中国情形现在是怎样……我想只用非人的生活一句话可以概括下去了。除了思想感情都已变坏的人以外，大抵都抱着一种不满与不快，在这源头上就发生那两样的水苗。无论坐在废墟荒草的中间，诅咒他的敌人也罢，临着清水自己鞭挞也罢，躲到象牙的塔里去冥想，麻醉在人工的乐园也罢，在偶像破坏这一点上我们都能够看出现代的精神，引起共鸣。他们的行动言语尽管不同，却有共通的特色，便是诅咒现制度，反抗传统，蔑视群众；这是现今社会所当受的惩罚，尤其是中国。……我在这里要重复的声明，这样新文学必须是非传统的，决不是向来文人的牢骚与风流的变相。换一句话说，便是真正的个人主义的文学才行。现今的时代正是颓废时代，总体分裂，个体解放，自然应有独创甚或偏至的文艺发生，这在古典派看来或以为衰落也未可知，但实是时代的要求，而且由我们说来，在或一点上比较个体统于总体时代的古典文学更多趣味，所以我对于现代，不禁抱着比对于承平盛世更大的一种期待。"①

从古典时代的集体意志与整体抒情中脱身出来，"新时代的文学家"既是偶像破坏者，同时又获得了"新宗教"和作为"新信仰"的人道主义，相应的，便是"真正的个人主义"的扩张。现代"文艺以自己表现为主体，以感染他人为作用，是个人的而亦为人类的，所以文艺的条件是自己表现，其余思想与技术上的派别都在其次，——是研究的人便宜上的分类，不是文艺本质上判分优劣的标准。各人的个性既然是各各不同，（虽然在终极仍有相同之一点，即是人性，）那么表现出来的文艺，当然是不相同。现在倘若拿了批评上的大道理要去强迫统一，即使这不可能的事情居然实现了，这样文艺作品已经失了他唯一的条件，其实不能成为文艺

① 《本色》，90-91 页。

了。因为文艺的生命是自由不是平等，是分离不是合并，所以宽容是文艺发达的必要的条件。""表示生命之颤动的文学，当然没有不变的科律；历代的文艺在自己的时代都是一代的成就，在全体上只是一个过程，要问文艺到什么程度是大成了，那犹如问文化怎样是极顶一样，都是不能回答的事，因为进化是没有止境的。许多人错把全体的一过程认做永久的完成，所以才有那些无聊的争执，其实只是自扰。"①

基于文艺的开放性与包容性，周作人并不否定现代艺术与社会的具体关联："社会问题以至阶级意识，都可以放进文艺里去，只不要专作一种手段之用，丧失了文艺的自由与生命，那就好了。"②

但是，基于文艺在根本上的自足自律，周作人对于文艺的阶级分析并不十分认同，言及以阶级命名或建设文学，他说："在中国，有产与无产这两阶级俨然存在，但是，说也奇怪，这只是经济状况之不同，其思想却是统一的……我相信这是实情，贫贱者的理想便是富贵，他的人生观与土豪劣绅是一致的，其间的关系只是目前的地位，有如微时的汉高祖楚霸王之于秦始皇。""现在如以阶级本位来谈文学，那么无产阶级文学实在与有产不会有什么不同，只是语句口气略有差异，大约如白话的一篇书经，仍旧是鬼话连篇。正如一个亭长出身的刘邦补了秦王的缺不能就算社会革命，把那些古老思想从民众口里(或凭了民众之神圣的名)重说出来，也不见得就可以算是文学革命了。"③

不仅所谓"阶级的文学"是空虚的，周作人还曾专门著文谈论文艺的"贵族化"与"平民化"。

首先，周作人觉得，"拿了社会阶级上的贵族与平民这两个称号，照着本义移用到文学上来，想划分两种阶级的作品，当然是不可能的事"。其次，"人家说近代文学是平民的，十九世纪以前的文学是贵族的，虽然

---

① 《文艺上的宽容》//《本色》，67—68 页。
② 《诗人席烈的百年忌》一文初刊 1922 年 7 月 18 日《晨报副镌》，又见《希腊之馀光》395 页。
③ 《文学谈》//《本色》，109 页。

也是事实，但未免有点皮相。在文艺不能维持生活的时代，固然只有那些贵族或中产阶级才能去弄文学，但是推上去到了古代，却见文艺的初期又是平民的了。我们看见史诗的歌咏神人英雄的事迹，容易误解以为'歌功颂德'，是贵族文学的滥觞，其实他正是平民的文学的真鼎呢。"

按照周作人的设想，如果沿用"贵族""平民"这两个概念来观察文艺，我们可以把所谓"平民的精神"看成是叔本华所说的"求生意志"，把"贵族精神"看成是尼采所说的"求胜意志"。"前者是要求有限的平凡的存在，后者是要求无限的超越的发展；前者完全是入世的，后者却几乎有点出世的了。""我相信真正的文学发达的时代必须多少含有贵族的精神，求生意志固然是生活的根据，但如没有求胜意志叫人努力的去求'全而善美'的生活，则适应的生存容易使退化的而非进化的了。""我想文艺当以平民的精神为基调，再加以贵族的洗礼，这才能够造成真正的人的文学。倘若把社会上一时的阶级争斗硬移到艺术上来，要实行劳农专政，他的结果一定与经济政治上的相反，是一种退化的现象，旧剧就是他的一个影子。从文艺上说来，最好的事是平民的贵族化，——凡人的超人化，因为凡人如不想化为超人，便要化为末人了。"①

在《文艺的贵族性》中，周作人还谈道："所谓贵族文学与平民文学之分野，不但没法分出，而且也不必分。大概贵族文学是出于贵族的手笔，或与之感情相同的；平民文学是出于平民的手笔，或与之感情相同的。其实，贵族只是社会制度一种特殊阶级，压迫平民的特殊阶级，但在文学上是不能这样分析的。""其实，文学家是必跳出任何一种阶级的"，"现在讲革命文学的，是拿了文学来达到他政治活动的一种工具，手段在宣传，目的在成功"。"如其文学真是成了革命的工具，能奋起群众，全都做了革命的战士，那不是成了和念咒的妖法，或者和宗教上之祈求降福一样吗？""文学家实际上是精神上的贵族，与乎社会制度上之贵族迥

① 《贵族的与平民的》//《本色》，73-75 页。

然不同。"①

所谓"贵族的""平民的"，大体上只是一种"便宜"的说法，一种出于社会批判需要的现代时髦，不足以成为检讨文艺的特别具有解释力的概念。而所谓文艺的"统一"，却似乎是知识阶层的一种"良知良能"，对每一个时代的批评家都构成诱惑。

为此，周作人专门著文谈论。

在《文艺的统一》中，周作人说，文艺上的统一是不应有也不可能的，但是"世间有一派评论家，凭了社会或人类之名，建立社会文学的正宗，无形中厉行一种统一"，包括托尔斯泰、别林斯基。"在现今以多数决为神圣的时代，习惯上以为个人的意见以至其苦乐是无足轻重的，必须是合唱的呼噪始有意义，这种思想现在虽然仍有势力，却是没有道理的。一个人的苦乐与千人的苦乐，其差别只是数的问题，不是质的问题；文学上写千人的苦乐固可，写一人的苦乐亦无不可，这都是著者的自由……个人所感到的愉快或苦闷，只要是纯真切迫的，便是普遍的感情，即使超越群众的一时的感受以外，也终不损其为普遍。""据我的意见，文艺是人生的，不是为人生的，是个人的，因此也即是人类的；文艺的生命是自由而非平等，是分离而非合并。一切主张倘若与这相背，无论凭了什么神圣的名字，其结果便是破坏文艺的生命，造成呆板虚假的作品。"②"文学的路是要自己走出来的，不是师傅传授，更不是群众所得指定的。由有权力者规定，非讲第四阶级不可的文学与非讲圣功王道不可的文学都是同样的虚伪。"③"文学是种什么东西，就是各人有各人的文学"④。

与指斥"统一"相对，周作人高度认同文艺的"地方"属性，在1923年所作《地方与文艺》中，他说他并不是要提倡什么"地方主义的文艺"，

---

① 《本色》，112-114 页。

② 《本色》，77-78 页。

③ 《文学与主义》//《本色》，101 页。

④ 《死文学与活文学》//《本色》，102 页。

但是"风土与住民有密切的关系，大家都是知道的：所以各国文学各有特色，就是一国之中也可以因了地域显出一种不同的风格"。"我们常说好的文学应是普遍的，但这普遍的只是一个最大的范围，正如算学上的最大公倍数，在这范围之内，尽能容极多的变化……这几年来中国新兴文艺渐见发达，各种创作也都有相当的成绩，但我们觉得还有一点不足。为什么呢？这便因为太抽象化了，执着普遍的一个要求，努力去写出预定的概念，却没有真实的强烈地表现出自己的个性，其结果当然是一个单调。我们的希望即在于摆脱这些自加的锁杻，自由地发表那从土里滋长出来的个性。""我们说到地方，并不以籍贯为原则，只是说风土的影响，推重那培养个性的土之力。尼采在《察拉图斯忒拉》中说，'我恳愿你们，我的兄弟们，忠于地。'我所说的也就是这'忠于地'的意思，因为无论如何说法，人总是'地之子'，不能离地而生活，所以忠于地可以说是人生的正当的道路。现在的人太喜欢凌空的生活，生活在美丽而空虚的理论里，正如以前在道学古文里一般，这是极可惜的，须得跳到地面上来，把土气息泥滋味透过了他的脉搏，表现在文字上，这才是真实的思想与文艺，这不限于描写地方生活的'乡土艺术'，一切的文艺都是如此。"①

在《〈旧梦〉序》中，他说"我于别的事情都不喜讲地方主义，唯独在艺术上常感到这种区别"。"风土的力在文艺上是极重大的"。"我们不必一定在材料上有明显的乡土的色彩，只要不钻入哪一派的篱笆里去，任其自然长发，便会到恰好的地步，成为有个性的著作。不过我们这时代的人，因为对于褊隘的国家主义的反动，大抵养成一种'世界民'（Kosmopolites）的态度，容易减少乡土的气味，这虽然是不得已却也是觉得可惜的。我仍然不愿取消世界民的态度，但觉得因此更须感到地方民的资格，因为这二者本是相关的，正如我们因是个人，所以是'人类一分

---

① 《本色》，79-81 页。

子'（Homarano）一般。我轻蔑那些传统的爱国的假文学，然而对于乡土艺术很是爱重，我相信强烈的地方趣味也正是'世界的'文学的一个重大成分。具有多方面的趣味，而不相冲突，合成和谐的全体，这是'世界的'文学的价值，否则是'拔起了的树木'，不但不能排到大林中去，不久还将枯槁。"①

肯定文艺的地方性，与肯定文艺的个性在本质上是相通的，作为一种区别于任何"标准"的排他性的存在，伟大的艺术无不呈现出独一无二的面貌。

因为强调文章的自性与个性，周作人一直对所谓"文起八代之衰"的韩愈有微词，在他看来，韩愈辟佛统而虚构道统，将"正统的思想与正宗的文章合而定于一尊，至少散文上受其束缚直至于今未能解脱，其为害于中国者实深且远矣"②。在周作人的手眼中，个性化的文学是无法接纳"正统"与"正宗"的。

自然，这并不意味着周作人无视"个性"中所存在的共通性。

同是在《宗教与文学》③一文中，周作人反复强调文学（尤其是诗）无法逃逸的基本规定和本质属性，他说："文学，大约可以分为两类：一是文；一是诗。这是精神上的区别。形式上，文又可分为韵文与散文两种，诗又可分为有韵诗与无韵诗。虽然古时常用诗或文来讲科学或哲学的很多，但就精神上讲，文学总是创造的，情感的，与那分析的，理智的科学实在不能互相调和，因为性质很不相同。宗教也是情感的产物，与文学相类。而文学就精神上区别，又可说，诗是创造的，情感的，与宗教有关的；文是分析的，理智的，与宗教冲突的。"④"文学""科学"之别，"诗""文"之别，重要的是精神上的区别，而不是形式上的区别。诗歌是创造

---

① 《本色》，733 页。

② 《文学史的教训》//《本色》，475 页。

③ 《宗教与文学》一文初刊 1921 年 5 月《少年中国》2 卷 11 期。

④ 《本色》，54 页。

的、情感的，离分析的、理智的科学最远，"文"可以是"韵文"而终归是"文"，"诗"可以"无韵"而终归是"诗"。

在对于"小诗"的辩护中，周作人为"新诗"给出了更加明确的释义："本来诗是'言志'的东西，虽然也可用以叙事或说理，但其本质以抒情为主"，"凡诗都非真实简练不可，但在小诗尤为紧要。所谓真实并不单是非虚伪，还须有切迫的情思才行，否则只是谈话而非诗歌了。我们表现的欲求原是本能的，但是因了欲求的切迫与否，所表现的便成为诗歌或是谈话。譬如一颗火须燃烧至某一程度才能发出光焰，人的情思也须燃烧至某一程度才能变成诗料，在这程度之下不过是普通的说话，犹如香盘的火虽然维持着火的生命，却不能有大光焰了。""'做诗，原是为我自己要做诗而做的，'做诗的人只要有一种强烈的感兴，觉得不能不说出来，而且有恰好的句调，可以尽量的表现这种心情，此外没有第二样的说法，那么这在作者就是真正的诗。"①

周作人对于诗的阐释，显然更强调那些贯彻诗的全体的要素，而不是单纯的"古""今"、"新""旧"对立。他认为，在"文学的进化上，虽有连接的反动(即运动)造成种种的派别，但如根本的人性没有改变，各派里的共通的文艺之力，一样的能感动人，区区的时间和空间的阻隔只足加上一层异样的纹彩，不能遮住他的波动"②。

不仅"新诗"必须是"诗"，而且新文艺必须符合文艺的普遍性质——"以抒情为主"的、"浪漫主义"的、"象征"的、"美化"的，包括"新诗"的新文艺还应该是个性化的。在《个性的文学》中，周作人充分肯定了"个性"对于文学、对于诗歌的必要性，他引英国戈斯为印度那图夫人诗集说的话说："她要做诗，应该去做自己的诗才是。但她是印度人，所以她的生命所寄的诗里自然有一种印度的情调，为非印度人所不能感到，然而

---

① 《论小诗》一文初刊 1922 年 6 月 21-22 日《晨报副镌》，又见《本色》，713-720 页。

② 神话与传说[M]//钟叔河. 周作人文类编：第 6 卷：花煞. 长沙：湖南文艺出版社，1998：179.《神话与传说》一文初刊 1922 年 6 月 26 日《晨报副镌》。

又是大家所能理解者：这正是她的诗歌的真价值之所在，因为就是她的个性之所在。""假的，模仿的，不自然的著作，无论他是旧是新，都是一样的无价值，这便因为他没有真实的个性。""因此我们可以得到结论：(1)创作不宜完全没煞自己去模仿别人，(2)个性的表现是自然的，(3)个性是个人的唯一的所有，而又与人类有根本的共通点，(4)个性就是在可以保存范围内的国粹，有个性的新文学便是这国民所有的真的国粹的文学。"①

这样的"个性"，无疑还包含了民族性和文化历史性的义项。

虽然意识到文学与宗教的关联，文学曾经指向"把我们与最高的神合一"，现在的文学需要"结合全人类的感情"。但是，周作人认为，"近代个人的文学也并不是绝对可以排斥的"②，而且，"现在讲文艺，第一重要的是'个人的解放'，其余的主义可以随便；人家分类的说来，可以说这是个人主义的文艺，然而我相信文艺的本质是如此的，而且这个人的文艺也即真正人类的——所谓的人道主义的文艺。"③

谈到艺术的普遍性，谈到"不能以多数决的方法来下文艺的判决"，周作人说："君师的统一思想，定于一尊，固然应该反对，民众的统一思想，定于一尊，也是应该反对的。在不背于营求全而善美的生命之道德的范围内，思想与行动不妨各各自由与分离。文学家虽希望民众能了解自己的艺术，却不必强将自己的艺术区迁就民众；因为据我的意见，文艺本是著者感情生活的表现，感人乃其自然的效用，现在倘若舍己从人，去求大多数的了解，结果最好也只是'通俗文学'的标本，不是他真的自己的表现了。"④

无论情感，或者趣味，包括基于特定情感与趣味的艺术创造，周作人

---

① 《个性的文学》一文初刊 1921 年 1 月《新青年》8 卷 5 号，又见《本色》，52-53 页。

② 《宗教与文学》//《本色》，57 页。

③ 《文艺的讨论》//《本色》，65-66 页。

④ 《诗的效用》一文初刊 1922 年 2 月 26 日《晨报副镌》，又见《本色》，703 页。

始终强调其中个人性对于普遍性、人类性的前提与决定性①。

谈到孔子说的"诗可以怨"，周氏所看到所强调的仍然是"一人之言"与"万人之情"的辩证。他认为："本来诗就只是怨，《诗序》云，情动于中而形于言，情原兼括哀乐，但欢愉之词难工，三百篇首亦有《关雎》《桃夭》，而感人最深者还是《绿衣》、《谷风》、《黍离》、《兔爰》诸篇。人惟不能忘情，故不能无所怨嗟，所道固一人之言，而所寄者则万人之情也。个人在宇宙间，只是沧海之一滴，太仓之一粟，惟其所代表者乃永劫及无边的人生，是乌可以无言乎。人有所怨，可以为诗，抑亦圣人之所取者也。"②

在强调创作的个性——"一人之言"而寄"万人之情"的同时，周作人强调批评的"个性"，在《文艺批评杂话》中，他说："我以为真的文艺批评，本身便应是一篇文艺，写出著者对于某一作品的印象与鉴赏，决不是偏于理智的论断。"批评不是"吹求"，也不是"下法律的判决"，"里面所表现的与其说是对象的真相，无宁说是自己的反应。""我们凭了人间共通的情感，可以了解一切的艺术作品，但是因了后天养成的不同的趣味，就此生出差别，以至爱憎之见来。我们应当承认这是无可奈何的事，不过同时也应知道这只是我们自己主观的迎拒，不能影响到作品的客观的本质上去，因为他的绝对的真价我们是不能估定的。许多司法派的批评家硬想依了条文下一个确定的判决，便错在相信有永久不易的条文可以作评定文艺好坏的标准，却不知那些条文实在只是一时一地的趣味的项目，经过多数的附和，于是成为权威罢了。"③"凡做文艺批评的人第一要平心静气，切不可以父母官自命，乱拍惊堂木喝打，动辄要请'王命'。""我不相信文艺界上会有什么正统正宗，只有不同的趣味。我可以反对

---

① 《文艺的统一》一文初刊 1922 年 7 月 11 日《晨报副镌》，又见《本色》，77-78 页。
② 《虎牢吟啸序》//《本色》，742 页。
③ 《本色》，575-578 页。

与我的趣味不合的作品，但要声明这是我个人这样说，决不是凭了上帝，皇帝或国旗以及什么之名来申天讨。"①

文艺批评所可能存在的个人性与私人性，因为我们对于艺术本体的赏鉴，不能不求之于赏鉴者的"一己之心"，周作人说"研究文学的人运用现代的科学知识，能够分析文学的成分，探讨时代的背景，个人生活与心理的动因，成为极精密的研究，唯在文艺本体的赏鉴，不得不求诸一己的心，便是受过科学洗礼而仍无束缚的情感，不是科学知识自己"②，也不是"偏于理智的论断"。

没有统一的标准，也无法接纳统一意志，现代艺术的个性勾连艺术家的自性，尊重每一个创作者的自性，正是自由创造的初阶，也是多样性丰富性的来源。

在 1922 年 3 月 26 日《晨报副镌》刊出的《做旧诗》中，周作人说："我自己是不会做旧诗的，也反对别人的做旧诗；其理由是因为旧诗难做，不能自由的表现思想，又易于堕入窠臼。但是我却不能命令别人不准做，不但是在我没有这个权威，也因为这样的禁止是无效的。"③"最好任各人自由去做他们自己的诗，做的好了，由个人的诗人而成为国民的诗人，由一时的诗而成为永久的诗，固然是最所希望的，即使不然，让各人发抒情思，满足自己的要求，也是很好的事情。""做诗的人要做哪样的诗，什么形式，什么内容，什么方法，只能听他自己完全的自由，但有一个限制的条件，便是须用自己的话来写自己的情思。"④

而在谈到自己阅读方面的"喜爱"时，他说"文艺复兴时期说猥亵话的里昂医生，十八世纪讲刻毒话的爱尔兰神甫，近代做不道德的小说以及活剖人的心灵的法国和瑞典的狂人，……我都喜欢读。不过我不知怎地总是

---

① 《"文艺界剿匪运动"》//《本色》，592 页。

② 《神话与传说》一文初刊 1922 年 6 月 26 日《晨报副镌》，又见《花煞》，180 页。

③ 《本色》，704 页。

④ 《论小诗》//《本色》，719—720 页。

有点'隐逸的'，有时候很想找一点温和的读，正如一个人喜欢在树荫下闲坐，虽然晒太阳也是一件快事。我读冯君(指废名)的小说便是坐在树荫下的时候。冯君的小说我并不觉得是逃避现实的。他所描写的不是什么大悲剧大喜剧，只是平凡人的平凡生活，——这却正是现实。特别的光明与黑暗固然也是现实之一部，但这尽可以不去写他，倘若自己不曾感到欲写的必要，更不必说如没有这种经验。文学不是实录，乃是一个梦：梦并不是醒生活的复写，然而离开了醒生活梦也就没有了材料。"①

对于文学的多样性的认同，意味着周作人对于包括"新诗"在内的新文学的情感与形式一律性、统一性的否定。"不统一的自然"，"完全的自由"，正是他所认同的"新诗""新文学"在起点上的权力和使命。

周作人认为："一切均可以平等而个人的趣味决不会平等，一切均可以自由而个人的性情决不能自由；有这个不幸(或者是幸)的事实在那里，艺术的统一终于不可期。""我们没有宗教家那样的坚信，以为自己的正信可以说服全世界的异端，我们实在只是很怯弱地承认感化别人几乎是近乎不可能的奇迹，最好还是各走各的，任其不统一的自然，这是唯一可行的路。"②

(三) 人的文学——"善之华"与"恶之华"

对于文艺的个人性与集体性的审慎分别，联系着周作人在文艺的"效用"观上的理智。

在1922年2月26日《晨报副镌》刊出的《诗的效用》中，周作人对于俞平伯的"好的诗的效用是能深刻地感多数人向善"的说法提出质疑，他认为："诗的效用，我以为是难以计算的。文艺的问题固然是可以用了社

---

① 《〈竹林的故事〉序》//《本色》，626页。
② 《中国戏剧的三条路》一文初刊1924年1月《东方杂志》21卷2号，又见《花煞》，531-532页。

会学的眼光去研究，但不能以此作为唯一的定论。我始终承认文学是个人的，但因'他能叫出人人所要说而苦于说不出的话'，所以我又说即是人类的。""我曾同一个朋友说过，诗的创造是一种非意识的冲动，几乎是生理上的需要，仿佛是性欲一般；这在当时虽然是戏语，实在也颇有道理。个人将所感受的表现出来，即是达到了目的，有了他的效用，此外功利的批评，说他耗费无数的金钱精力时间，得不偿失，都是不相干的话。""真的艺术家本了他的本性与外缘的总合，诚实的表现他的情思，自然的成为有价值的文艺，便是他的效用。"

周作人承认："功利的批评也有一面的理由，但是过于重视艺术的社会的意义，忽略原来的文艺的性质，他虽声言叫文学家做指导社会的先驱者，实际上容易驱使他们去做侍奉民众的乐人，这是较量文学在人生的效用的人所应注意的地方了。"

这种关于文艺在功能与效用上的"得失""正反"的辨析，是具有针对性的，他认为，对于文艺来说，"效用"不能作为前提来设定，一旦作为前提，再神圣的"效用"也可能会适得其反、走火入魔。

何况，过于现实的"效用"观从来都可以是神圣的，义正词严的。

俞平伯提出"感人向善是诗底第二条件"。周作人认为，如果将"善"解作现代通行的道德观念里的所谓善，"这只是不合理的社会上的一时的习惯，决不能当做判断艺术价值的标准"。"倘若指那不分利己利人，于个体种族都是幸福的，如可鲁泡特金所说的道德，当然是很对的了，但是'全而善美'的生活范围很广，除了真正的不道德文学以外，一切的文艺作品差不多都在这范围里边……托尔斯泰所反对的波特来尔的《恶之华》因此也不能不说是向善的，批评家说他是想走逆路去求自己的得救，正是很确当的话。他吃印度大麻去造'人工的乐园'，在绅士们看来是一件怪僻丑陋的行为，但他的寻求超现世的乐土的欲望，却要比绅士们的饱满的乐天主义更为人性的，更为善的了。这样看来，向善的即是人的，不向善的即是非人的文学：这也是一种说法，但是字面上似乎还可修改，因为善字的意义不定，容易误会，以为文学必须劝人为善，像《明圣经》《阴骘文》一般才行，——岂知这些讲名分功过的'善书'里，多含着不向善的吃人思想的分子，最容易使人陷到非人的生活里去呢？"①"我近来不满意于托尔斯泰之说，因为容易入于'劝善书'的一路。""我以为文学的感化力并不是极大无限的，所以无论善之华恶之华都未必有什么大影响于后人的行为。"②

在《情诗》一文中，周作人说："只应'发乎情，止乎情'，就是以恋爱之自然的范围为范围；在这个范围以内我承认一切的情诗。""'性是自然界里的爱之譬喻'，这是一句似乎玄妙而很是确实的说明。生殖崇拜（Phallicism）这句话用到现在已经变成全坏的名词，专属于猥俗的仪式，但是我们未始不可把他回复到庄严的地位，用作现代性爱的思想的名称，而一切的情歌也就不妨仍加以古昔的 Asmata Phallika（原意生殖颂歌）的徽号。""性爱是生的无差别与绝对的结合的欲求之表现，这就是宇宙间的爱的目的。""恋爱因此可以说是宇宙的意义。""诗本是人情迸发的声音，所以情诗占着其中的极大地位，正是当然的。""情诗可以艳冶，但不可涉于轻薄，可以亲密，但不可流于狎亵。""过了情的分限，即是性的游戏的态度，不以对手当做对等的人，自己之半的态度。""旧道德上的不道德，正是新诗的精神"③。

在《什么是不道德的文学》中，周作人尤其强调，文艺史上有足够多的先行者曾经因为表现了性爱而被看作是"堕落派"，是"无行文人"，包括莎士比亚、歌德、雪莱。

事实上，我们称之为"圣经"的文献，也决免不了有他的"风雅"与"风骚"。

那么，"倚了传统的威势去压迫异端的文艺，当时可以暂占优势，但

---

① 《本色》，700-703 页。
② 《致俞平伯》一文初刊 1922 年 4 月《诗》1 卷 4 期，又见《本色》，706 页。
③ 《情诗》一文初刊 1922 年 10 月 12 日《晨报副镌》，又见《本色》，723-726 页。

在后世看去往往只是自己'献丑'，在文学史上很多这种前车之鉴，不可不注意一点。《波伐理夫人》和《结婚》的公诉事件，在当日岂不是自命为维持风纪的盛举，却只落得留作法利赛人的卑怯的证据罢了……因为无论凭了道德或法律的名去干涉艺术，都是法利赛人的行为。"①"至于论者又把《十八摸》与春宫和《蕙的风》牵扯在一起，或者有人听了觉得骇然，我却并不想去责难他，因为我相信艺术上的确可以有十八摸与春宫的分子，《雅歌》与《神曲》里 Franaesca 和 Paolo 场面的插画，在法利赛人看去正是春宫一类的东西呀。英诗人斯温朋说，'世间唯一不洁的物便只是相信不洁的念头。'这句话的确不错，《十八摸》与春宫不在别处，便只在法利赛人的脑子里。"②

不只是对于"情诗"予以人类学的阐释，事实上，周作人是从人类学的角度定义了全部文学艺术。

周作人屡屡申述"自然之道，亦人道之至也"③，虽然说的是人伦物理，但也正是他对于文学情感的态度与主张。

在著名的《人的文学》中，周作人把"新文学"定义为"人的文学"。而所谓"人"，他的定义是"（一）'从动物'进化的，（二）从动物'进化'的"。因此，他认为，"人的一切生活本能，都是美的善的，应得完全满足"，这句话几乎解构了人们下意识的对于人的生命本能的道德打量与道德清算，"灵肉本是一物的两面，并非对抗的二元。兽性与神性，合起来便只是人性"，文学自然不能回避对此的表现，或者说它的唯一的对象就是对此的表现，因此，"人的文学与非人的文学的区别，便在著作的态度，是以人的生活为是呢，非人的生活为是呢这一点上"④。

---

① 《本色》，730 页。
② 《本色》，730-731 页。
③ 题魏慰农先生家书后[M]//钟叔河. 周作人文类编：第 9 卷：夜读的境界. 长沙：湖南文艺出版社，1998：694.
④ 《本色》，31-35 页。

这种贯彻始终的人类学的视野，正是周作人区别于"五四"时代众多批评家的根本所在，理论的宽容与从容，也由此而来。

他作有《艺术与道德》①的专文，介绍蔼里斯从人类心理的角度对于文艺的审视，他曾经为郁达夫的《沉沦》辩护，说它"是一件艺术的作品"，写出了"青年的现代的苦闷"，而历史上多数被指为不道德、不端方的文学或思想，常常是新道德的表现②。

不仅如此，周作人还高调研究"猥亵的歌谣"，认为"仿佛很神秘的至情，说得实一点便似是粗鄙的私欲，实在根柢上还是一样"。"猥亵的歌谣起原与一切情诗相同"，或许可以"是后来优美的情诗的根苗"③。

不再把审美与道德、思想与行动等量齐观，周作人从根本上否定以道德要求和"效用"指标考量艺术的惯习，"正如美术家的忠贞无补于他的书画一样，文学家的烟酒也无损于他的诗文。艺术与道德是没有什么关系的"。"道学派的文艺批评在中国猖獗了二千多年了，现在还是死而不僵，隐隐想谋复辟，实在是艺术界的大恐吓，不可不及时加以纠正。"④

在《平民的文学》中，他还说："我们不必讲偏重一面的畸形道德，只应讲说人间交互的实行道德，因为真的道德，一定普遍，决不偏枯，天下决无只有在甲应守，在乙不必守的奇怪道德。""平民文学应以真挚的文体，记真挚的思想与事实。既不坐在上面，自命为才子佳人，又不立在下风，颂扬英雄豪杰，只自认是人类中的一个单体，浑在人类中间，人类的事，便也是我的事。"⑤"既是文学作品，自然应有艺术的美。只须以真为主，美即在其中，这便是人生的艺术派的主张，与以美为主的纯艺术派，所以有别。"

---

① 初刊 1923 年 6 月 1 日《晨报副镌》。

② 《"沉沦"》//《本色》，621–622 页。

③ 《征求猥亵的歌谣启》//《花煞》，558–562 页。

④ 《忠臣美术》//《本色》，754–755 页。

⑤ 《本色》，41–42 页。

而所谓"平民文学"，也"决不单是通俗文学"，"决不是慈善主义的文学"。①　"'世界上的事物'都可以入诗，但其用法应该一任诗人之自由；我们不能规定什么字句不准入诗，也不能规定什么字句非用不可。"②

聚讼纷纭的所谓"艺术派"和"人生派"，按照周作人的理解，两者都有自己的偏颇与流弊："艺术派的主张，是说艺术有独立的价值，不必与实用有关，可以超越一切功利而存在。""这'为什么而什么'的态度，固然是许多学问进步的大原因，但在文艺上，重技工而轻情思，妨碍自己表现的目的，甚至于以人生为艺术而存在，所以觉得不甚妥当。人生派说艺术要与人生相关，不承认有与人生脱离关系的艺术，这派的流弊，是容易讲到功利里边去，以文艺为伦理的工具，变成一种坛上的说教。正当的解说，是仍以文艺为究极的目的，但这文艺应当通过了著者的情思，与人生有接触。换一句话说，便是著者应当用艺术的方法，表现他对于人生的情思，使读者能得艺术的享乐与人生的解释。这样说来，我们所要求的当然是人生的艺术派的文学。""但世间并无绝对的真理，这两派的主张都各自有他的环境与气质的原因；我们现在的取舍，也正逃不脱这两个原因的作用。""我们称述人生的文学，自己以为是从学理上立论，但事实也许还有下意识的作用；背着过去的历史，生在现今的境地，自然与唯美及快乐主义不能多有同情。这感情上的原因，能使理性的批判更为坚实，所以我相信人生的文学实在是现今中国唯一的需要。""人的文学也应该是人间本位主义的。"③

在《自己的园地》中，周作人对于"艺术派"与"人生派"有更仔细的分辨："'为艺术的艺术'将艺术与人生分离，并且将人生附属于艺术，至于如王尔德的提倡人生之艺术化，固然不很妥当；'为人生的艺术'以艺术附属于人生，将艺术当作改造生活的工具而非终极，也何尝不把艺术

---

① 《本色》，42–43 页。

② 《丑的字句》//《本色》，711 页。

③ 《本色》，45–46 页。

与人生分离呢？我以为艺术当然是人生的，因为他本是我们感情生活的表现，叫他怎能与人生分离？'为人生'——于人生有实利，当然也是艺术本有的一种作用，但并非唯一的职务。总之艺术是独立的，却又原来是人性的，所以既不必使他隔离人生，又不必使他服侍人生，只任他成为浑然的人生的艺术便好了。'为艺术'派以个人为艺术的工匠，'为人生'派以艺术为人生的仆役，现在却以个人为主人，表现情思而成艺术，即为其生活之一部，初不为福利他人而作，而他人接触这艺术，得到一种共鸣与感兴，使其精神生活充实而丰富，又即以为实生活的基本；这是人生的艺术的要点，有独立的艺术美与无形的功利。"①

自然，"为人生的文学如被误解了，便会变成流氓的口气或是慈善老太太的态度，二者同样不成东西。"②

艺术不能出离人生而存在，"无论人们怎样的说艺术可以脱离人生，但艺术家苟生为人世之一分子，便不自主的不能不受到若干关系。高雅的人不要提起人生，只要艺术与美，却不知道这无非也是对于恶劣的人生的一种反动。"③

对于现代艺术家来说，艺术甚至只能是个人主义的："我想现在讲文艺，第一重要的是'个性的解放'，其余的主义可以随便；人家分类的说来，可以说这是个人主义的文艺，然而我相信文艺的本质是如此的，而且这个人的文艺也即真正的人类的——所谓的人道主义的文艺。"④

尽管周作人对于文艺的非道德性与个人性有着足够的宽容，他却仍然坦诚而警觉地意识到，自己骨子里其实有"道学家"人格："我平素最讨厌的是道学家，（或照新式称为法利赛人，）岂知这正因为自己是一个

① 《本色》，63-64页。
② 汉文学的传统[M]//钟叔河. 周作人文类编：第1卷：中国气味. 长沙：湖南文艺出版社，1998：793.
③ 《新文学的二大潮流》//《本色》，90页。
④ 《文艺的讨论》//《本色》，65-66页。

道德家的缘故；我想破坏他们的伪道德不道德的道德，其实却同时非意识地想建设起自己所信的新的道德来。我看自己一篇篇的文章，里边都含着道德的色彩和光芒，虽然外面是说着流氓似的土匪似的话。我很反对为道德的文学，但自己总做不出一篇为文章的文章。"①"鄙人本非文士，与文坛中人全属隔教，平常所欲窥知者，乃在于国家治乱之原，生民根本之计，但所取材亦并不废虫鱼风月，则或由于时代之异也。""总之我是不会做所谓纯文学的，我写文章总是有所为，于是不免于积极……"②"我所写的东西，无论怎么努力想专谈或多谈风月，可是结果是大部分还都有道德的意义。"③"我原是不主张文学有用的，不过那是就政治经济上说，若是给予读者以愉快、见识以至智慧，那我觉得却是很必要的，也是有用的所在。"④"从前我偶讲中国文学的变迁，说这里有言志载道两派，互为消长，后来觉得志与道的区分不易明显划定，遂加以说明云，载自己的道亦是言志，言他人之志即是载道，现在想起来，还不如直截了当的以诚与不诚分别，更为明了。本来文章中原只是思想感情两种分子，混合而成，个人所特别真切感到的事，愈是真切也就愈见得是人生共同的，到了这里志与道便无可分了，所可分别的只有诚与不诚一点，即是一个真切的感到，一个是学舌而已。如若有诚，载道与言志同物，又以中国思想偏重入世，无论言志载道皆希望于世有用，此种主张似亦相当的有理。"他引顾亭林《日知录》卷十九"文须有益于天下"一则曰：文之不可绝于天地间者，曰明道也，纪政事也，察民隐也，乐道人之善也，若此者有益于天下，有益于将来，多一篇多一篇之益矣。若夫怪力乱神之事，无稽之言，剿袭之说，谀佞之文，若此者有损于己，无益于人，多一篇多一篇之

---

① 《〈雨天的书〉自序二》//《夜读的境界》533—534 页。
② 《〈苦口甘口〉自序》//《夜读的境界》，587—588 页。
③ 《〈苦茶庵打油诗〉的前言和后记》//《夜读的境界》，630 页。
④ 《〈苦茶随笔〉后记》//《夜读的境界》，560 页。

损矣。"①"古时有一句话，士先器识而后文章，我觉得中国文人将来至少得有器识，那么可以去给我们寻出光明的前途来。"②

涉及"自我"的如上分辨，可谓用心良苦，"道德"与"风月"，"载道"与"言志"，"有用"与"无用"，"诚"与"不诚"，"器识"与"文章"，左右都不免存在偏执偏至的危险，执两用中，何其艰难。周作人只能从近处的现实措手，然而又必须从长远的过去与长远的将来着眼。

这里有周作人独到的犹豫与彷徨。

然而，他既是思想者，又是艺术家，既不免从业者的热心与积极，又有着旁观者的理智与超脱。

这里同时有周作人独到的睿智与清明。

（四）汉语的限度，新文学的可能与"运命"

与胡适在设计"新诗""新文学"的未来时对于"纯粹的国语"的想象不同，周作人对于"语言"的认识更深入，也更合乎"语言"的实际。

他的语言工具意识，并未传导出全然工具论式的语言观，而是充分体认到语言对于文明嬗替的根本性与自身的遗传性，即语言同时体现出一种不能忽视的反工具论的精神属性与事实上的连续性。

在周氏看来，"一国里当然只应有一种国语，但可以也是应当有两种语体，一是口语，一是文章语，口语是普通说话用的，为一般人民所共喻；文章语是写文章用的，须得有相当教养的人才能了解，这当然全以口语为基本，但是用字更丰富，组织更严密，使其适于表现复杂的思想感情之用，这在一般的日用口语是不胜任的。两者的发达是平行并进，文章语虽含有不少的从古文或外来语转来的文句，但根本的结构是跟着口语

---

① 《汉文学的前途》//《中国气味》，828–829 页。

② 《汉文学的前途》//《中国气味》，831 页。

的发展而定，故能长保其生命与活力。"①

在强调"口语"之于"国语"（"新诗""新文学"的语言自然属于这种"国语"）的根本性的同时，周作人出离了对于文言的简单否定，他说："国语古文得拿平等的眼光看他，不能断定所有古文都是死的，所有的白话都是活的。"②

意识到"我们生在这个好而又坏的时代，得以自由的创作，却又因为传统的压力太重，以致有非连着小孩一起便不能把盆水倒掉的情形，所以我们向来的诗只在表示反抗而非建立，因反抗国家主义遂并减少乡土色彩，因反抗古文遂并少用文言的字句……"③，周作人重新打量了当年废除汉字的激烈主张，认为"光绪末年的主张是革命的复古思想的影响，民国六年的主张是洪宪及复辟事件的反动"。"到了近年再经思考，终于得出结论，觉得改变言语毕竟是不可能的事。""古文与白话文都是汉文的一种文章语，他们的差异大部分是文体的，文字与文法只是小部分"，其"系属与趋势总是暗地里接续着，白话文学的流派决不是与古文对抗从别个源头发生出来的"④。"古文者文体之一耳，用古文之弊害不在此文体而在隶属于此文体的种种复古的空气，政治作用，道学主张，模仿写法等。白话文亦文体之一，本无一定属性，以作偶成的新文学可，以写赋得的旧文学亦无不可。"⑤"无论现在文学新到那里去，总之还是用汉字写的，就这一点便逃不出传统的圈子。"⑥"写文章的目的是要将自己的意思传达给别人知道，那么怎么尽力把意思达出来自然是最紧要的一件事，达意达得好的即是好文章，否则意思虽好而文章达不出，谁能够知道他

---

① 《国语文学谈》一文初刊 1926 年 1 月 24 日《京报副刊》，又见《本色》，98 页。
② 《死文学与活文学》一文初刊 1927 年 4 月 15 日《大公报》，又见《本色》，103 页。
③ 《〈旧梦〉序》一文初刊 1923 年 4 月 12 日《晨报副镌》，又见《本色》，132-134 页。
④ 《国语文学谈》//《本色》，98-99 页。
⑤ 《〈现代散文选〉序》//《本色》，661 页。
⑥ 《苦口甘心》一文初刊 1943 年 11 月《艺文杂志》1 卷 5 号，又见《本色》，157 页。

的好处呢。这些理由很是简单，不必多赘，只在这里将我的私见略述一二点。其一，我觉得各种文体大抵各有用处，骈文也是一种特殊工具，自有其达意之用，但是如为某一文体所拘束，如世间认定一派专门仿造者，有如削足适履，不能行路，无有是处。其二，白话文之兴起完全由于达意的要求，并无什么深奥的理由。因为时代改变，事物与思想愈益复杂，原有文句不足应用，需要一新的文体，乃始可以传达新的意思，其结果即为白话文，或曰语体文，实则只是一种新式汉文，亦可云今文，与古文相对而非相反，其与唐宋的距离，或尚不及唐宋文与《尚书》之距离相去之远也。这样说来，中国新文学为求达起见利用语体文，殆无疑问，至其采用所谓古文与白话等的分子如何配合，则此完全由作家个人自由规定，但有唯一的限制，即用汉字写成者是也。如由各个人的立场看去，汉字汉文或者颇有不便利处，但为国家民族着想，此不但于时间空间上有甚大的联络维系之力，且在东亚文化圈内亦为不可少的中介……"①

因此，周作人勇于宣称："我不是传统主义（Traditionalism）的信徒，但相信传统之力是不可轻侮的。坏的传统思想，自然很多，我们应当想法除去他。超越善恶而又无可排除的传统，却也未必少，如因了汉字而生的种种修辞方法，在我们用了汉字写东西的时候总摆脱不掉。我觉得新诗的成就上有一种趋势恐怕很是重要，这便是一种融化。""新诗本来也是从模仿来的，他的进化是在于模仿与独创之消长。近来中国的诗似乎有渐近于独创的模样，这就是我所谓的融化。自由之中自有节制，豪华之中实含清涩，把中国文学固有的特质因了外来影响而益美化，不可只披上一件呢外套就了事。"②

而"象征是诗的最新的写法，但也是最旧，在中国也'古已有之'"，那就是"赋比兴"中的"兴"③。

---

① 《汉文学的前途》//《中国气味》，829-831 页。
② 《〈扬鞭集〉序》一文初刊 1926 年 6 月刊《语丝》82 期，又见《本色》，739-741 页。
③ 《〈扬鞭集〉序》//《本色》，741 页。

他认为，在"新文学"里，"小说与随笔之发达较快，并不在于内容上有传统可守，不，在这上边其实倒很有些变更了，它们的便宜乃是由于从前的文字语言可以应用……"①

为了能够较自然而充分地叙事（"叙复杂的事实"）、抒情（"抒微妙的情思"）、说理，"须是合古今中西的分子融合而成""一种中国语"②，既大胆欧化，"采纳新名词，及语法的严密化"，改变汉语"言词贫弱，组织单纯"之不足；同时，基于叙事抒情的文学共性，也基于汉文字语言共通的表现力，又必须坦然面对并且倚重自身的传统财富，包括方言中的"名物云谓以及表现方式"，以便为"新诗""新文学""开出最宽阔的门庭"。

周作人认为，曾经做旧诗的刘大白先生，在新诗集《旧梦》中"竭力的摆脱旧诗词的情趣，倘若容我的异说，还似乎摆脱的太多，使诗味未免清淡一点"。"现在的新诗人往往喜学做旧体，表示多能，可谓好奇之过。大白先生富有旧诗词的蕴蓄，却不尽量的利用，也是可惜。我不很喜欢乐府调词曲调的新诗，但是那些圆熟的字句在新诗正是必要，只须适当的运用就好，因为诗并不专重意义，而白话也终是汉语。"③

他还引友人的书信说："蔑视经验，是我们的愚陋；抹杀前人，是我们的罪过。"④

周作人对于"新诗""新文学"可能性的思考，建立在对于汉语的时代性和遗传性的清理与审视之上，他说："虽然现在诗文著作都用语体文，异于所谓古文了，但终是同一来源，其表现力之优劣在根本上总是一致，所以就古文学里去查考前人的经验，在创作的体裁上可以得到不少的帮助。譬如讨论无韵诗的这个问题，我们倘若参照历来韵文的成绩，自《国

---

① 《〈骆驼祥子〉日译本序》//《本色》，631 页。
② 《国语文学谈》//《本色》，97-100 页。
③ 《〈旧梦〉序》//《本色》，732-734 页。
④ 《古文学》一文初刊 1922 年 3 月 5 日《晨报副镌》，又见《本色》，367 页。

风》以至小调……可以知道中国言文的有韵诗的成绩及其所能变化的种种形式；以后新作的东西，纵使思想有点不同，只要一用韵，格调便都逃不出这个范围。试看这几年来的新诗，有的是'白话唐诗'，有的是词曲，有的是——小调，而且那旧诗里最不幸的'挂脚韵'与'趁韵'也常常出现了。那些不叶韵的，虽然也有种种缺点，倒不失为一种新体——有新生活的诗，因为他只重在'自然的音节'，所以能够写得较为真切。这无尾韵而有内面的谐律的诗的好例，在时调俗歌里常能得到。我们因此可以悟出做白话诗的两条路：一是不必押韵的新体诗，一是押韵的'白话唐诗'以至小调。这是一般的说法，至于有大才力能做有韵的新诗的人，当然是可以自由去做，但以不要像'白话唐诗'以至小调为条件。有才力能做旧诗的人，我以为也可以自由去做，但也仍以不要像李杜苏黄或任何人为条件。"①

周作人并不认为，朝讲求音韵声调的方向努力，是"新诗"难以规避的前途（与鲁迅有所区别）。但是，他认识到，汉字汉语连同其音韵声调，已经塑造出汉语诗歌本身及其创造者和接受者的某种难以解除的习性和品格，"不必押韵的新体诗"并不比"押韵的"更容易获得接纳。他说："中国人的爱好谐调真是奇异的事实，大多数的喜听旧戏而厌看新剧，便是一个好例，在诗文界也全然相同"，"中国小调的流行，是音乐的而非文学的，换一句话说即是以音调为重而意义为轻"②。而"现在的文人只会读诗词歌赋，会听或哼几句戏文，想去创出新格调的新诗，那是十分难能的难事。中国的诗仿佛总不能不重韵律，可是这从哪里去找新的根苗……"③"念古文还有声调可以悦耳，看白话则意义与声调一无所得，所以兴味索然。"④

---

① 《古文学》//《本色》，367-369 页。
② 《诗的效用》初刊 1922 年 2 月 26 日《晨报副镌》，又见《本色》，700-703 页。
③ 《一岁货声》作于 1934 年，见《花煞》，19 页。
④ 《诗的效用》//《本色》，700-703 页。

　　基于汉语及汉语诗歌的此种赋性，周作人在指出"不必押韵的新体诗"是"新诗"的出路的同时，对汉语诗歌与汉语及其声韵的关系，进行了细致的检讨，他说："中国没有史诗而散文的史发达独早，与别国的情形不同"，"没有神话，或者也是理由之一，此外则我想或者汉文不很合适，亦未可知。《诗经》里虽然有赋比兴三体，而赋却只是直说，实在还是抒情，便是汉以后的赋也多说理叙景咏物，绝少记事的。"

　　周作人从佛经翻译的偈体，看出普通汉语韵文的难以记事，直到弹词宝卷"乃是一种韵文的故事"，他举"文人学士一半将嗤笑之，以为文词粗俗，一半又或加以许可，则因其或有裨于风化也"的弹词《天雨花》为例，认为其"句调却也不无可取"，尽管其中难免"语固甜俗"，但"如欲以韵语叙此"，而"风骚诗词各式既无可用，又不拟作偈，自只有此一法可以对付，亦即谓之最好的写法可也。史诗或叙事诗的写法至此而始成功，唯用此形式乃可以汉文协韵作叙事长篇，此由经验而得，确实不虚，但或古人不及知，或雅人不愿闻，则亦无可奈何，又如或新人欲改作，此事不无可能，只是根本恐不能出此范围，不然亦将走入新韵语之一路去耳。不佞非是喜言运命论者，但是因史诗一问题，觉得在语言文字上也有他的能力的限度，其次是国民兴趣的厚薄问题，这里不大好勉强，过度便难得成功。中国的叙事诗五言有《孔雀东南飞》，那是不能有二之作，七言则《长恨歌》《连昌宫词》之类，只是拔辣特程度，这是读古诗的公认之事实，要写更长的长篇就只有弹词宝卷而已。写新史诗的不知有无其人，是否将努力去找出新文体来，但过去的这些事情即使不说教训也总是很好的参考也。"①

　　无论语言文字的能力，或者文化兴趣的厚薄，都难以勉强，"过度便难成功"，创新是有限度的，这是基于"文学史的教训"，基于比较立场的文学与文化的观照，照见的自然是包括"新诗"在内的中国文艺所具有的

---

① 《文学史的教训》//《本色》，473—479 页。

可能性与无可逃逸的必然性：叙事便难免成为"一种韵文的故事"，"唯用此形式乃可以汉文协韵作叙事长篇"，"中国的诗仿佛总不能不重韵律"。此所谓"运命论"也，它意味着，汉文化以及汉语本身的"宿命"，或者说，汉文化和汉语所指示的规定性、必然性，一定会在"新诗""新文学"所能创造的新的精神版图、品相和形制中，获得必要的回响和反应。汉语文学特别是汉语诗歌的感发机制与诗意生成，诗歌与政治、道德、伦理、宗教的互动，汉语诗歌与汉语在"声音"上的发育变迁，以及它与音乐已经和可能建构的关联，无不暗示着某种它无法逃离的必然取径。

在某种意义上，汉语的限度，就是汉语"新诗"的限度。

对于既是"自谦，但同时也是一种自尊，有自立门户的意思"的打油诗、杂诗，周作人的自我解说，透露出他对于汉语诗歌及其可能性与限定性的辨正："我自称打油诗，表示不敢以旧诗自居，自然更不敢称是诗人，同样地我看自己的白话诗也不算是新诗，只是别一种形式的文章。""名称虽然是打油诗，内容却并不是游戏，文字似乎诙谐，意思原甚正经，这正如寒山子诗，他是一种通俗的偈，其用意本与许多造作伽陀的尊者别无不同，只在形式上所用乃是别一手法耳。"①《小河》"当时觉得有点别致，颇引起好些注意。或者在形式上可以说，摆脱了诗词歌赋的规律，完全用语体散文来写，这是一种新表现"。"至于内容那实在是很旧的，假如说明了的时候，简直可以说这是新诗人所大抵不屑为的，一句话就是那种古老的忧惧。这本是中国旧诗人的传统，不过他们不幸多是事后的哀伤，我们还算好一点的是将来的忧虑，其次是形式也就不是直接的，而用了譬喻，其实外国民歌中很多这种方式，便是在中国，《中山狼传》里的老牛老树也都说话，所以说到底连形式也并不是什么新的东西。"②

《老虎桥杂诗》题记曰："我称之曰杂诗，意思是与从前解说杂文时

①《苦茶庵打油诗》之"前言"与"后记"作于民国甲申（1944年）九月十日，见《本色》，630页。
②《夜读的境界》，629-631页。

一样，这种诗的特色是杂，文字杂，思想杂。第一它不是旧诗，而略有字数韵脚的拘束，第二也并非白话诗，而仍有随意说话的自由。""说到自由，自然无过于白话诗了，但是没有了韵脚的限制，这便与散文很容易相混，至少也总相近，结果是形式说是诗而效力仍等于散文。""白话诗的难做的地方，我无法补救，回过来说旧诗，把它难做的地方给毁掉了，虽然有点近于削足适履，但是这还可以使用得，即是以前所谓打油诗，现今所谓杂诗的这物事。因为文字杂，用韵亦只照语音，上去亦不区分，用语也很随便，只要在篇中相称，什么俚语都不妨事，反正这不是传统的正宗旧诗，不能再用旧标准来加以批评。因为思想杂，并不一定照古来的几种轨范，如忠爱、隐逸、风怀、牢骚那样去做，要说什么便什么都可以说，但是忧生悯乱，中国诗人最古的那一路思想，却还是其主流之一，在这里极新的又与极旧的碰在一起了。正如杂文比较的容易写一样，我觉得这种杂诗比旧诗固然不必说，就是比白话诗也更为好写，有时候感到一种意思，想把它写下去，可是用散文不相宜，因为事情太简单或者情意太显露，写在文章里便一览无余，直截少味，白话诗呢又写不好，如上文所说，末了大抵拿杂诗来应用。"①

周作人的"打油诗""杂诗"实践，不仅表明特定的知识结构、书写习惯对于写作的决定性影响，同时联系着汉语在书写与表达上的可能和"便宜"，其自我阐释，正与周作人对于"新诗""新文学"的整个态度是融洽的。

在《山中杂信》中，周作人曾经谈到自己在香山养病的经历："我每天傍晚到碑亭下去散步，顺便恭读乾隆的御制诗；碑上共有十首，我至少总要读他两首。读之既久，便发生种种感想，其一是觉得语体诗发生的不得已与必要。御制诗中有这几句，如：香山适才游白社，越岭便已至碧云。又：玉泉十丈瀑，谁识此其源。似乎都不太高明。但这实在是旧诗

---

① 《夜读的境界》，634-635 页。

的难做，怪不得皇帝。对偶呀，平仄呀，押韵呀，拘束得非常之严，所以便是奉天承运的真龙也挣扎他不过，只落得留下多少打油的痕迹在石头上面。倘若他生在此刻，抛了七绝五律不做，去做较为自由的新体诗，即使做的不好，也总不至于被人认为'哥罐闻焉嫂棒伤'的蓝本罢。但我写到这里，忽然想到《大江集》等几种名著，又觉得我所说的也未必尽然。大约用文言做'哥罐'的，用白话做来仍是'哥罐'，——于是我又想起一种疑问，这便是语体诗的'万应'的问题了。"①

对于"民歌""童谣"的不间断的留意，同样联系着周作人对于"新诗""新文艺"的"运命"的审察。

1919 年周作人为刘半农搜集的《江阴船歌》作序，认为刘氏的实验"给想用口语做诗的人一个很好的参考"②。

在《歌谣》一文中，他认为，民歌"从文艺的方面我们可以供诗的变迁的研究，或做新诗创作的参考"。"民歌与新诗的关系，或者有人怀疑，其实是很自然的，因为民歌的最强烈最有价值的特色是他的真挚与诚信，这是艺术品的共通的精魂，于文艺趣味的养成极是有益的。吉特生说，'民歌作者并不因职业上的理由而创作，他唱歌，因为他是不能不唱，而且有时候他还是不甚适于这个工作。但是他的作品，因为是真挚地做成的，所以有那一种感人的力，不但适合于同阶级，并且能感及较高文化的社会。'这个力便是最足供新诗的吸取的。意大利人威大利（Vitale）在所编的《北京儿歌》序上指点出读者的三项益处，第三项是'在中国民歌中可以寻到一点真的诗'，后边又说，'这些东西虽然都是不懂文言的不学的人所作，却有一种诗的规律，与欧洲诸国类似，与意大利诗法几乎完全相合。根于这些歌谣和人民的真的感情，新的一种国民的诗或者可以发生出来。'这一节话我觉得极有见解。"③周作人甚至认为"歌谣是民族的

---

①　《夜读的境界》，13 页。

②　《中国民歌的价值》//《本色》，747 页。

③　《歌谣》一文初刊 1922 年 4 月 13 日刊《晨报副镌》，又见《花煞》，525 页。

文学。这是一民族之非意识的而是全心的表现，但是非到个人意识与民族意识同样发达的时代不能得着完全的理解与尊重"①。

在谈到中国民间歌谣似乎显得"特别猥亵"的原因时，周作人还揭示了汉语诗歌的另一种历史"运命"，《〈江阴船歌〉序》谓："民间的原始的道德思想本极简单不足为怪；中国的特别文字，尤为造成这现象的大原因。久被蔑视的俗语，未经文艺上的运用，便缺乏了细腻曲折的表现力；简洁高古的五七言句法，在民众诗人手里又极不便当，以至变成那种幼稚的文体，而且将意思也连累了。"②

文人与"民众诗人"在阶层以及教养上的封闭固化以及相应而来的创作上的隔膜，实际上正是导致口语与文言隔膜的前提。这种封闭与隔膜一方面使口语无法获得提升，一方面导致文言以及形式（"简洁高古的五七言句法"）又无法有效覆盖人民广阔的情感与心灵，结果是民众的创作无法"雅驯"，无法拥有细腻曲折的表达力，很难上升到可以被普遍认同的高度。而文人写作也同样不能获得心灵、价值乃至表达上的开放性和兼容性，因为缺少口语与文言的交流互动，也使汉语丧失了对于广大的"情欲"世界（即生命世界）的正常体验力和表达力。

语言的暌隔其实就是身份、认识、价值的暌隔，就是"事实界"（实然）与"道德界"（应然）的暌隔，这同时意味着社会文化的僵固、封闭与二元对立。正如周作人言及古希腊神话时说的："中国的神话，除了《九歌》以外，一向不曾受过艺术化，所以流传在现代民间，也不能发出一朵艺术的小花。我们并不以为这多神思想的传统于艺术是必要的，但是这为原始艺术根源的圣井尚且如此浑浊枯竭了，其他的情绪的干枯也就可以想见，于文艺的发生怎能没有关系呢。"③

与此相一致的是中国画，中国画其实同样存在着"语言"的深刻

---

① 《〈潮州畲歌集〉序》一文初刊 1927 年 4 月《语丝》126 期，又见《花煞》，568 页。

② 《花煞》，559 页。

③ 《希腊之馀光》，17–18 页。

对立。

周作人很少谈到画，他声称，自己并不懂得绘画，但是，他看出了唐宋以后的文人画的"偏弊"："文人画的毛病是由于以文人兼画师，随后造成画师的文人化，使得他们与民间隔离。"①"我颇怀疑南宗的画是聪明人偷懒的把戏，毕竟是聪明人，玩的自有妙趣，但是因为偷懒，也误了些事，这便是历史风俗画的失传，他把握住了风雅的一面，却将人生那平凡而实在的方面忽视了，不曾记录下来。"②

"文人画"与"民间艺术"的隔离，对于"风雅"的追求与对于"平凡而实在的方面"的忽略，其实质同样意味着社会文化的僵固、封闭与二元对立，是士大夫阶层的"趣味"垄断了艺术对于广阔现实的感应与呈现，而"民间艺术"因为缺少精英阶层的投入与参与，又无法获得美学的与技术的提升。

周作人所代表的"五四"以来知识界对于"新诗""新文学"的热情，伴随这种热情而升起的对于"民歌""民间艺术"的关注，事实上正隐含了为新文学、新文化弥缝消除这种二元对立的潜在动机（二元对立的实质就是"语言"的对立）。尽管可能并不自觉，结局也未必美好。特别是当所谓"民歌""民间文艺"，当所谓取代"文言"的"白话"成为一种意识形态的象征物，成为一个时代的政治图腾的时候，"民歌""民间文艺"与"白话"，就成了取代一切、否定一切、打压一切的唯一正确的选择，成为艺术家唯一可以证明自身先进性的标识和装备，舍此之外，别无出处。

（五）"国粹"与"欧化"

周作人是新文学的倡导者，却同时是旧文学旧教养的受益者。

---

① 《齐白石画白菜》//《本色》，768 页。

② 《作画难》//《本色》，762 页。

他自承，古代文人中最喜欢诸葛孔明与陶渊明，喜欢他们知其不可为而为之的儒家的精神，喜欢他们的诚实，喜欢陶渊明诗中对于生活的态度，喜欢南北朝的著作如《世说新语》《洛阳伽蓝记》《颜氏家训》等。"降至明季公安竟陵两派的文章也很引动我的注意，三袁虽自称上承白苏，其实乃是独立的基业，中国文学上言志派的革命至此才算初次成功，民国以来的新文学只是光复旧物的二次革命。"①

还在 1922 年，周作人就在《古文学》中提到，对于传统，切不可只做那"裂帛撕扇的快意事"。他意识到，我们虽然没有服从传统的必要，但是，对于古代文学，"最妨碍我们的享乐，使我们失了正解或者堕入魔道的，是历来那些'业儒'的人的解说，正如玉帛钟鼓本是正当的礼乐，他们却要另外加上一个名分的意义一般，于是在一切叙事抒情的诗文上也到处加了一层纲常名教的涂饰。""中国历代的诗未尝不受《诗经》的影响，只因有传统关系，仍旧因在'美刺'的束缚里，那正与小说的讲劝惩相同，完全成了名教的奴隶了。"

那么，打破虚骄的"为名教的艺术"的主张，古文学完全可以为我所用。

不仅如此，古文学研究"于现代文艺的形式上也有重大的利益。虽然现在诗文著作都用语体文，异于所谓古文了，但终是同一来源，其表现力之优劣在根本上总是一致，所以就古文学里去查考前人的经验，在创作的体裁上可以得到不少的帮助"②。

关于古文与白话，旧文学与新文学的关系，周作人曾经巧为设譬："反对古文，尽力攻击它的原因，和要推倒满清，得骂满清怎么不好，怎么把溥仪驱逐走了一样。溥仪既被赶出，决不能说他不是中国人；现在已经实用国语，亦不能把古文完全置诸度外不生关系似的"，我们得拿平

---

① 《〈苦茶随笔〉小引前稿》//《夜读的境界》，558 页。
② 《古文学》//《本色》，367-368 页。

等的眼光看它。"一时代有一时代的可喜可悲的事体，虽然前后情形不同，但是古今的感情一样，并没有什么多大的特殊。""看文学不应当拿看科学历史的眼光对付他，因为历史科学的内容，和文学的内容，迥乎不同。"①

除了此种在"重估一切价值"（此即新文化运动的精神）后对于古文与古文学的重新发现，周作人甚至把古代文学的某些传统与新文学直接联系起来，认为是可以打通的，譬如明代中叶以后的散文传统，即他说的"小品文"，就可以是新文学直接的来源。

他说："小品文是文学发达的极致，它的兴盛必须在王纲解纽的时代。"②"小品文则在个人的文学之尖端，是言志的散文，它集合叙事说理抒情的分子，都浸在自己的性情里，用了适宜的手法调理起来，所以是近代文学的一个潮头。"③

在《〈近代散文抄〉新序》中，他认为，从事文学批评和文学史研究的人，"向来不太看重或者简直抹杀明季公安竟陵两派文章"，"不知道公安竟陵是那时的一种新文学运动，这不但使他们对于民国初年的文学革命不能了解其意义，便是清初新旧文学废兴也就有些事情不容易明了了。""公安竟陵一路的文是新文学的文章，现今的新散文实在还沿着这个统系，一方面又是韩退之以来的唐宋文中所不易找出的好文章。"④"民国的新文学差不多即是公安派复兴，唯其所吸收的外来影响不止佛教而为现代文明，故其变化较丰富"⑤。

强调晚明文学潮流与新文学运动的一致性，周作人高度评价异端李卓吾的思想品格，他甚至认为："明季的新文学发动于李卓吾，其思想的

---

① 《死文学与活文学》//《本色》，103-104页。
② 《〈近代散文钞〉序》//《本色》，388页。
③ 《本色》，388-389页。
④ 《本色》，388-389页。
⑤ 《枣和桥的序》//《本色》，647页。

分子很是重要，容肇祖君在《李卓吾评传》中也曾说及，民初的新文学运动正是一样，他与礼教问题是密切有关的，形势上是文字文体的改革，但假如将其中的思想部分搁下不提，那么这运动便成了出了气的烧酒，只剩下新文艺腔，以供各派新八股之采用而已。明末这些散文，我们这里称之曰近代散文，虽然已是三百年前，其思想精神却是新的，这就是李卓吾的一点非圣无法气质留遗。说得简单一点，不承认权威，疾虚妄，重情理，这也就是现代精神，现代新文学如无此精神也是不能生长的。古今不同的地方有这一点，李卓吾打破固有的虚妄，却是走进佛教里去，被道学家称为异端。现今则以中国固有的疾虚妄的精神为主，站在儒家的立场来清算一切谬误，接受科学知识做帮助，这既非教旨，亦无国属，故能有利无弊。"①

新文学可以而且必然受益于传统，"新文学在中国的土里原有他的根，只要着力培养，自然会长出新芽来"②。而它的发达与成功，又不能没有"外援"："我相信新散文的发达成功有两重的因缘，一是外援，一是内应。外援即是西洋的科学哲学与文学上的新思想之影响，内应即是历史的言志派文艺运动之复兴。假如没有历史的基础，这成功不会这样容易，但假如没有外来思想的加入，即使成功了也没有新生命，不会站得住。"③

所谓"内应"与"外援"，按照周作人的另一种表述，就是"国粹"与"欧化"。

在 1922 年刊于《晨报副镌》的《国粹与欧化》一文中，周作人说："我们主张尊重各自的个性，对于个性的综合的国民性自然一样尊重，而且很希望其在文艺上能够发展起来，造成有生命的国民文学。但是我们的尊重与希望无论怎样的深厚，也只能以听其自然长发为止，用不着多事

---

① 《关于近代散文》//《本色》，693 页。
② 《关于近代散文》//《本色》，692 页。
③ 《中国新文学大系散文一集导言》//《本色》，674 页。

的帮助，正如一颗小小的稻或麦的种子，里边原自含有长成一株稻或麦的能力，所需要的只是自然的养护……我相信凡是受过教育的中国人，以不模仿什么人为唯一的条件，听凭他自发的用任何种的文字，写任何种的思想，他的结果仍是一篇'中国的'文艺作品，有他的特殊的个性和共通的国民性相并存在，虽然这上边可以有许多外来的影响。""我们一面不赞成现代人的做骈文律诗，但也并不忽视国语中字义声音两重的对偶的可能性，觉得骈律的发达正是运命的必然，非全由于人为，所以国语文学的趋势虽然向着自由的发展，而这个自然的倾向也大可以利用，炼成音乐与色彩的言语，只要不以词害意就好了。总之我觉得国粹欧化之争是无用的；人不能改变本性，也不能拒绝外缘，到底非大胆的是认两面不可。"①"将来新文学之伟大发展，其根基于中国固有的健全的思想者半，其有待于世界之新兴学问之培养者亦半，如或不然，虽日日闭户读《离骚》，即有佳作亦是《楚辞》之不肖子，没有现代的意味。""文学不再是象牙塔里的事，须得出至人生的十字街头罢了。中国新文学不能孤立的生长，这里必要思想的分子，有自己的特性而又与世界相流通，此即不是单讲诗文的所能包办，后来的学子所当自勉而不必多让者也。"②"一味的急进或保守都不难，难的是认清了上自圣贤下至凡民所同具的中国固有思想，外加世界人类所共有的新兴文明……"③"我们理想的中国文学，是有人类共同的性情而又完具民族与地方性的国民生活的表现，不是住在空间没有灵魂阴影的写照。"④

新文学之成为新文学，不仅意味着人类文化的交融与文明的一体化，同时意味着中国文学对于"欧化"的"外援"的广泛吸纳。

检讨中国文学的根底时，周作人一如既往地秉持了启蒙的立场，他

---

① 《中国气味》，185-187页。
② 《中国气味》，828页。
③ 《新中国文学复兴之途径》//《本色》，161页。
④ 《读〈草堂〉》//《本色》，591页。

说："就文学而论，中国历来只讲文术而少文艺，只有一部《离骚》，那丰富的想象，热烈的情调，可以同希腊古典著作相比，其余便鲜可称道。中国的神话，除了《九歌》以外，一向不曾受过艺术化，所以流传在现代民间，也不能发出一朵艺术的小花。我们并不以为这多神思想的传统①于艺术是必要的，但是这为原始艺术根源的圣井尚且如此浑浊枯竭了，其他的情绪的干枯也就可以想见，于文艺的发生怎能没有关系呢。中国现在文艺的根芽，来自异域，这原是当然的；但种在这古国里，吸收了特殊的土味与空气，将来开出怎样的花来，实在是很可注意的事。希腊的民俗研究，可以使我们了解希腊古今的文学；若在中国想建设国民文学，表现大多数民众的性情生活，本国的民俗研究也是必要，这虽然是人类学范围内的学问，却于文学有极重要的关系。"②"中国似乎向来缺少希腊那种科学与美术的精神，所以也就没有这一种特别的态度，即所谓古典的、写实的艺术之所从出的大海似的冷静。"③

在足够的"内应"与"外援"作用下的自由的生长，便是体现在新文学运动中的自我实践。这种实践，几乎可以看作是某种"文艺复兴"。

在为俞平伯的《杂拌儿》所作跋中，周作人说俞平伯的文章"自具有一种独特的风致"，而"这风致是属于中国文学的，是那样地旧而又这样地新"④。然后，他进而说："现代的散文在新文学中受外国的影响最少，这与其说是革命文学的还不如说是文艺复兴的产物，虽然在文学发达的程途上复兴与革命是同一样的进展。在理学与古文没有全盛的时候，抒情的散文也已得到相当的长发，不过在学士大夫的眼中自然也不很看得起。我们读明清有些名士的文章，觉得与现代文的情趣几乎一致，思想上固然难免有若干距离，但如明人所表示的对于礼法的反抗则又很有现

---

① 指古希腊。

② 《希腊之馀光》，17-18页。

③ 《〈希腊拟曲〉序》//《希腊之馀光》，201页。

④ 《本色》，637页。

代的气息了。""现代的散文好像是一条湮没在沙土下的河水，多少年后
又在下流被掘了出来；这是一条古河，却又是新的。"①

周作人认同这样的观点——"中国的艺术应该使古来的和现代的联
接起来，批评地接受并发扬光大那数千年的传统艺术。"②

1943 年，周作人作《苦口甘心》告诫青年："须略了解中国文学的传
统。无论现在文学新到那里去，总之还是用汉字写的，就这一点便逃不
出传统的圈子。中国人的人生观也还以儒家思想的为主流，立起一条为
人生的文学的统系，其间随时加上些道家思想的分子，正好作为补偏救
弊之用，便得调和渐近自然。"③"汉文学是用汉字所写的，那么我们对于
汉字不可不予以注意。""汉字这东西与天下的一切文字不同，连日本朝
鲜在内。他有所谓六书，所以有象形会意，有偏旁，有所谓四声，所以有
平仄。从这里，必然地生出好些文章上的把戏。""除重对偶的骈体，讲腔
调的古文外，还有许多雅俗不同的玩艺儿，例如对联诗钟、灯谜，是雅的
一面；急口令、笑话，以至拆字，要归到俗的一面去了，可是其生命同样
的建立在汉字上，那是很明显的。我们自己可以不做或不会做诗钟之类，
可是不能无视他的存在和势力，这会向不同的方面出来，用了不同的形
式。""我以为我们现在写文章重要的还要努力减少那腔调病（孟泽按：大
体指八股时文腔调），与制艺策论愈远愈好，至于骈偶倒不妨设法利用，
因为白话文的语汇少欠丰富，句法也易陷于单调，从汉字的特质上找出
一点妆饰性来，如能用得适合，或者能使营养不良的文章增点血色，亦未
可知。"④

虽然很早就意识到，新文学与旧文学的关系其实不能不是一种继承
的关系，然而，周作人对于新文化运动中充满政治意味的别有用心的复

---

① 《本色》，637-639 页。

② 《他山之石》//《本色》，766 页。

③ 《本色》，157 页。

④ 《汉文学的传统》//《中国气味》，793-795 页。

古潮流，却有透彻的洞见。

1934年作《〈现代散文选〉序》说："文体改变本来是极平常的事，于人心世道国计民生了无干系，如日本自明治上半文学革命，一时虽有雅俗折衷言文一致种种主张，结果用了语体文，至于今日虽是法西斯蒂高唱入云之际，也并没有人再来提出文言复兴……在中国却不然，国家练陆军，立医学校，而'国医国术'特别蒙保护优待，在民间亦十分珍重信托。古文复兴运动同样的有深厚的根基，仿佛民国的内乱似的应时应节的发动，而且这运动后面都有政治的意味，都有人物的背景。"①其背后，是思想道德礼法的复古，这样的运动实质上是空虚的，"文字的运动而不能在文学上树立其基础，则究竟是花瓶中无根之花，虽以温室流黄水养之，亦终不能生根结实耳。"②

但是，周作人认为："古文者文体之一耳，用古文之弊害不在此文体而在隶属于此文体的种种复古的空气，政治作用，道学主张，模仿写法等。白话文亦文体之一，本无一定属性，以作偶成的新文学可，以写赋得的旧文学亦无不可，此一节不可不注意也。"③

（六）"文章"与新文艺：新的自由与新的节制

"五四"时期，周作人的《小河》曾被胡适称为"是新诗中的第一首杰作"，有"很好的声调"。在《谈新诗》中，胡适还说："我所知道的'新诗人'，除了会稽周氏兄弟之外，大都是从旧式诗词曲里脱胎出来的。"④朱自清在《中国新文学大系·诗集导言》中说，"只有鲁迅氏兄弟全然摆脱了旧镣铐"，"他们另走了一条欧化的路"。

---

① 《本色》，660页。
② 《本色》，661页。
③ 《本色》，661页。
④ 胡适. 谈新诗[J]. 星期评论, 1919(双十节纪念号).

在作于 1929 年的《过去的生命》序中，周作人对自己"所写的诗的一切"做了如下解释："我称他为诗，因为觉得这些的写法与我的普通的散文有点不同。我不知道中国的新诗应该怎么样才是，我却知道我无论如何总不是个诗人"，"这些'诗'的文句都是散文的，内中的意思也很平凡，所以拿去当真正的诗看当然要很失望，但如算他是别种的散文小品，我相信能够表现出当时的情意，亦即是过去的生命，与我所写的普通的散文没有什么不同。"①

摆脱了"旧镣铐"，却并不以诗人自居，是出于对自己气质、性情的认定；不承认自己所做的诗算"真正的诗"，则是因为有对"新诗"的更高理想。

在 1921 年 6 月 9 日刊于《晨报》的《新诗》中，周作人说："诗的改造，到现在实在只能说到了一半，语体诗的真正长处，还不曾有人将他完全的表示出来，因此根基并不十分稳固"，"现今的诗坛，岂不便是一个小中国么？本来习惯了的迫压与苦痛，比不习惯的自由，滋味更为甜美，所以革新的人非有十分坚持的力，不能到底取胜。"②

1924 年作《〈农家的草紫〉序》说："现代新诗之不能满人意，大抵都是承认的，其实也是当然的事，不值得什么悲观与叹息。我们屈指计算新诗之产生，前后不过八年，这七八年在我们看去虽是一大段时间，但在文化发达的路程上原算不得什么；我们倘若不明白这个道理，期望每年出十个诗人，每月出百篇佳作，不但太性急，也不免望太奢了。""我觉得新诗的第一步是走了，也并没有走错，现在似乎应走第二步了。我们已经有了新的自由，正当需要新的节制。不过这第二步怎样走法，我也还说不来，总之觉得不是那些复古的倾向，如古风骚体或多用几个古字之类；反正第二步是跟着第一步走的，真正在那里走的人，各人都会去自己

---

① 《本色》，第 620 页。
② 《本色》，695 页。

实验出来。"①

对"新的自由"的信任，是对于"语体诗"的合法性的无保留的认同，所谓"新的节制"，作为"跟着第一步走"的"第二步"，并不简单地等同于韵律、语言及形式上的自我约束，而意味着坚持"新的自由"的同时，"新诗"必须拥有更多的诗的本体要素才足以自我成立和自我支撑。

这其实也是周作人对于整个新文艺、新文化的诉求，"中国现在所切要的是一种新的自由与新的节制，去建造中国的新文明，也就是复兴千年前的旧文明，也就是与西方文化的基础之希腊文明相合一了。"②

召唤"新的自由"与"新的节制"，周作人由此并不避讳以传统的"文章"观看待和评判新文艺，在某种意义上，他对于文学的观念，最终就是一种关于"文章"的观念，在这里，甚至透露了他对于传统文化的整体观察。

他说："我不懂文学，但知道文章的好坏，不懂哲学玄学，但知道思想的健全与否。我谈文章，系根据生物学文化人类学道德史性的心理等的知识，考察儒释道法各家的意思，参酌而定，以情理并合为上。我的理想只是中庸，这似乎是平凡的东西，然而并不一定容易遇见，所以总觉得可称扬的太少，一面固似抱残守缺，一面又像偏喜呵佛骂祖，诚不得已也。不佞盖是少信的人，在现今信仰的时代有点不大抓得住时代，未免不得合式，但因此也正是必要的，语曰，良药苦口利于病，是也。"③

自认为懂得"文章"的好坏，又并不指望"文章"有改变世界的"威力"，但写好文章却是有讲究的。在《关于写文章》中，周氏言及，文人"没有实力，奈何不得社会一分毫，结果只好学圣人去写文章出口鸟气。虽然孟子说，孔子作春秋而乱臣贼子惧，又蒋观云咏卢梭云，文字成功

---

① 《本色》，735–736 页。

② 《生活之艺术》//《夜读的境界》，27 页。

③ 《自己所能做的》//《本色》，145 页。

日，全球革命潮，事实却并不然。文字在民俗上有极大神秘的威力，实际却无一点教训的效力，无论大家怎样希望文章去治国平天下，归根结蒂还是一种自慰。"①"我不想写祭器文学（孟泽按：徒为摆设的意思），因为不相信文章是有用的，但是总有愤慨，做文章说话知道不是画符念咒，会有一个霹雳打死妖怪的结果，不过说说也好，聊以出口闷气。这是毛病，这样写是无论如何写不好的。我自己知道，我所写的最不行的是那些打架的文章……我觉得与人打架的时候，不管是动手动口或是动笔，都容易现出自己的丑态来，如不是卑怯下劣，至少有一副野蛮神气。动物中间恐怕只有老虎狮子，在他们的凶狠中可以有美，不过这也是说所要被咬的不是我自己。"②"我想，写好文章第一须得不积极，不管他们卫道卫文的事，只看看天，想想人的命运，再来乱谈，或者可以好一点"。③

同样的意思体现在《〈自己的园地〉旧序》中，周作人说："我们太要求不朽，想于社会有益，就太抹杀了自己；其实不朽决不是著作的目的，有益社会也并非著者的义务，只因他是这样想，要这样说，这才是一切文艺存在的根据。我们的思想无论如何浅陋，文章如何平凡，但自己觉得要说时便可以大胆的说出来，因为文艺只是自己的表现，所以凡庸的文章正是凡庸的人的真表现，比讲高雅而虚伪的话要诚实的多了。""世间欺侮天才，欺侮着而又崇拜天才的世间也并轻蔑庸人。人们不愿听荒野的叫声，然而对于酒后茶余的谈笑，又将凭了先知之名去加以呵斥。这都是错的。我想，世人的心与口如不尽被虚伪所封锁，我愿意倾听'愚民'的自诉衷曲，当能得到如大艺术家所能给予的同样的慰安。我是爱好文艺者，我想在文艺里理解别人的心情，在文艺里找出自己的心情，得到被理解的愉快。"④

---

① 《本色》，233 页。

② 《本色》，234 页。

③ 《本色》，235 页。

④ 《本色》，330 页。

　　期待"高雅"而不避"凡庸"，宁要凡庸的真表现，不要虚伪的高雅话，周作人把"持身"与"为文"区别开来，重申了"道德"与"审美"的分际。

　　在《文章的放荡》中，周氏说："文人里边我最佩服这行谨重而言放荡的，即非圣人，亦君子也。其次是言行皆谨重或言行皆放荡的，虽属凡夫，却还是狂狷一流。再其次是言谨重而行放荡的，此乃是道地小人，远出谢灵运沈休文之下矣。谢沈的傲冶其实还不失为中等，而且在后世也就不可多得，言行不一致的一派可以说起于韩愈，则滔滔者天下皆是也，至今遂成为载道的正宗了。一般对于这问题有两种误解。其一以为文风与世道有关，他们把《乐记》里说的亡国之音那一句话歪曲了，相信哀愁的音会得危害国家，这种五行志的论调本来已过了时，何况倒因为果还是读了别字来的呢。其二以为文士之行可见，不但是文如其人，而且还会人如其文，写了这种文便非变成这种人不可，即是所谓放荡其文岂能谨重其行乎。这也未免说得有点神怪，事实倒还是在反面，放荡其文与谨重其行，其实乃不独不相反而且还相成呢。"

　　为此，周作人不止一次引用英国霭理斯的话说："我们愈是绵密地与实生活相调和，我们里面的不用不满足的地面当然愈是增大。但正在这地方，艺术进来了。艺术的效果大抵在于调弄这些我们机体内不用的纤维，因此使他们达到一种谐和的满足之状态，就是把他们道德化了，倘若你愿意这样说。精神病医生常述一种悲惨的风狂病，为高洁地过着禁欲生活的老处女们所独有的。她们当初好像对于自己的境遇很满意，过了多少年后却渐显出不可抑制的恼乱与色情冲动，那些生活上不用的分子被关闭在心灵的窖里，几乎被忘却了，终于反叛起来，喧扰着要求满足。古代的狂宴——基督降诞节的腊祭，圣约翰节的中夏祭——都证明古人很聪明地承认，日常道德的实生活的约束有时应当放松，使他不至于因为过紧而破裂。我们没有那狂宴了，但我们有艺术替代了他。""这是一个很古的观察，那最不贞洁的诗是最贞洁的诗人所写，那些写得最清净

151

的人却生活得最不清净。在基督教徒中也正是一样，无论新旧宗派，许多最放纵的文学都是教士所作，并不因为教士是一种堕落的阶级，实在只因他们生活得严正更需这种感情的操练罢了……艺术正是情绪的操练。"①

很多时候，特别是在自己的写作实践中，周作人把包括文学写作在内的创作，大体都看作是文章分内事，而并不认为文章之外别有一种叫作文学的东西。他说"废名君的著作在现代中国小说界有他独特的价值者，其第一的原因是其文章之美"②。他喜欢废名的小说，"所喜欢的第一是这里面的文章"，而"近来创作不大讲究文章，也是新文学的一个缺陷"③。

他本人平生的理想也是写出好文章，他说："我的理想是五六百字写一篇小文字，简单的一点意思简单地说出来，并不想这于世道人心有什么用处，只是有如同朋友谈话，能够表现出我的意见，叫他听了明白，不觉得烦琐讨厌，那就好了。"④

周作人自称喜欢"物外之言"，强调文章应该有属于自己的"气味"："所谓言与物者何耶，也只是文辞与思想罢了，此外似乎还该添上一种气味。气味这个字仿佛有点暧昧而且神秘，其实不然。气味是很实在的东西，譬如一个人身上有羊膻味，大蒜气，或者说有点油滑气，也都是大家所能辨别出来的。这样看去，三国以后的文人里我所喜欢的有陶渊明颜之推两位先生，却巧都是六朝人物。"⑤

在《〈燕知草〉跋》中，周作人说："我平常称平伯为近来的一派新散文的代表，是最有文学意味的一种"。"我也看见有些纯粹口语体的文

---

① 《本色》，249-251 页。
② 《枣和桥的序》//《本色》，646 页。
③ 《〈桃园〉跋》//《本色》，628 页。
④ 《写文章之难》//《本色》，285 页。
⑤ 《杂拌儿之二序》//《本色》，641 页。

章，在受过新式中学教育的学生手里写得很是细腻流丽，觉得有造成新文体的可能，使小说戏剧有一种新发展，但是在论文——不，或者不如说小品文，不专说理叙事而以抒情分子为主的，有人称他为'絮语'的那种散文上，我想必须有涩味和简单味，这才耐读。""文词还得变化一点，以口语为基本，再加上欧化语，古文，方言等分子，杂糅调和，适宜地或含蓄地安排起来，有知识与趣味的两重的统制，才可以造出有雅致的俗语文来。我说雅，这只是说自然、大方的风度，并不要禁忌什么字句，或者装出乡绅的架子。"①

　　说到文章的好，周氏拟以庄子说的"大块噫气""吹万不同"，"能做好文章的人他也爱惜所有的意思，文字，声音，故典，他不肯草率地使用他们，他随时随地加以爱抚，好像是水遇见可飘荡的水草要使他飘荡几下，风遇见能叫号的窍穴要使他叫号几声，可是他仍然若无其事地流过去吹过去，继续他向着海以及空气稀薄处的行程。这样所以是文生情，也因为这样所以这文生情异于做古文者之做古文，而是从新的散文中间变化出来的一种新格式。"②

　　从周作人的于"好文章"的想象与要求可以看出，在通达的视野中，伴随着"新的自由"与"新的节制"的新文学，其实并没有脱离"文章"的别一种义理和标准。新文学的好坏，同样是以"文章"的好坏为依归的，这是周作人着意新潮而折中传统的独特观点，也是汉语诗学传统的隐秘延伸。

　　周作人不以文人自许，而常常以文艺的外行、旁观者自居。

　　但是，他对于文学艺术的含茹和思考，从未停止，他其实是冷眼而热心的。在"五四"文化精英群体中，他最早从"古文"与"白话"、"旧文学"与"新文学"、"旧诗"与"新诗"、"地方主义"与"世界主义"、"文章"

---

① 《本色》，644 页。

② 《〈莫须有先生传〉序》//《本色》，653–654 页。

与"文学"的相互对立与取消的立论中走出来，也是最早从文学的纯粹启蒙立场解放出来的"新诗""新文艺"倡导者和理论建构者，他所向往的为人为文的理想境界是"行谨重而言放荡"。

因为不仅有着超越于具体创作阵营的冷静心态，而且有着不可及的渊博学识、辽阔视野，周作人对于文艺的阐发，虽然未必是最"专业"的和技术指导性的，却"极高明而道中庸"。至今为止，他所提供的判断，汉语文学从业者都不可能轻易绕过去，其中所含纳的动机和所具有的意义，甚至不只是有关文学艺术的，而包括人与人类的安身立命，包括对于文化整体性的安排和构思。

第六章

一个世纪的隐喻：闻一多与行动的大诗

闻一多（1899—1946），名亦多，字友三，号友山，笔名一多，家族内称为闻家骅，湖北浠水人。

闻一多1912年入清华学校，1921年参与组织"清华学校文学社"，与梁实秋合著《〈冬夜〉〈草儿〉评论》。1922年赴美，先后求学于芝加哥美术学院、科罗拉多大学。1923年，在泰东书局出版诗集《红烛》。1925年回国，任教于北京艺术专科学校，与徐志摩等主持《晨报·诗镌》。1928年由新月书店出版诗集《死水》，参与编辑《新月》杂志和《诗刊》，先后任教于武汉大学、青岛大学、清华大学、西南联大。1946年7月15日，在昆明发表时政演讲后被枪杀。

闻一多有足够深厚的传统教养与开阔的文化视野，而敏感于风云激荡的时代，敏感于作为个人与作为民族的身份和使命，也有同侪中不多见的沉潜和专注。闻一多对于"新诗""新文学""新文艺"的理解与认同，堪称"专业"，他曾经"敬告落伍的诗家"：旧诗的破产，诗体的解放，"早已是历史的事实"，"若要真做诗，只有新诗这条道走"①。同时，他承认，"并不是说做新诗不应取材于旧诗，其实没有进旧诗库里去见过识面的

---

① 《闻一多全集》卷2，37-38页。

人决不配谈诗。旧诗里可取材的多得很，只要我们会选择。"①

不仅如此，他还曾深情召唤"恢复我们对于旧文学底信仰，因为我们不能开天辟地，我们只能够并且应当在旧的基石上建设新的房屋"，我们更应该"了解我们东方底文化，东方底文化是绝对地美的，是雅韵的。东方文化而且又是人类所有的最彻底的文化"②。

然而，他又说过，从"温柔敦厚"的诗教里，他嗅出了数千年文化的血腥，他对于旧文学的沉迷，正是为了揭破它的腐朽与不堪。

他曾经以纯粹学者的面貌，从比较文化的角度为古代汉语诗歌提供了他所在时代最具学术含量的描述和检讨，同时终究无法抗拒作为行动者的"最伟大的诗"的召唤，至于以身殉之，以诗人和学者之身而凛然成为"烈士"。

他曾经希望成为"画家""美术批评家""艺术的宣道者""诗人""学者"，最终却是数种身份浑然汇集于一身，难分难解，让他不仅拥有跨界的认知力和想象力，也有着跨界者的大胆、果敢、鲁莽、率性与天真。他曾经试图引领他所在的时代以及人民，最终却为融入他所认同的时代潮流和人民运动奉献上自己全部的力量与热情，成为时代精神的某种象征，成为一个世纪的隐喻。

呈现在闻一多身上的他本人并不讳言的"极端"，表征了知识者在变故丛生的现代中国，在方生方死的文明蜕变中，一切怀疑、选择与服膺，一切对立、矛盾与暧昧，常常"可以情感，而不可理喻"，可以理喻而不可一言以蔽之。他对于个人的安排与对于艺术的安排，最终依然是以时代的与社会的整体性作为前提和目标的，而不是孤立的"个人主义"的和"为艺术而艺术"的。

---

① 《闻一多全集》卷 2，51 页。
② 《〈女神〉的地方色彩》一文初刊 1923 年 6 月 3 日《创造周报》第 4 号，又见《闻一多全集》卷 2，123 页。

古典学养、世界视野，启蒙意识、浪漫情怀，闻一多的精神世界是多元的，这一方面构成了他超出同侪的丰富和深刻，另一方面，也多少给他的内心世界，给他的话语立场，带来了某种程度的分裂，而这种分裂，同时嵌入并且放大了政治和艺术、政治和学术的相持与相胜。

（一）作为"美育"的艺术

在 1919 年刊于《清华学报》第 5 卷第 1 期的《建设的美术》中，闻一多提供了他对于美术以及中国艺术的一些基本判断。

他认为，第一，世界本是一间天然的美术馆，凡属人类所有东西，例如文字、音乐、戏剧、雕刻、图画、建筑、工艺，都是美感的结晶。就是政治、实业、教育、宗教，也都含着几层美术的意味。所以世界文明的进步同美术的进步，成一个正比例。第二，他同意欧美人的观点，认为 20 世纪——一个科学进步美术发达的时代，人类不应该甘心享受那种陋劣的、没有美术观念的生活，"因为人的所以为人，全在有这点美术的观念。提倡美术就是尊重人格"。他引纳斯根（John Ruskin）的话说，"生命无实业是罪孽，实业无美术是兽性（Life without industry is guilt, industry without art is brutality）"。第三，中国在宋、明、清富强的时期，美术发达，各种工艺都很有成绩，只是到清咸同以后，美术凋零了，工艺也凋零了，社会生活呈一种萎靡不振的病气，建房屋的、制家具的、造器皿的都是潦草塞责，完全失去了从前做手艺的趣味，所做出来的东西粗陋呆蠢到万分，以至让人想不起从前那一段光明的历史。

闻一多分析传统中国美术之接近"装饰性""工艺性"时，说："中国画重印象，不重写实，所以透视、光线都不讲。看起来是平坦的，是鸟眼的视景（Bird's-eye View），是一幅图，不是画。但是印象的精神狠足，所以美观还是存在。这种美观不是直接的天然的美，是间接的天然的美，因为美术家取天然的美，经他的脑筋制造一过，再表现出来。原形虽然失了，但是美的精神还在。这是中国美术的特点。装饰美术（Decorative Art）最合这种性质。所以中国从前的工艺狠发达，也就是这种美术的结果。""中国美术最宜于装饰。中国图案画实在是特别的富于美观。但是图案画的一个名词，在中国画史上是没有的。我们所有的这种美术，全是寻常技师自出的心裁，没有经过学理的研究。我们寻常只知道六朝三大家同吴装的人物，南北两宗的山水，没骨体勾勒体的花鸟，同苏赵诸家的墨戏，就是中国的美术。那里知道中国最有价值的美术家，还有历代造陶、瓷器、镶嵌、七宝烧、景泰蓝的那些技师？更有谁知道什么制杂花夹缬的柳婕好妹，制蜀锦的窦师纶，制神丝绣被的绣工上海顾氏，同漆工张成、杨茂？我们中国人既然有天赋的美术技能，再加上学理的研究，将来工艺的前途，谁能料定？可惜我们自暴自弃，只知道一味学洋人，学又学不到家，弄得乌七八糟，岂不是笑话吗？日本人学西洋人，总算比我们学西洋人学得高明。但是他们现在也明白了他们自己的美术的价值，竭力提倡保存他们的国粹。"

按照闻一多的说法，他所面对的现实中国，必须破除那种顽固不通、轻视美术的思想："这样腐败的工艺，这样腐败的教育，非讲求美术决不能挽救的。""美术不是空洞的，是有切实的建设力的。""中国的美术要藉工艺保存。中国的工艺要藉美术发达。"①

在这里，闻一多其实已经看到了中国传统艺术的长处，也觉察到传统艺术的欠缺。

欠缺的实质在于上层知识阶级的"美术"与底层民众的"工艺"之间的隔绝，由此造成士大夫的趣味、理论和精神，无法与底层民众出色的工艺实践所体现的"美术技能"相互对接、相互贯通，以至前者越来越封闭自足，无法获得必要的扩张性、渗透性与普遍性，而后者则无从拥有精神与趣味的提升，上升到"学理的研究"。

---

① 《闻一多全集》卷2，3-6页。

　　这样的局面，其实也是周作人当年有所洞察的，他曾反省中国文学的精英主义与平民主义缺乏互动的机制，反省汉语、汉字、汉文学"雅化"与"俗化"的割裂，检讨传统精英写作与民间"语文"的"两极分化"。

　　闻一多在反思传统艺术时，还提到"中国字是一种重要的艺术，这是别国所羡慕的，而我们自己反不知道利用他，真是'拂人之性'"①。

　　与整个时代的逻辑相一致，闻一多极端强调艺术对于改造社会、改造人生的功能与意义。他相信，一个只有科学家的世界，"一定要变成一个干枯憔悴，阴凄僵冷的地狱，充满癫狂麻木的'行尸走肉'的人类；如果真坏到了这一日，我真情愿'蹈东海而死'"②。

　　在刊于 1920 年 10 月 1 日《清华周刊》192 期上的《征求艺术专门的同业者的呼声》中，闻一多倡言"艺术确是改造社会底急务"，召唤有艺术"天能"的人投身艺术。

　　他说："科学主理性，主经验，艺术主感情，主直觉，表面上两个似相冲突，供奉科学，就不能礼拜艺术了"。问题是，艺术的价值并不在科学之下，也绝不是给科学当配角的，艺术与科学"并行不悖"，而且"缺一不可"，"托尔斯泰希望于艺术的是一种人类情同手足的团结底实现；康德(Kant)费希脱(Fichte)都说艺术是介于实体世界同现象世界之间，作他们的桥梁的。换言之，前者是讲艺术可以促进人类底友谊，后者是讲艺术可以抬高社会底程度——这就是艺术底功用。利用人类内部的、自动的势力来促进人类底友谊，抬高社会的程度——这才是艺术的真价值。"

　　闻一多认为，宗教、伦理也有这两种功用，但它们是依靠外部的强制的势力来实现，所以不如艺术。而尤其对于中国来说，"我们的生活底枯涩，精神底堕落，比欧洲只有过无不及，所以我们所需要的当然也是艺

---

① 《出版物的封面》//《闻一多全集》卷 2，10 页。
② 《出版物的封面》//《闻一多全集》卷 2，10 页。

术。""现在我们对于科学那样热中，而对于艺术这样冷淡，将来势必将社会完全变成一副机器，他的物质的运动当然是灵敏万分，但是理想底感情，完全缺乏。""我们如果不愿把中国变成一个疯人院，再蹈欧洲底覆辙，演成世界第二次军事惨剧，我们就应当注意艺术，赶急注重艺术！"

关于艺术，他说，我们"应该把脑筋里原有的一个旧艺术底印象扫去，换上一个新的，理想的艺术底想象，这个艺术不是西方现有的艺术，更不是中国的偏枯腐朽的艺术底僵尸，乃是熔合两派底精华底结晶体"。"一方面要造诣精深的大艺术家，借他们，中国希望能将其四千年来所积蓄的文化底私财，加入世界底资产里，使人类底精神的生活更加丰富；一方面要普及艺术，以'艺术化'我们的社会。"①

说到尊重作为艺术家的个性和天赋，闻一多说："艺术底前途，就是艺术家底前途"，艺术家不仅对于人类组织，对于"社会的集合"负有不可推卸的责任，而且，也是人的"个性底发展"的必然："强迫一个科学家去治艺术，既是不近人情，所以叫一个性近艺术的，为了'饭碗'问题，摧残他的个性，流离颠沛于科学界里，也要算天下最悲惨的一桩事了。在我个人，宁能牺牲生命，不肯违逆个性。何况我们治艺术，肉体上虽稍受点苦痛，精神上却得了自由底快乐底赔偿呢？""当今中国，科学已有萌蘖了，艺术却毫无消息。艺术的人才既是有限，有艺术底天能的自当负起责任。"②

在刊于 1920 年 10 月 22 日《清华周刊》195 期的《对于双十祝典的感想》中，闻一多对于艺术改造社会的路径——"美育"进行了解释。他以"节期 Festival 来证明美育底实力"："我们往往怀疑美育的实力，这种疑惑，如同宗教的疑惑，本不容易解释"。他引蔡孑民对于美育功用的说法："提起一种超越利害的兴趣，融合一种画分人我的僻见，保持一种永

---

① 《闻一多全集》卷 2，14-17 页。

② 《闻一多全集》卷 2，18-19 页。

久和平的心境。"闻一多认为，蔡孑民先生说的这三个条件，在"节期"里全部获得了呈现。"节期是人类流泄其最高感情底时候：这时最险恶虚伪的心也能闪出慈柔诚恳的光耀；这时什么沉忧烦虑都匿形遁迹了；这时人类中男女、长幼、富贵贫贱各种界限，同各种礼教的约束都无形消灭了，所以是自由平等底最高水涨标……人的一切美德，都泄露无遗了。"因此，"节期实在是美育底一种方法；假若我们社会的设备能时时刻刻和过节期一样，我们的心境也时时刻刻在美育之中，我们的生活便到了极轨。我们提倡美育，不啻要把时间变成一个大节期，世界变成一个大会场，使人类永久在快乐底海里游泳了。""我深信美育底功效"。但是，"节期是个空名词，有了艺术，节期才具形体，才有作用，质言之，没有艺术，节期就不能成立，也不必成立。节期是艺术的总汇。节期底本身没有什么大价值，他的价值是艺术底价值。所以假设没有艺术，或只有粗陋的艺术，节期当然也没有价值了。""没有艺术的节期，必不能引起人类底快感与同情，所以失了节期底作用。"闻一多举例说，"孔子圣诞节只是一种干枯的典礼，耶稣圣诞节实能引起信徒底快乐与同情，因为他有艺术的点缀。"①

毫无疑问，闻一多所乐意投身的艺术，自始就是从服务于社会，尤其是为改善"枯涩""堕落"的中国社会出发的。

正是出于同样的思路，闻一多一度把刚刚出现的电影（孟泽按：他所看到的似乎是默片——无声电影）看成"伏命于原始的冲动之下"，"充满性欲杀欲底表现"②，是"章台走马，陌巷寻花"一类的纯粹消遣物，而难言艺术③。

一方面，他声称，不仅不反对"求快乐"，甚至"深信生活底唯一目的只是快乐"，同时他又慎重区别了"禽兽的快乐"与"人的快乐"，"野蛮人

---

① 《闻一多全集》卷 2，21-23 页。
② 《闻一多全集》卷 2，39、44 页。
③ 《电影是不是艺术?》//《闻一多全集》卷 2，27 页。

的快乐"与"开化人的快乐"。即使"在一个人身上，口鼻底快乐不如耳目底快乐，耳目的快乐又不如心灵的快乐。艺术的快乐虽以耳目为作用，但是心灵的快乐，是最高的快乐，人类独有的快乐。"而"人是一个社会的动物，我们一举一动，不能同我们的同类没有关系"，肉体的快乐显然是受限的，必须有所讲究，"但是艺术是精神的快乐，肉体与肉体才有冲突，精神与精神万无冲突，所以艺术的快乐是不会起冲突的，即不会妨害别人的快乐的，所以是真实的、永久的快乐。"

闻一多认为："有三层理由可以证明电影决不是艺术：一、机械的基础，二、营业的目的，三、非艺术的组织。"尽管电影"有两个类似艺术之点，就是戏剧的原质同图画的原质"，但是，仅仅从电影的结构上看，其"过度的写实性""过度的客观性""过分的长度""过分的速度""缺少灵魂""缺少语言底原质"，就足以证明电影"是非艺术的了"。而且，"电影所得的是真实，而艺术所求的是象征，提示与含蓄是艺术中最不可少的两个元素，而电影完全缺乏。所以电影底不能成艺术是万无疑义的。"

闻一多承认，"电影虽不是艺术，但还是很有存在，发展的价值"。因为电影有着极大的教育的价值，电影的将来是属于教育的。事实上，凭闻一多当时所见识的"电影"，他也不能不承认，"我们看电影时往往能得一种半真半假的艺术的趣味"，"电影的本质不是艺术，但有'艺术化'底权利，因为世界上一切的东西都应该'艺术化'"。"不过因为他刚受了一点艺术化，就要越俎代庖，擅离教育的职守而执行娱乐的司务，那是我们万万不准的。"①

其实，闻一多对于电影的非艺术性质的认定，根本的出发点还在于，他并不能够认同早期电影所呈现的缺少思想和灵魂的偏重感官性和营业性的娱乐品格。他说："我们研究电影是不是艺术底本旨，就是要知道他所供给的是那一种的快乐，真实的或虚伪的，永久的或暂时的。抱'得过

---

① 《电影是不是艺术?》//《闻一多全集》卷2，27-35 页。

且过'底主义的人往往被虚伪的、暂时的快乐所欺骗，而反笑深察远虑的人为多事，这是很不幸的事。社会学家颉德（Kidd）讲现在服从将来是文明进化底原理。我们求快乐不应抱'得过且过'底主义，正因他有碍文明底进化。有人疑我们受了'非礼勿视'底道学家底毒，才攻击电影，恐怕太浅见了罢?"①

因为"营业性"，电影制作者的唯一目的就是迎合观众的心理，因为过度的"写实性""客观性"，艺术家"就顾不到自己的理想，没有理想就失了个性，而个性是艺术底神髓，没有个性就没有艺术"。而"伟大的戏剧底唯一的要素是'冲突中的人类的个性'"。"'艺术比较的不重在所以发表的方法或形式，而在所内涵的思想和精神'。这种内涵的思想和精神便是艺术的灵魂。"

他认同这样的说法："艺术品的灵魂实在便是艺术作者的灵魂。""艺术作者若是没有正当的人生观念，以培养他的灵魂，自然他所发表的或是红男绿女的小说，或是牛鬼蛇神的笔记，或是放浪形骸的绘画，或是提倡迷信的戏剧，再也够不上说什么高洁的内容了。"在他看来，电影生产者"多数的人总满足于陈腐的，浅显的，沈淡的，满足于蠢野的趣剧同令人发笑的感情戏；这些东西完全不合于人生，浮夸而偏于感情……"②

闻一多对于电影的辨析，显示了他在理论上自我建构的充足能力，他可以把一些似是而非的道理，讲得条理分明，他甚至把一些相反的意见统一在自己的论说中而不令人反感，形成某种悖论性质的立论，譬如肯定电影的教育功能又否定电影的感官性，说明闻一多并不具备超越艺术功利性的美学立场。这其实也是中国现代知识者更多作为公共知识分子的体现，他们总是乐于把文学艺术看作是"公器"而非用以自了的"私器"，连自己的人生也是如此。

---

① 《电影是不是艺术?》//《闻一多全集》卷2，28 页。
② 《电影是不是艺术?》//《闻一多全集》卷2，29-33 页。

这正是连以平淡冲和自期而被人指为"自甘凉血"的周作人也最终不能不承认自己是"道学家",是"法利赛人"的根本原因,何况是闻一多这样的"热血"之士?

闻一多的艺术立场,最基本的出发点是"美育"。

1921 年发表在《清华周刊》上的《恢复伦理演讲》说:"现在一般青年完全是唯物思想的奴隶,除了装智识,炼身体以外,不知有别事。新思潮冲进之后,孔子的偶像打碎了,旧有的社会的裁制,不发生效力了,西方来的宗教又嫌他近乎迷信,不合科学的精神,而对于艺术又没有鉴赏底能力,于美育的意义更无从捉摸,于是这'青黄不接'时期,竟成了'无法无天''洪水猛兽'底时期了。发达精神的生活,以调制过度的物质生活底流弊,只有三种方法:1 伦理,2 宗教,3 艺术。而这三者之中,数伦理为最下乘。"①

对于有过短暂的基督教信仰经历而最终脱身的闻一多来说,"发达精神"最方便、最可靠的路径自然是艺术,艺术是他参与人间事务的中介,其中有着他最真确的认知。

闻一多对于中西绘画的富于学理的持平之论,出现在他 1934 年 1 月作于北京的《论形体——介绍唐仲明先生的画》中,这篇文字也体现了他对于中西绘画艺术的洞察。

他认为,"绘画最初的目标是创造形体——有体积的形。然而它的工具却是绝对限于平面的",因此,它是"一种荒唐的企图,一个矛盾的理想"。他批评了所谓"中国画发源于书法,西洋画发源于雕塑"的说法,认为"画的目标,无分中西,最初都是追求立体的形,与雕刻同一动机。中国画与书法发生因缘,是较晚的一种畸形的发展。大概等到画家不甘心在浮雕中追偿他的缺欠,而非寻出他自家独立的工具不可的时候,绘画才进入完全自觉的时期。在绘画上东方人与西方人分手,也正是这时

---

① 《闻一多全集》卷 2,319-320 页。

的事"。在中国，画字的意义本是"刻画"，古人观念中，画与雕刻恐怕没有多大分别。而在"抓不住形体的烦闷中"，西方人除了认同绘画与雕塑的关系外，同时用种种手段"在画布上'塑'他的形"，中国人则别具心眼，认为："不管你如何努力，你所得到的永远不过是形的幻觉。你既不能想象一个没有轮廓的形体，而轮廓的观念是必须寄于线条的，那么，你不如老老实实利用线条来影射形体的存在。他说，你那形的幻觉无论怎样奇妙，离着真实的形，毕竟远得很。但我这影射的形，不受拘挛，不受污损，不牵就，才是真实的形。他甚至于承认线条本不存在于形体中，而只是人们观察形体时的一种错觉，但是他说，将错就错也许能达到真正不错的目的。这样一来，玄学家的中国人便不知不觉把他们的画和他们的书法归进一种型类内去了。""这两种追求形体的手段，前者可以说是正面的，后者是侧面的。换言之，西方人对于问题是取接受的态度，中国人是取回避的态度。接受是勇气，回避是智慧。但是回避的最大的流弊是'数典忘祖'。当初本为着一个完整的真实的形体而回避那不能不受污损的幻觉的形体，这样悬的诚是高不可攀。但悬的愈高，危险便愈大。一不小心，把形体忘记了，绘画便成为一种平面的线条的驰骋。线条本身诚然具有伟大的表现力，中国画在这上面的成绩也委实令人惊奇。但是以绘画论，未免离题太远了！谁知道中国画的成功不也便是它的失败呢？"[1]

闻一多意识到，西洋画的内容，虽然"也不限于形体的表现一端，但形体是绘画中的第一义，而且没有比它更重要的了"，这一点，"恰好足以弥补中国画在原则上最令人怀疑的一个罅隙"[2]。

在《字与画》中，闻一多仔细探讨了"字""画"的关联与区别，他说："一切文字，在最初都是象形的，换言之，都是绘画式的。反之，任何绘

---

[1] 《闻一多全集》卷2，178-179页。

[2] 《闻一多全集》卷2，179页。

画都代表着一件事物，因此也便具有文字的作用。但是，绘画与文字仍然是两件东西，它们的外表虽相似，他们基本性质却完全两样。""绘画的本来目的是传达印象，而文字的本来目的则是说明概念。""就中国的情形论，文字最初虽非十足的绘画，后来的发展却和绘画愈走愈近。这种发展的过程包括两个阶段，和绘画本身的发展过程完全相合。两个阶段（一）是装饰的。（二）是表现的。"

"离甲骨略后而几乎同时的铜器上的文字，往往比甲骨文字来得繁缛而更富于绘画意味……卜辞的文字是纯乎实用性质的纪录，铭辞的文字则兼有装饰意味的审美功能。装饰自然会趋于繁缛的结构与更浓厚的绘画意味。沿着这个路线发展下来的一个极端的例，便是流行于战国时的一种鸟虫书，那几乎完全是图案，而不是文字了。字体由篆隶变到行楷，字体本身的图案意味逐渐减少，可是它在艺术方面发展的途径不但并未断绝，而且和绘画拉拢得更紧，共同走到一个更高超得境界了。

"以前在装饰的阶段中，字只算得半装饰的艺术，如今在表现的阶段中，它却成为一种纯表现的艺术了。以前作为装饰艺术的字，是以字来模仿画，那时画是字的理想。现在作为表现艺术的字，字却成了画的理想，画反要来模仿字。从艺术方面的发展看，字起初可说是够不上画，结果她却超过了画，而使画够不上它了。

"字在艺术方面，究竟是仗了什么，而能有这样一段惊人的发展呢？理由很简单。字自始就不是如同绘画那样一种拘形相的东西，所以能不受拘牵的发展到那种超然的境界。从装饰的立场看，字尽可以不如画，但从表现的立场看，字的地位一上手就比画高，所以字在前半段装饰的竞赛中吃亏的地方，正是它在后半段表现的竞赛中占便宜的地方。这一点也可以证明文字的本质与绘画不同，所同的只是表面的形式而已。……字与画只是近亲而已。因为相近，所以两方面都喜欢互相拉拢，起初是字拉拢画，后来是画拉拢字。字拉拢画，使字走上艺术的路，而发展成我们这独特的艺术——书法。画拉拢字，使画脱离了画的常轨，而产生了我们这有独特作风的文人画。"①

在生前未刊的《中国上古文学》中，闻一多再次谈到字与画的关联："上古文学为艺术之附庸，犹文字为图案之附产品。器物制作先于文字。有器物即有装饰——图案画。文字之起源似绘画之副产品——一种偶然发现。拼音文字折入另一途径，贴近语言；象形文字固守旧途径，始终保存其图案意味。故中国文字与美术关系密切——文字本身演为书法；文字之运用——文学，特别富于装饰意味，如赋、骈文、律诗、楹联。"②

对于中国书法和绘画的如上看法，在今天看来仍然不失高明，这种高明既源于他在字画方面的内行，源于他恢复中国艺术曾经有过的盛况的饱满热情，同时得力于他所具有的比较艺术的立场和视野。

在一篇题为《说舞》的文字中，闻一多通过描述"一场原始的罗曼司"，表达了他对于舞蹈特别是原始舞蹈的看法，这种看法所见深远，同样基于他对于文明的通盘了解，基于他所拥有的文化人类学知识。

闻一多认为，各地域各时代任何性质的原始舞，它们的目的不外乎：（1）以综合性的形态动员生命，（2）以律动性的本质表现生命，（3）以实用性的意义强调生命，（4）以社会性的功能保障生命。他说："舞是生命情调最直接，最实质，最强烈，最尖锐，最单纯而又最充足的表现。生命的机能是动，而舞便是节奏的动。……它是真正全体生命机能的总动员。它是一切艺术中最大综合性的艺术。""原始舞看来简单，唯其简单，所以能包含无限的复杂。"舞蹈是生命机能的表演，"一方面生命情绪的过度紧张，过度兴奋，以至成为一种压迫，我们需要一种更强烈，更集中的动，来宣泄它，和缓它，一方面紧张与兴奋的情绪，是一种压迫，也是一种愉快，所以我们也需要在更强烈，更集中的动中来享受它。""原始舞是一种剧烈的，紧张的，疲劳性的动，因为只有这样他们才体会到最高限度

---

① 《闻一多全集》卷2，205-207页。
② 《闻一多全集》卷10，40页。

的生命情调。""他们所求只是那能加强他们的生命感的一种提炼的集中的生活经验——一杯能使他们陶醉的醇醲而酷烈的酒。只要能陶醉，那酒是真是假，倒不必计较，何况真与假，或主观与客观，对他们本没有多大区别呢！……他们相信那是真，才肯那样做，那样认真的做。""主观的真与客观的真，在原始人类意识中没有明确的分野。在感情极度紧张时，二者尤易混淆，所以原始舞往往弄假成真，因而发生不少的暴行。""一方面，在高度的律动中，舞者自身得到一种生命的真实感(一种觉得自己是活着的感觉)，那是一种满足。另一方面，观者从感染作用，也得到同样的生命的真实感，那也是一种满足，舞的实用意义便在这里。""最高的满足，是感到自己和大家一同活着，各人以彼此的'活'互相印证，互相支持，使各人自己的'活'更加真实，更加稳固，这样的满足才是完整的，绝对的。这群体生活的大和谐的意识，便是舞的社会功能的最高意义。由和谐的意识而发生一种团结与秩序的作用，便是舞的社会功能的次一等的意义。"①

闻一多对于艺术发生过程的心领神会，他所揭示的原始艺术的性质、状态与功能，总不免让人联想到，他是在自己所置身的萎靡而涣散的时代，召唤某种类似于"原始艺术"的能量和精神，以便振奋那个时代，正像他用"鼓声"来强调田间诗歌的不同凡响，所谓"大和谐的意识"，所谓"团结与秩序的作用"。出于"美育"的用心，他所指向的也不只是艺术，更是能够容纳这种艺术的广大国家和社会。

---

① 《闻一多全集》卷 2，209-213 页。

（二）纯艺术的艺术

在 1923 年的《致梁实秋信》中，闻一多说："'文学'二字在我的观念里是个信仰，是个 vision，是个理想——非仅仅发泄我的情绪的一个工具。The Muse 是有生机，有意识，有感觉的活神——伊被忘弃时，也会悲伤，也会妒怨……""我的基督教的信仰已失，那基督教的精神还在我的心里烧着。我要替人们 consciously 尽点力。我的诗若能有所补益于人类，那是我的无心的动作（因为我主张的是纯艺术的艺术）。但是相信了纯艺术主义不是叫我们作个 egoist（这是纯艺术主义引人误会而生厌避之根由），你前此不是讲到要介绍薛雷（雪莱）吗？那我们就学薛雷增高我们的 human sympathy 罢！"他特意区分了梁实秋负气牺牲了他们的刊物《文艺增刊》"是 selfish，但你这 selfishness 是直觉的情操的，不是功利的；所以我说你是 childish。哦，幸而是 childish，若变成成人的，那真是不可救药了"①！

在同年 3 月致闻家骃的信中，闻一多说："郭沫若所讲关于艺术与人生之关系的话，很有见地。但我们主张纯艺术主义者的论点，原与他这句话也不发生冲突……我还是拘守我的老主张。你又问精神肉体互相关属，是何理由。其实这很明白，肉体是方法，精神是目的。达到一种目的必须一种方法，但方法底价值是在其能用以达到目的的。若无目的，还要方法何用呢？若没有字，笔也没有价值存在了。字写完了，笔可以抛掉。字到底比笔要紧些。精神是字，肉体是写字的笔。"②

在这里，闻一多一方面自认是"纯艺术主义者"，以艺术为信仰，主张"纯艺术的艺术"，一方面又把精神与肉体、目的与方法两分为主次，

① 《致梁实秋信》//《闻一多全集》卷 12，159-160 页。

② 《闻一多全集》卷 12，161 页。

为"体""用",证明他的"唯美主义",一开始就并不是为艺术而艺术,而很容易服务于更迫切的现实需要和目的,尽管他对于"艺术"的"独立性"与"纯粹性"的见识,足够明确,足够清晰。

1923 年 5 月,他说"鉴赏艺术非和现实界隔绝不可"①。

1926 年又曾感慨:"'美'是碰不得的",因为"一粘手它就毁了"②,差不多同时,闻一多还说过,"艺术的最高目的,是要达到'纯形'Pureform 的境地"③。

1922 年脱稿的《律诗的研究》是最能体现闻一多"唯美主义"诗学取向的一篇未刊文献,他从"尤其不可靠"的"律诗底定义"入手,探讨最能代表中国文学精神的律诗的起源、组织、音节,辨析这一经典体制的形体特征、文化气质与艺术价值。

他认为,诗歌至魏晋已渐趋"近体",只是声律还没有完全"调协","到六朝,作诗不独为抒写性情,且成为一种艺术了。当时,虽然兵患频仍,究竟苦的只是平民;那些贵胄底奢靡,实为空前所未有。物质的享乐无极,艺术便因之而兴。从曹氏父子以至隋炀帝,中间的帝王公子鲜有不工吟咏者。于是文士才人,飙兴云集,会中于皇宫;君臣酬唱,蔚为奇观。这种情形,方之欧西,则法之路易十四时,庶几近之。盖艺术必茁于优游侈丽的环境中,而绮靡如律诗之艺术为尤然。"④

在《宫体诗的自赎》中,他在批评从梁简文帝到唐太宗时代的"蜣螂转丸式的宫体诗"时,尤其肯定地说"词藻声调与宫体有着先天与历史的连系"。⑤

此种对于艺术的领会与自觉讲求,对艺术的自觉讲求与贵胄身份、

---

① 《我默伽亚谟之绝句》//《闻一多全集》卷 2,104 页。

② 《英译李太白诗》//《闻一多全集》卷 6,66 页。

③ 《戏剧的歧途》//《闻一多全集》卷 2,148 页。

④ 《闻一多全集》卷 10,139 页。

⑤ 《闻一多全集》卷 6,21 页。

奢靡生活、优游环境的关联性的阐释，自然可以与他日后对于"唯美主义"取向的清算与自我否定联系起来——同样的事实，却引申出不同的判断和取舍。但此时，作为一种对于历史的认知和对于艺术的认知，却无疑是明敏洞达的，几乎完全是从肯定意义上来言说那种"艺术的自觉"的，这才有他通篇对于律诗内部形式的不厌其烦的细致分析，对于构成律诗的平仄、对仗、字数、格式、逗韵、短练、均齐、精严、浑括、蕴藉、圆满等的心无旁骛的技术考论，并由此彰显律诗的必然与自由。

在谈到律诗作为一种恰当的抒情诗形式需要"整齐"时，闻一多说："原始的艺术，只要他具有节奏之一质，便能感人。然情感有时达于烈度至不可禁。至此情感竟成神精之苦累。均齐之艺术纳之以就矩范，以挫其暴气，磨其棱角，齐其节奏，然后始急而中度，流而不滞，快感油然生矣……始则激之使急，以高其度，继又节之使和，以延其时。艺术之功用，于斯备矣。律诗言情撼怨，从无发扬蹈厉之气而一唱三叹，独饶深致。"说到"抒情之作，宜精严"，闻一多解释："艺术之格律不妨精严，精严则艺术之价值愈高。美原是抽象的感觉，必须一种工具——便是艺术——才能表现出来。工具越精密，那美便越表现得明显而且彻尽。诗之有藉于格律音节，如同绘画之藉于形色线。一方面形色线或格律音节虽然似能碍窒绘画或诗底充分之表现，其实他方面这些碍窒适以规范而玉成其美之表现。"他举席勒的说法，认为游戏和艺术都是生活余裕的发泄，对于生命而言，艺术与游戏出于同一源泉，也具有同样的性质。"下棋打球不能离规则，犹之作诗不能废格律。格律越严，艺术越有趣味。""诗家作律诗，驰骤于律林法网之中，而益发意酣兴热，正同韩信囊沙背水，邓艾缒兵入蜀一般的伎俩。""格律是艺术必须的条件。实在艺术自身便是格律。精缜的格律便是精缜的艺术。故曰律诗的价值即在其格律也。"[①]

_____

① 《闻一多全集》卷10，157—158页。

以"艺术"为"工具"，因此，闻一多认为，格律越严，艺术越有趣味，工具越精密，那美便越表现得明显而且彻尽。

这是一种非常闻一多的说法，也是一种非常具有中国现代话语特征的说法，通过极端化与绝对化，强调所言说的"真理"的重要性与普遍有效性，过犹不及，不惜让"真理"过渡到"谬误"。

事实上，闻一多为格律精严何以适于抒情所提供的理由，就并不充分，他说："盖热烈的情感底赤裸之表现，每引起丑感。莎士比亚之名剧中，每到悲惨至极处，便用韵语以杀之"，他还举歌德、苏辙在这方面的见解，谓"精严的艺术能将丑恶的实像普遍化了，然后读者但觉其为人类同有的一个抽象的经验——即一个概念；而非为某人某地确有的事实，自然不觉其如彼之可嫌可怕也。杜甫诗曰'晚节渐于诗律细'，这正是他工夫长进的宣言呵！"[1]

"精严"的韵律未必可以消减"惨痛"，未必能抑制"引起丑感"的"热烈的情感底赤裸之表现"，这甚至不构成一种具有说服力的因果关系，它们其实更可能是两回事。旧体律诗独特的美学意蕴和风格，是多种文化元素与技术元素集合的结果，"均齐""精严"的格律，仅仅其中重要的元素之一。

在肯定"均齐""精严"之于律诗艺术的根本性与决定性的同时，闻一多探讨了这种选择的民族文化渊源。他说，"律诗实是最合艺术原理的抒情诗文"，"律诗底体格是最艺术的体格"，律诗是中国诗歌"独有的体制"，最能代表中国艺术的特质，较之英文诗体中格律最严的"商籁"，还要"出一头地"，律诗的艺术——格律音节几乎是完全无法翻译的。"研究中国诗的，只要把律诗底性质懂清了，便窥得中国诗底真精神了。""他是纯粹的中国艺术的代表。因为首首律诗里有个中国式的人格在。"

闻一多把律诗所代表的中国艺术的特质概括为"均齐""浑括""蕴

---

[1] 《闻一多全集》卷 10，158 页。

藉""圆满"。他认为，如果像西方人说的，建筑是文化的子宫，那么诗就是文化的胚胎，中国艺术最大的特质就是均齐，中国式的美就是均齐的美，中国建筑与中国诗，都是如此。他甚至追溯到中国在地理山川上的"整齐"，追溯到气候温和、寒暑中节，它们与中国人形成中正整肃、中庸观念的关联，这种观念又如何影响到中国人的意象也染上整齐的色彩，这个意象最重要的符号就是《易经》的八卦，表现在知、情、意三个方面，形成了我们现有的哲学、艺术、道德的理想。

所以，"我们的真、善、美底观念之共同的原素（即其所以发育之细胞核）乃是均齐"，我们的形而上学是乾坤阴阳、两仪四象，我们的伦理观念是执两用中，我们的艺术，包括汉字的构成，当然也无不指向对称与均衡，"均齐是中国的哲学、伦理、艺术底天然的色彩，而律诗则为这个原质底结晶"。①

由传统勘破未来，闻一多对于中国未来诗歌的主张并不是与传统彻底决裂，他说："如今做新诗的莫不痛诋旧诗之缚束，而其指摘律诗，则尤体无完肤……夫文学诚当因时代以变体；且处此二十世纪，文学尤当含有世界底气味；故今之参借西法以改革诗体者，吾不得不许为卓见。但改来改去，你总是改革，不是摈弃中诗而代以西诗。所以当改者则改之，其当存之中国艺术之特质则不可没。今之新诗体格气味日西，如《女神》之艺术吾诚当见之五体投地；然谓为输入西方艺术以为创唱中国新诗之资料则（不）②可，认为正式的新体中国诗，则未敢附和。盖郭君特西人而中语耳，不知者或将疑其作为译品。为郭君计，当细读律诗，取其不见于西诗中之原质，即中国艺术之特质，以溶入其作品中，然后吾必其结果必更大有可观者。且蔡子民先生曾把旧文学比作篆籀，习用行楷时，篆籀仍未全废，以其为一种美术品也；新文学兴后，旧文学亦可并存，正

---

① 《闻一多全集》卷 10，159-161 页。

② 此处显然衍一"不"字，多此一字，则文义无法贯通。

坐此故。"①

《律诗底研究》在某种意义上，就是 1926 年闻一多发表《诗的格律》的渊源所在，对于最具有中国语言文化特质的律诗的分析，其命意就在于为汉语诗歌的新的可能性提供基因图谱，提供内在参照。

闻一多曾引白尔（Clive Bell）的话说，艺术是"一个观念的整体的实现，一个问题的全部的解决"，而"任何艺术的工具最多不过能表现艺术家当时美感三昧（aesthetic ecstasy）之一半。这样看来，工具实是有碍于全体的艺术之物；正同肉体有碍于灵魂，因为灵魂是绝对地依赖着肉体，以为表现其自身底唯一的方便"，"但是艺术的工具又同肉体一样，是个必须的祸孽"，"文字之于诗也正是这样"。

意识到包括"文字"在内的"形式"对于新诗"本体"而言，既为"障碍""祸孽"，又终究是"唯一的方便"，在被称为"新诗格律派的艺术宣言"的《诗的格律》中，闻一多用细致的分析比量，为新诗提供了著名的"形式"上的章程：格律。他以棋为喻，说"游戏的趣味是要在一种规定的格律之内出奇制胜。做诗的趣味也是一样的"，又引 Bliss Perry 的话说"差不多没有诗人承认他们真正给格律缚束住了。他们乐意戴着脚镣跳舞，并且要戴别个诗人的脚镣"。"诗一向就没有脱离过格律或节奏。这是没有人怀疑过的天经地义。"

首先，他从"格律"的角度，论证了"自然"与"艺术"的关联，"皈返自然"是诗国里的革命口号，但"自然界的格律"其实也是有迹可寻的。而且，"自然并不是尽美的，自然中有美的时候，是自然类似艺术的时候"。因此，"绝对的写实主义便是艺术的破产。'自然的终点便是艺术的起点'，王尔德说得很对"。把"言语"看作诗歌的"自然"，"偶然在言语里发现一点类似诗的节奏，便说言语就是诗，便要打破诗的音节，要他变得和言语一样——这真是诗的自杀政策。""我并不反对用土白作诗，

① 《闻一多全集》卷 10，166 页。

我并且相信土白是我们新诗的领域里，一块非常肥沃的土壤"，"我们现在要注意的只是土白可以‘做’诗；这‘做’字便说明了土白须要一番锻炼选择的工作然后才能成诗。"①

在对于《女神》的批评中，闻一多曾指出郭沫若"太不‘做’诗"，没有选择，"选择是创造艺术的程序中最紧要的一层手续，自然的不都是美的；美不是现成的"②。

同时，他把那种"目的只在披露他们的原形"的顾影自怜的青年们的"自我表现"，看作是"伪浪漫派的作品"，是"风流自赏"，还谈不到"艺术"，"万不能当它作诗看"，因此他们也无法忍受"格律的范围"。③

其次，他认为，"诗的所以能激发情感，完全在他的节奏；节奏便是格律。""只有不会跳舞的才怪脚镣碍事，只有不会做诗的才感觉格律的缚束。对于不会作诗的，格律是表现的障碍物；对于一个作家，格律便成了表现的利器。""恐怕越有魄力的作家，越是要戴着脚镣跳舞才跳得痛快，跳得好。"

他言及"打着浪漫主义旗帜"，"天天唱道‘自我的表现’"的人，"目的只在披露他们自己的原形。顾影自怜的青年们一个个都以为自身的人格是再美没有的，只要把这个赤裸裸的和盘托出，便是艺术的大成功了"，"他们确乎只认识了文艺的材料，没有认识那将原料变成文艺所必须的工具。"他们"风流自赏的本旨"根本无法接纳"格律的范围"，所以也不能遵从诗的格律来作诗。闻一多称他们为"伪浪漫派"，认为他们的诗"作把戏看可以，当它作西洋镜看也可以，但是万不能当它作诗看。格律不格律，因此就谈不上了"④。

再次，他对"格律"的"原质"做了分析，从"视觉"和"听觉"两方面

---

① 《诗的格律》一文初刊 1926 年 5 月 13 日《晨报副刊》，又见《闻一多全集》卷 2。

② 《〈女神〉之地方色彩》//《闻一多全集》卷 2，120 页。

③ 《闻一多全集》卷 2，139 页。

④ 《诗的格律》//《闻一多全集》卷 2。

予以说明，两方面当分开讲，又息息相关："属于视觉方面的格律有节的匀称，有句的均齐。属于听觉方面的有格式，有音尺，有平仄，有韵脚；但是没有格式，也就没有节的匀称，没有音尺，也就没有句的均齐。"他特别强调了"视觉"方面的问题："因为我们的文字是象形的，我们中国人鉴赏文艺的时候，至少有一半的印象是要靠眼睛来传达的。原来文学本是占时间又占空间的一种艺术。既然占了空间，却又不能在视觉上引起一种具体的印象——这是欧洲文字的一个缺憾。我们的文字有了引起这种印象的可能，如果我们不去利用它，真是可惜了。所以新诗采用了西文诗分行写的办法，的确是很有关系的一件事。姑无论开端的人是有意的还是无心的，我们都应该感谢他。因为这样一来，我们才觉悟了诗的实力不独包括音乐的美（音节），绘画的美（辞藻），并且还有建筑的美（节的匀称和句的均齐）。"①

谈到"建筑美"，闻一多认为，律诗的"格式"是固定不变的，"新诗"的格式则"层出不穷"，需要"相体裁衣"；律诗的格律几乎与内容不发生关系，"新诗"的格式则需要根据内容的精神来制造；律诗的格式是别人替我们定的，"新诗"的格式可以由我们自己的意匠来随时构造。

因此，"新诗"强调格式不是复古而是创新，不是退化而是进化。而且，"句法整齐不但于音节没有妨碍，而且可以促成音节的调和"。"整齐的字句是调和的音节必然产生出来的现象。绝对的调和音节，字句必定整齐。"

这种对于字句整齐的"建筑美"的强调，日后落下"豆腐干体"之讥，正像郭沫若过分强调"情绪"的决定性而不在乎"口号诗""标语诗"的恶谥。

按照闻一多所给出的关于"格律"的设计——他所说的"格律就是form"，"格律就是节奏"，取消了格律就没有艺术，他有意无意地将form

---

① 《诗的格律》//《闻一多全集》卷2。

理解为汉语诗歌的"格律"，以方便自己对于 form 的讲究与安排①——如此，新诗便"确乎已经有了一种具体的方式可寻。这种音节的方式发现以后，我断言新诗不久定要走进一个新的建设的时期了"②。

闻一多曾用自己的写作验证过"律诗"的有效性，在美国作成《园内》一诗，他很兴奋自己把两年前在清华想要写而写不出的情绪都写出来了，感觉痛快极了，于是致信吴景超、梁实秋，谈论这首诗的"修辞"和写作体会，谦称："为成为败，我自己实在毫无把握。这是我初次作这类'清庙明堂'式的玩意儿……这首诗底局势你们可以看出是一首律诗底放大。第三四节晨曦夕阳为一联，第五六节凉夜深更为一联；再加上前后的四节共为八节，正合律诗的八句……我觉得布局 design 是文艺之要素，而在长诗中尤为必需。因为若是拿许多不相关属的短诗堆积起来，便算长诗，那长诗真没有存在底价值。有了布局，长篇便成一个多部分之总体 a composite whole，也可视为一个单位。宇宙底一切的美，——事理的美，情绪的美，艺术的美，都在其各部分间和睦之关系，而不单在其每一部分底充实。诗中之布局正为求此和睦之关系而设也。至于诗中的故典同喻词中，也可看出我的复古底倾向日甚一日了。末章底 appeal 恐怕同学们读了，要瞋目咋舌，退避三舍罢？"③

在留美期间给梁实秋的信中，闻一多甚至谈道，"近主张新诗中用旧典"，他引陆游诗曰："六十余年妄学诗，工夫深处独心知——夜来一笑寒灯下，始是金丹换骨时！"谓"骨不换固不足言诗也"，"世人无诗骨而

---

① 《闻一多全集》卷 2，137－140 页。参见陈太胜. 译名与诠释——重审闻一多的格律诗理论［J］. 湘潭大学学报(哲学社会科学版)，2015(2). 闻一多曾经说："北京之为诗者多矣，而余独有取于此数子者，皆以其注意形式，渐纳诗于艺术之轨。余之所谓形式者，form 也，而形式之最要部分是音节。"(致梁实秋熊佛西信，见闻黎明《闻一多传》112 页)

② 《诗的格律》//《闻一多全集》卷 2。

③ 《闻一多全集》卷 12，154－155 页。

'妄学诗'者众"。①

很显然，因为是一种"艺术"，闻一多认为，旧体诗，包括旧体诗最经典的形式——律诗，不仅可资借鉴，甚至依然可以有存活下去的机会和空间。此时，那种"革命年代"的重大主题、汹涌澎湃的否定激情和当仁不让于人的社会使命感，似乎并没有全盘垄断或遮蔽闻一多对于审美的考量，对于"艺术"独立性的充分尊重。

1922 年 12 月，闻一多致信梁实秋谓，"我们不应忽视不与我们同调的作品。只要是个艺术家，以思想为骨髓也可，以情感为骨髓亦无不可；以冲淡为风格也可，以浓丽为风格亦无不可"。对于《蕙的风》，他说"便是我也要骂他海淫。与其作有情感的这样的诗，不如作没情感的《未来之花园》，但我并不是骂他海淫，我骂他只海淫而无诗。淫不是不可海的，淫不是必待海而后有的，作诗是作诗，没有诗而只淫，自然是批评家所不许的"②。

如果说，所谓"诗骨"，所谓"淫"（闻一多使用这个词是中性的，不含道德褒贬），仍然属于"不容分析比量"的精神范围，那么，"只要是个艺术家""作诗是作诗"的说法，则主要是强调诗的"艺术"了。

闻一多认为，除了不容分析比量的东西，诗歌艺术能够谈论的也就是音节、韵律、节奏之类。所以，闻一多不忌讳在形式上为新诗提供理论上的具体章程，他说"我们主张以美为艺术之核心者定不能不崇拜东方之义山，西方之济慈了"。他甚至提到，如果哪一天有灵感，他一定要替这两位诗人写一篇比较研究的论文。③

1926 年，闻一多致信梁实秋与熊佛西说："佛西之作自有进步，但太注意于舞台机巧，行文尚欠沉着 intensity，吾虽不敢苟同于实秋，以戏剧

---

① 《致梁实秋》//闻一多诗全编[M].杭州：浙江文艺出版社，1995：431-432.
② 《闻一多全集》卷 12，127 页。
③ 《闻一多全集》卷 12，128-129 页。

为文学之附庸，然不以文学之手段与精神写戏剧，未见其能感人深心也。佛西如不罪我卤直，则请为进一言曰：'佛西之病在轻浮，轻浮故有情操而无真情 Sentiment 与 emotion 之分也'。情操而流为感伤或假情，Sentimentality 则不可救药矣。佛西乎，岌岌乎殆哉！至于剧本中修辞用典之谬误尚其次者，然亦轻浮之结果也。"①

1928 年致左明信言及具体作诗的"技术"时，闻一多说："你要引起读者的同情，必须注意文学的普遍性，然后读者便觉得那种经验在他自身也有发生的可能，他便不但表同情于姑娘，并且同情于你。然后读者与作者契合为一，——那便是文学的大成功了。我自己做诗，往往不成于初得某种感触之时，而成于感触已过，历时数日，甚或数月之后，到这时琐碎的枝节往往已经遗忘了，记得的只是最根本最主要的情绪的轮廓。然后再用想象来装成那模糊影响的轮廓，表现在文字上，其结果虽往往失之于空疏，然而刻露的毛病决不会有了。空疏的作品读者看了不发生印象，刻露的作品，往往叫读者发生坏印象。所以与其刻露，不如空疏。"②

从上述对于朋友的直率的评论，对于创作的自我省思看，闻一多的"唯美主义"，主要关乎文学艺术可以讲究的"形式"，这是"文学的普遍性"，但在成败的根本上，还是取决于其中难以分析比量的精气神，而这种精气神，甚至不取决于作者的主观命意，而取决于"功夫在诗外"的自我修为。

（三）"最伟大的诗"——"新诗"建构与自我建构

闻一多在 1921 年所作《评本学年〈周刊〉里的新诗》中认为，"诗底真

---

① 《闻一多全集》卷 12，233 页。
② 《闻一多全集》卷 12，245–246 页。

价值，在内的原素，不在外的原素。言之无物、无病呻吟的诗固不应作，便是寻常琐屑的物，感冒风寒的病，也没有入诗底价值。"他自承，对于诗歌，他"首重幻象，情感，次及声与色的原素"①，这大致也是他终身以之的标准。

在一封致吴景超的信中，他说："我以前说诗有四大原素：幻象、情感、音节、绘藻。随园老人所谓'其言动心'是情感，'其色夺目'是绘藻，'其味适口'是幻象，'其音悦耳'是音节。味是神味，是神韵，不是个性之浸透。何以神味是幻象呢？就神字的字面上就可以探得出，不过更有较有系统的分析。幻象分所动的同能动的两种。能动的幻象是明确的经过了再现、分析、综合三种阶段而成的有意识的作用。所动的幻象是经过上述几种阶级不明了的无意识的作用，中国的艺术多属此种。画家底'当其下手风雨快，笔所未到气已吞'，即所谓兴到神来随意挥洒者，便是成于这种幻象。这种幻象，比能动虽不秩序不整齐不完全，但因有一种感兴，这中间自具一种妙趣，不可言状。其特征即在荒唐无稽，远于真实之中。自有不可捉摸之神韵。浪漫派的艺术便属此类。严沧浪诗话谓'盛唐诸公，惟在兴趣；羚羊挂角，无迹可求。故其妙处透澈玲珑，不可凑泊，如空中之音，相中之色，水中之影，镜中之像，言有尽而意无穷'。沧浪所谓'兴趣'同王渔洋所谓神韵便是所动幻象底别词。所谓'空音、相色、水影、镜象'者，非幻象而何？"②

从上述判断看，闻一多对于诗歌的批评是古今贯通的。

由此出发，闻一多很容易发现新诗的迷误和"迷途"。

按照他的说法，自从《冬夜》之类的诗集出现后，新诗"热闹"了，而"热闹"是容易传染的，何况"新诗人"的"新"，常常是"作时髦解的新"③。这时，难得的便是"理智的权衡"，"我很怀疑诗神所踏入的不是

---

① 《闻一多全集》卷2，40页。
② 《闻一多全集》卷12，156页。
③ 《〈女神〉之地方色彩》//《闻一多全集》卷2，118页。

一条迷途，所以不忍不厉颜正色，唤他赶早回头。这条迷途便是那畸形的滥觞的民众艺术"，以及那种不修边幅的"浪漫主义"。①

闻一多认为："诗的真精神其实不在音节上。音节究属外在的质素，外在的质素是具质成形的，所以有分析，比量的余地，偏是可以分析比量的东西，是最不值得分析比量的。幻想，情感——诗的其余的两个更重要的质素——最有分析比量的价值的两部分，倒不容分析比量了；因为他们是不可思议同佛法一般的。最多我们只可定夺他底成分底有无，最多许可揣测他的度量的多少；其余的便很难像前面论音节的那样详弹了。"

只是，这种佛法一般的"玄秘性"，却导致了新诗从业者对它们的忽视。

闻一多说，"幻想在中国文学里素来似乎很薄弱。新文学——新诗里尤其缺乏这种质素"。中国文字里叠音字多，表征的就是表现力的贫弱、幻想的亏缺。闻一多引用拉拨克（Lubbock）的观点，认为叠音字多的语言更接近原始民族的语言："欧洲文字的进化，不复依赖重叠抽象的声音去表示他们的意象，但他们底幻想之力能使他们以具体的意象自缀成字。"②而《冬夜》的弱于幻想，更与"作者对于诗——艺术的根本观念底错误"有关，"作者的诗的进化的还原论内包括两个最紧要之点，民众化的艺术与为善的艺术"。"诗本来是个抬高的东西，俞君反拼命底把他往下拉，拉到打铁的抬轿的一般程度。我并不看轻打铁抬轿的底人格，但我确乎相信他们不是作好诗懂好诗的人。不独他们，便是科学家哲学家也同他们一样。诗是诗人作的，犹之乎铁是打铁的打的，轿是抬轿的抬的。"如果"用打铁抬轿的身份眼光，依他们的程度去作诗"，就难免不受人攻击和贱视，"戴叔伦讲'诗人之词如蓝田日暖，良玉生烟。'作诗该当

---

① 《〈冬夜〉评论》//《闻一多全集》卷2，62-94页。
② 《〈冬夜〉评论》//《闻一多全集》卷2，77-78页。

怎样雍容冲雅，'温柔敦厚'！"

闻一多无法接受以"叫嚣粗俗之气"入诗，并以此当作"民众化"自炫。

谈到诗的另一个重要质素——情感，闻一多分析了旧文学遗传下来的"恶习"——"寄怀赠别一类的作品"在"新诗"里同样太多。"文学本出于至性至情，也必要这样才好得来。寄怀赠别本也是出于朋友间离群索居的情感，但这类的作品在中国唐宋以后的文学界已经成为了一种应酬底工具。"他说："讽刺，教训，哲理，玄想，博爱，感旧，怀古，思乡，还有一种可以叫做闲愁"，"加上前面所论的寄怀赠别，都是第二等的情感或情操"，而"诗底价值是以其情感的质素定的"，如此，《冬夜》的价值也就可想而知。① 没有热烈的情感的根据，或者所含的情感"十之八九是第二流的"，或者"有热情的根据，又因幻想缺乏，不能超越真实性"。闻一多认为，俞平伯《冬夜》的缺陷在于"他的情感也不挚，因为太多教训理论。——一言以蔽之，太忘不掉这人间世。但追究其根本错误，还是那'诗的进化的还原论'"，以至"死死地贴在平凡琐俗的境域里"②，而那种微琐的第二流的情感，"伟大的作品可以舍弃他们而存在"③。

意识到成就"新诗"的关键在于想象力和情感，但这方面往往是"不容分析比量"的，所以，闻一多给予更多言说和规划的仍然是以"音节"为中心的"新诗"艺术。

闻一多说："一切的艺术应以自然作原料，而参以人工，一以修饰自然的粗率，二以渗渍人性，使之更接近于吾人，然后易于把捉而契合之。诗——诗的音节亦不外此例。一切的用国语作的诗，都得着相当的原料了。但不是一切的语体都具有人工的修饰。""胡适之先生自序再版《尝试集》，因为他的诗中词曲的音节进而为纯粹的'自由诗'的音节，很自鸣

---

① 《〈冬夜〉评论》//《闻一多全集》卷 2，62-94 页。
② 《〈冬夜〉评论》//《闻一多全集》卷 2，62-94 页。
③ 《〈冬夜〉评论》//《闻一多全集》卷 2，92 页。

得意。其实这是很可笑的事。旧词曲的音节并不全是词曲自身的音节，音节之可能性寓于一种方言中，有一种方言，自有一种天赋(inherent)的音节。声与音的本体是文字里内含的质素；这个质素发之于诗歌的艺术，则为节奏，平仄，韵，双声，叠韵等表象。寻常的语言差不多没有表现这种潜伏的可能性底力量，厚载情感的语言才有这种力量。诗是被热烈的情感蒸发了的水气之凝结，所以能将这种潜伏的美十足的充分的表现出来。所谓'自然音节'最多不过是散文的音节。散文的音节当然没有诗的音节那样完美。"①

在这里，闻一多意识到一种方言自有一种"天赋的音节"，"音节之可能性寓于一种方言中"，"声""音"作为文字里内含的质素，发而为诗歌的节奏、平仄、韵、双声、叠韵。这种音节正是构成诗歌新的形式可能性、新的形态的一种前提，或者说，诗歌的新的形态的构成，就是由此出发的。但是，"自然音节"其实是闻一多所要否定和超越的。相对地，他认可俞平伯"熔铸词曲的音节于其诗中"，认为"这是一件极合艺术原则的事，也是一件极自然的事，用的是中国的文字，作的是诗，并且存心要作好诗，声调铿锵的诗，怎能不收那样的成效呢？我们若根本不承认带词曲气味的音节为美，我们只有两条路可走：甘心作坏诗——没有音节的诗，或用别国的文字作诗"。"词曲的音节在新诗的国境里并不全体是违禁物，不过要经过一番查验拣择罢了。"

闻一多还认为，像《冬夜》里词曲音节那样多，既好又坏，好处是音节上的赢获，坏处是意境上的亏损。"太拘泥于词曲的音节，便不得不承认词曲的音节之两大条件：中国式的词调及中国式的意象。中国式的意象是怎样的粗率简单，或是怎样的不敷新文学的用，傅斯年君底《怎样作白话文》里已讲得很透彻了。""傅斯年君讲中国词调的粗率是'中国人思想简单的表现。'我可不知道是先有简单的思想然后表现成《冬夜》这样的

---

① 《〈冬夜〉评论》//《闻一多全集》卷2，62-94页。

粗率的词调呢？还是因为太执着于词曲的音节——一种限于粗率的词调的音节——就是有了繁密的思想也无从表现得圆满。"而"根据作者底'诗底进化的还原论'底原则，这种限于粗率底词调底词曲底音节，或如朱自清所云'易为我们领解，采用'，所以就更近于平民的精神；因为这样，作者或许就宁可牺牲其繁密的思想而不予以自由的表现，以玉成其作品底平民的风格罢。只是，得了平民的精神，而失了诗底艺术，恐怕有些得不偿失"。①

闻一多意识到汉语的属性与内在思维的隐性关联，意识到现代人的"繁密的思想"与"词曲的音节"某种可能的对立，这也是"五四"思想者特有的自觉。而他对俞平伯所谓诗歌的"进化的还原论"——试图通过"平民的风格"去接近对于"平民的精神"的表达——并不特别嘉许，这与他日后认同田间的创作所遵循的诗学立场，显然有所区别。

"词曲的音节"诚然是"新诗"可以吸纳的。但是，要拥有"新诗的音节"，词曲的音节即使不是障碍性的，也是需要重造的。此时，"自然的音节"所拥有的开放性和丰富性，特别是这种以声音为中心的音节所代表的"言""文"的协调性和一致性，也许更有利于"新诗"的生长。

闻一多认为，俞平伯的诗缺少"繁密的思想"，也缺少与"繁密的思想"相一致的"浓丽繁密而且具体的意象"。除了创作者普遍"弱于或者竟完全缺乏幻想力"外，原因之一是"音节繁促则词句必简短，词句简短则无以载浓丽繁密而且具体的意象。——这便是在词曲底音节之势力范围里，意象之所以不能发展底根由。词句简短，便不能不只将一个意思的模样略略的勾勒一下，至于那些枝枝叶叶的装饰同雕镂，都得牺牲了"。另一个原因是缺乏一种形式方面的想象力。闻一多说，俞平伯如果能"摆脱词曲的记忆，跨在幻想的狂恣的翅膀上遨游，然后大着胆引嗓高歌，他一定能拈得更加开扩的艺术"。

---

① 《〈冬夜〉评论》//《闻一多全集》卷 2，62–94 页。

出于对"诗的真精神"——那种不同既往的"情感"和"幻想"——的推许，闻一多欢呼《女神》的出现，不独艺术上"与旧诗词相去最远，最要紧的是他的精神完全是时代的精神——二十世纪的时代精神"①。

他说，郭沫若的"《女神》真不愧为时代底一个肖子"，《女神》的作者喊出了"人人心中底热情"，而且是"人人心中最神圣的一种热情"②。这种热情具有"文学的普遍性"，而不是太主观、太即兴、未见得可以"引起读者的同情"的私人经验。闻一多重视新诗的普遍性与经验的私人性之间的协和③。通过闻一多的笔，我们可以从郭沫若的诗中读出"五四"以后青年的写照，读出"新诗"的真面目："现在的中国青年——'五四'后之中国青年，他们的烦恼悲哀真像火一样烧着，潮一样涌着，他们觉得这'冷酷如铁''黑暗如漆''腥秽如血'的宇宙真一秒钟也羁留不得了。他们厌这世界，也厌他们自己。于是急躁者归于自杀，忍耐者力图革新。革新者又觉得意志总敌不住冲动，则抖擞起来，又跌倒下去了。但是他们太溺爱生活了，爱他的甜处，也爱他的辣处。他们决不肯逃脱，也不肯降服。他们的心里只塞满了叫不出的苦，喊不尽的哀。他们的心快塞破了，忽地一个人用海涛底音调，雷霆底声响替他们全盘唱出来了。""现代青年是血与泪的青年，忏悔与奋兴的青年。《女神》是血与泪的诗，忏悔与奋兴的诗。"④

闻一多所认同的，正是《女神》所交代的"五四"青年的普遍的情感、普遍的精神状态，《女神》作为诗，自然也是具有典范性的时代的诗。

然而，从"地方色彩"看，闻一多认为，"新诗""似乎有一种欧化的狂癖，他们的创造中国新诗底鹄的，原来就是要把新诗作成完全的西文

---

① 《〈女神〉之时代精神》一文初刊 1923 年 6 月 3 日《创造周报》第 4 号，又见《闻一多全集》卷 2，110 页。

② 《闻一多全集》卷 2。

③ 《给左明先生》//《闻一多诗全编》，441 页。

④ 《闻一多全集》卷 2，115—116 页。

诗"，《女神》也不例外，"不独形式十分欧化，而且精神也十分欧化"。
"我总以为新诗径直是'新'的，不但新于中国固有的诗，而且新于西方
固有的诗；换言之，它不要做纯粹的本地诗，但还要保存本地的色彩，它
不要做纯粹的外洋诗，但又尽量的吸收外洋诗的长处；他要做中西艺术
结婚后产生的宁馨儿。我以为诗同一切的艺术应是时代的经线，同地方
纬线所编织成的一匹锦；因为艺术不管它是生活的批评也好，是生命的
表现也好，总是从生命产生出来的，而生命又不过时间与空间两个东西
底势力所遗下的脚印罢了。在寻常的方言中有'时代精神'同'地方色
彩'两个名词，艺术家又常讲自创力(originality)，各作家有各作家的时代
和地方，各团体有各团体的时代与地方，各不皆同；这样自创力自然有发
生的可能了。我们的新诗人若时时不忘我们的'今时'同我们的'此地'，
我们自会有了自创力，我们的作品自既不同于今日以前的旧艺术，又不
同于中国以外的洋艺术。这个然后才是我们翘首默祷的新艺术了！"①

以"今时""此地"范围"新诗"，闻一多的视野延伸到了民族历史文
化的深处。

他认为，旧诗、旧文化，从唐代起就发育到成年，此后"好像吃了长
生不老的金丹"，"太没有时代精神的变化了"。"新思潮底波动"，是需
要"时代精神"的觉悟，然而，"一变而矫枉过正"，"一味的时髦是骛，似
乎又把'此地'两字忘到踪影不见了。现在的新诗中有的是'德谟克拉
西'，有的是泰戈尔，亚坡罗，有的是'心弦''洗礼'等洋名词。但是，我
们的中国在哪里？我们四千年的华胄在哪里？哪里是我们的大江，黄河，
昆仑，泰山，洞庭，西子？又哪里是我们的《三百篇》，《楚骚》，李，杜，
苏，陆？"这一点，《女神》也"并不强似别人"。

闻一多强调中国人要做的是"中国的新诗"（与日后毛泽东说的"中
国气派"显然非常相似），而不是"西洋人说中国话"或作成"翻译的西文

---

① 《〈女神〉之地方色彩》初刊 1923 年《创造周报》第 5 号，又见《闻一多全集》卷 2。

诗"。

在这里，闻一多所说的"地方色彩"，相当于中国色彩，而所谓中国色彩主要是通过"传统"来指认的。

因此，闻一多谈到《女神》作者"对于中国文化之隔膜"，由此推测他爱中国，但并不爱它的文化，他的精神是"西方的精神"，"他所讴歌的东方人物如屈原、聂政、聂嫈，都带有几分西方人底色彩。他爱庄子是为他的泛神论，而非为他的全套的出世哲学。他所爱的老子恐怕只是托尔斯泰所爱的老子。墨子底学说本来很富于西方的成分，难怪他也不反对"。但是，"爱祖国是情绪底事，爱文化是理智底事"，"《女神》底作者既这样富于西方的激动底精神，他对于东方的恬静底美当然不大能领略。"[①]

闻一多对所谓"世界文学"的认同是有前提的，认为"只有各国文学充分发展其地方色彩，同时又贯以一种共同的时代精神"，"世界文学"才可以成立。

那么，纠正新诗"欧化"的毛病，"当恢复我们对于旧文学底信仰，因为我们不能开天辟地（事实与理论上是万不可能的），我们只能够并且应当在旧的基础上建设新的房屋。""我们更应该了解我们东方底文化。东方的文化是绝对的美的，是韵雅的。东方的文化而且又是人类所有的最彻底的文化。"[②]

而到了二十世纪三四十年代，因为新的"时代精神"的召唤，闻一多的立场其实有所迁移。说到底，一切都基于他作为启蒙知识者对于历史、时代的感应，基于他试图以最有效的方式最大限度地介入现实的热情与抱负，由此而有他对于诗的"价值"与"效率"的甄别与处置，有从"效率"向"价值"的倾斜。

在刊于 1944 年的《诗与批评》中，闻一多把"诗是不负责的宣传"论

---

① 《〈女神〉之地方色彩》//《闻一多全集》卷 2，121–123 页。
② 《〈女神〉之地方色彩》//《闻一多全集》卷 2，123 页。

者称为"诗的价值论者",把"诗是美的语言"论者称为"诗的效率论者",在"抗战"的特殊语境中,试图厘清诗的社会属性及自我属性。

在他看来,柏拉图是"一个极端的价值论者,他不满意于诗人不负责的宣传。一篇诗作是以如何残忍的方式去征服一个读者。诗篇先以美的颜面去迷惑了一个读者,叫他沉迷于字面,音韵,弦律,叫他为这些奉献了自己,然而又以诗人的偏见深深烙印在读者的灵魂与感情上";而"效率论者""只吟味于词句的安排,惊喜于韵律的美妙:完全折服于文字与技巧中"。

闻一多认为,"单独的价值论或者效率论都不是真理","从批评诗的正确的态度上说,是应该二者兼顾的"。"我们为了诗的光荣存在而辩护,所以不能不要求诗的宣传是负责的,是有利益于社会的",但是"要知道这宣传是否负责而用新闻检查的方式,实在是可笑的,我们不能用检查去了解,我们要用批评去了解","拉着诗人的鼻子走的方式并不是好的方式。""诗应该是自由发展的。什么形式什么内容的诗我们都要。"①

从"循环的"历史的角度,闻一多谈到"时代赋予诗的意义"以及"我们批评的态度"。他说,《诗经》的时代只有社会没有个人,后来是只有个人没有社会,"个人是觅求'效率'以增加自己愉悦的感受,忘记自己以外的人群。陶渊明时代有多少人过极端苦闷的日子,但他不管,他为他自己写下闲逸的诗篇。谢灵运一样忘记社会,为自己的愉悦而玩弄文字——当我们想到那时别人的苦难,想到那副流民图,我们实实在在觉得陶渊明与谢灵运之流是多么无心肝,多么该死——这是个人主义发展到极端了,到了极端,即是宣布了个人主义的崩溃,灭亡。杜甫出来了,他的笔触到广大的社会与人群,他为了这个社会与人群而共同欢乐,共

---

① 《诗与批评》一文初刊 1944 年 9 月李一痕主编《火之源丛刊》第 2、3 集合刊,又见《闻一多全集》卷 2,217–222 页。

同悲苦，他为社会与人群而振呼。杜甫之后有了白居易，白居易不单是把笔濡染着社会，而且他为当前的事物提出他的主张与见解。诗人从个人的圈子走出来，从小我而走向大我。""进到这时候，已经是成为了个人社会(Individual Society)了。""我以为不久的将来，我们的社会一定会发展成为Society of Individual，Individual for Society(社会属于个人，个人为了社会)的，诗是与时代共同呼吸的，所以，我们时代不单要用效率论来批评诗，而更重要的是以价值论诗了，因为加在我们身上的将是一个新时代。诗是要对社会负责了，所以我们需要批评。"①

《诗经》时代没有批评也不需要批评，因为那些作品"没有'效率'，但有'价值'，而且全是'教育的价值'"。"个人主义时代也不要批评，因为诗就是要给自己享受享受而已，反正大家标准一样，批评是多余的；那时候不论价值，因为效率就是价值(诗话一类的书就只在谈效率，全不能算是批评)"。

但今天，闻一多认为，"我们需要批评，而且需要正确而健康的批评。""春秋时代是一个相当美的时代，那时候政治上保持一种均势。孔子删诗，孔子对于诗作过最好的，最合理的批评。""孔子注重诗的社会价值。自然，正确的批评是应该兼顾到效率与价值的。""诗是社会的产物，若不是于社会有用的工具，社会是不要他的。""我以为诗人是有等级的，我们假设说如同别的东西一样分做一等二等三等，那么杜甫应该是一等的，因为他的诗博，大，有人说黄山谷，韩昌黎，李义山等都是从杜甫来的，那么杜甫是包罗了这么多'资源'，而这些资源大部分是优良的美好的，你只念杜甫，你不会中毒，你只念李义山就糟了，你会中毒的，所以李义山只是二等诗人了。陶渊明的诗是美的，我以为他诗里的资源是类乎珍宝一样的东西，美丽而没有用，是则陶渊明应列在杜甫之下。"②

---

① 《诗与批评》//《闻一多全集》卷2。
② 《诗与批评》//《闻一多全集》卷2，217–223页。

189

　　从批评的角度强调诗歌的社会性与工具性价值，尽管并不废"效率"，尽管肯定"诗是应该自由发展的"。但是，把"美丽"与"有用"对立起来，而且明确把"有用"置于"美丽"之上，作为分别诗歌诗人"等级"的依据（一如他在《冬夜评论》中鉴定新诗时所谓"第二流"的情感），强调诗"要对社会负责"以及诗的"社会的价值"，以"新时代"的期许来消解"个人"与"社会"、"效率"与"价值"的紧张与分裂，而很难"客观的"把它们之间张力的存在看成诗歌的动力，这是他所处的时代乐于认同的关于诗歌的"主义"。尽管他早年曾经在致梁实秋信中说过，"我们主张以美为艺术之核心者定不能不崇拜东方之义山，西方之济慈了"，他还说过，"理性铸成的成见是艺术的致命伤"①。

　　此种对立，与呈现在闻一多早年论述中的"唯美主义"与"功利主义"的矛盾（在某种意义上，这构成了闻一多文艺思想的两极，淑世的怀抱、入世的热情与准士大夫教养，使得这两极得到一定程度的沟通与统一）是一致的。在《莪默伽亚谟之绝句》中，闻一多强调，不论是莪默的原著，还是英译，真正的价值"是在其艺术而不是在其哲学。我们读《酒德颂》或《春夜宴桃李园序》时，几回不是陶醉于其文词之中，高吟朗诵，心悦神怡，而竟不知绝望为何物呢？我们感觉悲观非无其时，但感觉悲观自有更切实，更具体的原因，决不自读他人之诗文而起……读诗的目的在求得审美的快感。读莪默而专见其哲学，不是真能鉴赏文艺者，也可说是不配读莪默者。因为鉴赏艺术非和现实界隔绝不可，故严格讲求，读莪默就本来不应想到什么哲学问题，或伦理问题。我也相信译者之介绍此诗，是为其文学而非为其哲学"②。

　　在关于鉴赏艺术要与现实界"隔绝"的注释中，闻一多对此做了更深入的征引与论述："Dr. Bullough 谓在鉴赏艺术时须保持'心理的距离'。

---

① 《文艺与爱国——纪念三月十八》//《闻一多全集》卷 2，134 页。
② 《闻一多全集》卷 2，104 页。

所谓距离是与现实界相去的距离。Prof. Langfeld 讲道：'审美的态度是与我们寻常对于环境的态度正相悖谬的，寻常的态度是为生存竞争而养成的，此时我们在不息地抵抗自然的势力。我们的机体准备好了，安排好了以便接应而征服环境中之阻碍；至于审美的准备却是与此相反的，他是为着体会对象中各部分之间相互的关系，不是为着考察我们自身和对象的关系，以便施行应付动作。'哲学伦理都有关于（直接或间接）生存竞争底问题，鉴赏艺术时，被这些观念侵入了，那审美的态度便是虚伪的或至少也是肤浅的了。"①

此种关于艺术与现实的"距离"意识，在紧迫的时代主题面前不再具有支配力，在《时代的鼓手——读田间的诗》中，闻一多更充分地表达了与"时代要求"，与现实的"生存竞争"相协同相一致的新诗想象和诗史反思。

他以"鼓"这种"一切乐器的祖宗，也是一切乐器中之王"来强调诗的力量——"鼓是男性的，原始男性的，它蕴藏着整个原始男性的神秘。""如其鼓的声律是音乐的生命，鼓的情绪便是生命的音乐。音乐不能离鼓的声律而存在，生命也不能离鼓的情绪而存在。""诗与乐一向是平行发展着的"，"从敲击乐器到管弦乐器是韵律的音乐发展到旋律的音乐，从三四言到五七言也是韵律的诗发展到旋律的诗。音乐也好，诗也好，就声律说，这是进步。可痛惜的是，声律进步的代价是情绪的萎顿。在诗里，一如在音乐里，从此以后以管弦的情绪代替了鼓的情绪，结果都是'靡靡之音'，这感觉的愈趋细致，乃是感情愈趋脆弱的表征，而脆弱情感不也就是生命疲困，甚或衰竭的朕兆吗？二千年来古旧的历史，说来太冗长。单说新诗的历史，打头不是没有一阵朴质而健康的鼓的声律与情绪，接着依然是'靡靡之音'的传统，在舶来品的商标的伪装之下，支配了不少的年月。疲困与衰竭的半音，似

---

① 《闻一多全集》卷2，106页。

乎比历史上任何时期都变本加厉了的风行者"。而"箫声，琴声，（甚至是无弦琴）自然配不上流血与流汗的工作"。"没有'弦外之音'，没有'绕梁三日'的余韵，没有半音，没有玩任何'花头'"，只有朴质、干脆、真诚的简短而坚实的句子，单调但是响亮沉重如"鼓点"的，正是闻一多眼中的田间的诗。"疯狂，野蛮，爆炸着生命的热与力"，它可以不算是"成功的诗，但它所成就的那点，却是诗的先决条件——那便是生活欲，积极的，绝对的生活欲。它摆脱了一切诗艺的传统手法，不排解，也不粉饰，不抚慰，也不麻醉，它不是那捧着你在幻想中上升的迷魂音乐。它只是一片沉着的鼓声，鼓舞你爱，鼓舞你恨，鼓励你活着，用最高限度的热与力活着，在这大地上"①。

这就是闻一多所说的一个需要鼓手的时代的鼓声，在民族历史行程的大拐弯中，鼓舞人民一鼓作气渡过危机，完成大业。

自然，这也是"新诗"最显著的无法回避的"价值"所在。

同样的，他希望在民族生命危殆时的诗歌具有"药石性的猛和鞭策性的力"。

而在"温柔敦厚，诗之教也"这句古训里，他却"嗅到了数千年的血腥"②。

正是出于新诗应该更广泛地、更深入地对应时代重大主题的要求，闻一多对一度流行于中国新诗坛的泰果尔（泰戈尔）并不热衷。他说，从现实的立场看，泰戈尔是"理想"的，是宗教的；从感性的立场看，泰戈尔是理智的、观念的、哲学的；从气质上看，泰戈尔是儿童的、妇女的；从审美的角度看，泰戈尔是纤弱、伤感、玄虚的，而且，作为抒情诗，他缺少必要的形式。

闻一多认为，"哲理本不宜入诗，哲理诗之难于成为上等的文艺正因

---

① 《时代的鼓手——读田间的诗》一文初刊 1943 年 11 月 13 日《生活导报周年纪念文集》，又见《闻一多全集》卷 2。

② 《〈三盘鼓〉序》//《闻一多全集》卷 2。

这个缘故"。泰戈尔"那赢得诺贝奖的《偈檀迦利》和那同样著名的《采果》，其中也有一部分是诗人理智中的一些概念，还不曾通过情感的觉识。这里头确乎没有诗。谁能把这些哲言看懂了，他所得的不过是猜中了灯谜底胜利的欢乐，决非审美的愉快。""诗家的主人是情绪，智慧是一位不速之客，无须拒绝，也不必强留。至于喧宾夺主却是万万行不得的！""多半时候泰戈尔只能诉于我们的脑经，他常常能指点出一个出人意外入人意中的真理来。但是他并不能激动我们的情绪，使我们感觉到生活底溢流。""他若是勉强弹上情绪之弦，他的音乐不失之于渺茫，便失之于纤弱，渺茫到了玄虚的时候，便等于没有音乐！纤弱的流弊能流于感伤主义。""感伤主义正是儿童与妇女底情绪"。"泰戈尔底诗之所以伟大是因为他的哲学"，"他在欧洲的声望也是靠他诗中的哲学赢来的"①。

闻一多指出，《偈檀迦利》和《采果》里有一部分是平凡的祷词，"我不怀疑诗人祈祷时候的心境最近于 ecstacy（陶醉），ecstacy 是情感的最高潮，然我不能承认这些是好诗。推其理由，也极浅鲜。诗人与万有冥交的时候，已先要摆脱现象，忘弃肉体之存在，而泯没其自我于虚无之中。这种时候，一切都没有了，哪里还有语言，更那里还有诗呢？诗人在别处已说透了这一层秘密——他说上帝底面前他的心灵 vainly struggles for a voice（为一个声音作无益的挣扎）。从来赞美诗（hymns）中少有佳作，正因作者要在'入定'期中说话；首先这种态度就不诚实了，讲出的话，怎能感人呢？""泰戈尔底文艺底最大的缺憾是没有把捉到现实。文学是生命底表现，便是形而上的诗也不外此例。普遍性是文学底要质，而生活中的经验是最普遍的东西，所以文学底宫殿必须建在生命底基石上。形而上学惟其离生活远，要它成为好的文学，越发不能不用生活中的经验去表坞。形而上的诗人若没有将现实好好的把捉住，他的诗人的资格恐

---

① 《泰果尔批评》一文初刊 1923 年 12 月 3 日《时事新报》文学副刊，又见《闻一多全集》卷 2。

怕要自行剥夺了。印度的思想本是否定生活的，严格讲来，不宜于艺术的发展。泰戈尔因为受了西方文化底陶染，他的诗已经不是标类的印度思想了。"

但是，闻一多仍然认为，泰戈尔"在这世界里"是一个"生疏的旅客。他的言语，充满了抽象的字样，是另一个世界的方言，不像我们这地球上的土语"，他所爱好的自然也是"泛神论的自然界"，而不是自然本身，是上帝的影子。"诗人底'父亲'，'主人'，'爱人'，'兄弟'，'朋友'都不是血肉做的人，实在便是上帝。泰戈尔记载了一些自然的现象，但没有描写他们；他只感到灵性的美，而不赏识官觉的美。泰戈尔摘录了些人生的现象，但没有表现出人生中的戏剧；他不会从人生中看出宗教，只用宗教来训释人生。把这些辨别清楚了，我们便知道泰戈尔何以没有把捉住现实；由此我们又可以断言诗人的泰戈尔定要失败"，因为文学的宫殿必须建立在现实的人生的基石上。而读泰戈尔的诗，"我们仿佛寄身在一座云雾的宫阙里，那里只有时隐时现，似人非人的生物。我们初到时，未尝不觉得新奇可喜；然而待久一点，便要感着一种可怕的孤寂，这时我们渴求的只是与我们同类的人，我们要看看人底举动，要听听人的声音，才能安心。我们在泰戈尔的世界里眷念着我们的家乡，犹之泰戈尔在我们的地球上时时怀想他的故土一样"。

与现实的隔离，联系着美学上的品质——美丽与纤弱，"泰戈尔底诗是清淡，然而太清淡，清淡到空虚了；泰戈尔的诗是秀丽，然而太秀丽，秀丽到纤弱了"。

闻一多还认为，泰戈尔的诗没有形式，对于抒情诗，这是尤其不可的，他用佩特的话说："抒情诗至少从艺术上讲来是最高尚最完美的诗体，因为我们不能使其形式与内容分离而不影响其内容之本身。"①

基于个性、使命感以及与其学养相一致的艺术自觉，更基于启蒙的

---

① 《泰果尔批评》//《闻一多全集》卷2。

诗学理想，闻一多认为，在"我们的新诗已够空虚，够纤弱，够偏重理智，够缺少形式"的时候，泰戈尔的影响只会是负面的。

意识到新诗是新的价值与使命的产物，闻一多对新诗充满热烈的期待和真诚的信念，肯定"幻象""情感"作为诗歌的根本，对于"时代精神"与"地方色彩"、"价值"与"效率"、"格律"与"自由"等不可回避的新诗问题，闻一多的分辨既审慎又决断，他拟议的"新诗"是可以理性地把握的，并不玄奥。这似乎也是新诗创始者一致的"自负"。

然而，取舍扬弃之间，隐含着无数的"佯谬"与"悖论"，而从理论的"佯谬"与"悖论"中延伸出来的难以从容选择的实践，不仅伴随着新诗，也如影伴随着诗人的命运，极端的时代语境尤其放大了其中的悲剧性的破坏、偏失与迷误。

对于创始者来说，"形势逼人"，新诗的"虚构"，原本为特定的历史情境与文化使命所激发和鼓舞，上升到无论个人的还是民族的"行动的大诗"，理所当然地成为它最崇高最必然的旨归，最淡定的理智也无法阻挡诗人对此的投入与沉迷……以"平常心"无法贯通的障碍，此时变得畅通无阻，无法用理性澄清的悖论，此时迎刃而解。

这正是闻一多曾经清楚地表达过的他的"诗学"的精神底色，与鲁迅曾经主张过的"摩罗诗力"，与王国维借用尼采的话所说的"一切文学，余爱以血书者"，其实可以贯通。

早在《晨报副刊·诗镌》第1号（1926年4月1日）上，闻一多就发表了《文艺与爱国——纪念三月一八》，他说："铁狮子胡同大流血之后《诗刊》诞生了，本是碰巧的事，但是谁能说《诗刊》与流血——文艺与爱国运动之间没有密切的关系？"

他几乎断言，"爱国运动能够和文学复兴互为因果"，"我们的爱国运动和新文学运动何尝不是同时发轫的？他们原来是一种精神的两种表现。""两种运动一向是分道扬镳的。我们也可以说正因为他们没有携手，所以爱国运动的收效既不大，新文学运动的成绩也就有限了"。因此，他希望，爱自由、爱正义、爱理想的热血，要流在天安门，留在铁狮子胡同，也要流在笔尖，流在纸上，诗人需要把握好自己热烈的情怀和犀利的感觉，本能地直截了当地感应这个世界。"诗人应该是一张留声机的片子，钢针一碰着他就响。他自己不能决定什么时候响，什么时候不响。他完全是被动的。他是不能自主，不能自救的。诗人做到了这个地步，便包罗万有，与宇宙契合了。换句话说，这就是所谓伟大的同情心——艺术的真源。""并且同情心发达到极点刺激来得强，反动也来得强，也许有时仅仅一点文字上的表现还不够，那便非现身说法不可了。所以陆游一个七十衰翁要'泪洒龙床请北征'，拜伦要战死疆场了。所以拜伦最完美，最伟大的一首诗也便是这一死。所以我们觉得诸志士们三月十八日的死难不仅是爱国，而且是最伟大的诗。我们若得着死难者的热情的一部分，便可以在文艺上大成功；若得着死难者的热情的全部，便可以追他们的踪迹，杀身成仁了。"①

闻一多曾经希望，在民族生命危殆时的诗歌，应该具有"药石性的猛和鞭策性的力"，而早在《女神的时代精神》中，闻一多便慨然说："二十世纪是个反抗的世纪。'自由'底伸张给了我们一个对待威权的利器，因此革命流血成了现代文明底一个特色"，反抗的诗歌便不能不是"血与泪的结晶"。②

最终，他竟至于自我预言般地以一己之身而殉。

在《邓以蛰〈诗与历史〉附识》中，闻一多肯定了历史与诗应该携手的说法："历史身上要注射些情感的血液进去，否则历史家便是发墓的偷儿，历史便是出土的僵尸；至于诗这个东西，不当专门以油头粉面，娇声媚态去奉迎人，她也应该有点骨格，这骨格便是人类生活的经验，便是作者所谓'境遇'。这第二个意思也便和阿诺德的定义'诗是生活的批评'

① 《文艺与爱国——纪念三月十八》//《闻一多全集》卷 2，134 页。
② 《闻一多全集》卷 2，111–112 页。

正相配合。"①

当诗与历史因为共同的"情感的血液"而走向一致，当诗的旨趣与诗人的使命，上升或者说转换成为"行为主义"的"现身说法"——指向历史现场的准宗教性的牺牲时，不仅一切审美性的修辞都会变得苍白，一切关于审美的理论预设同样会变得空虚。

在这里，我们所能指望的，也许已经不再是新诗的建构，而是自我的建构，不再是诗的境界，而同时是生命的境界，是道德政治的境界，这是20世纪中国"诗学"最隐秘的动机和动力。

（四）文学的历史方向

"西学东渐"以来，"史诗"是一个被持续关注的引人入胜的话题。

按照一般的说法，汉语诗歌史上没有"史诗"流传，这是中国文化区别于古希腊、古印度文化的一个很重要的标志。

为什么会这样？

对此的思考，不仅事关对于中国文艺传统的特殊性的认知，也涉及对于民族精神与民族性格的特殊性的理解，涉及中西文明交汇与变迁过程中，有关汉文化可能和应该具有的目标和方向。因此，"五四"甚至更早，包括日后受"五四"精神影响的思想文化精英和学术从业者，大多对此提供过自己的意见。

闻一多在二十世纪三四十年代用开放的视野和人类学社会学的方法考察中国文学最初的景象，考察中国古代神话与诗歌，包括"史诗"。在讲课提纲《四千年文学大势鸟瞰》中，闻一多从世界文明与文化的范围看待中国文学的演绎，对于"史诗"，他的观察是："史诗的作成是自然成长的，它是在形容原始时代的英雄美人的事，神与人混为一谈，如荷马史

---

① 《闻一多全集》卷2，136页。

诗。中国虽无成文的史诗记载，但是也还有传说及散文的遗留下来，我们可由夏朝考到，但我们却不能肯定它（散文）不是史诗。"①

在后人整理的手稿《中国上古文学》中，闻一多勾勒了夏商时代一些流传于"中国"而可以演绎为史诗的神话故事，他说："神话不只是一个文化力量，它显然也是一个记述，是记述便有它文学一方面。它往往包含以后成为史诗、传奇、悲剧等的根苗，而在文明社会的自觉的艺术以内，被各民族的创作天才利用到这方面去。有的神话只是干燥的陈述，几乎没有任何起转与戏情，另外一些则显然是戏剧性的故事。""信仰，在另一方面，不管是巫术信仰或宗教信仰，则与人类深切的欲求，恐惧与希望，热情与情操等关系密切。爱与死的神话，失掉了'黄金时代'一类故事，以及乱伦与黑巫术的神话，则与悲剧、抒情诗、言情小说等艺术形式所需要的质素相合。""不像其它上古传说只留下一鳞半爪，或简单轮廓，上述的故事，独具曲折的情节，想必因其本身的传奇性与戏剧性，被人爱好而不断的讲述。它是具备了文学题材的资格的，究竟是否被制成文学作品呢？那是很可能的。那作品又采取着什么形式呢？我们以为最可能的是诗。"②

在《歌与诗》中，闻一多给出的解释充满想象力，也有着必不可少的实证基础与逻辑依据，尽管在具体细节上未必完全可靠。他说："想象原始人最初因情感的激荡而发出的如'啊''哦''唉'或'呜呼''噫嘻'一类的声音，那便是音乐的萌芽，也是孕而未化的语言"，"这样界乎音乐与语言之间的一声'啊——'，便是歌的起源。""感叹字是情绪的发泄，实字是情绪的形容、分析与解释。前者是冲动的，后者是理智的。由冲动的发泄情绪，到理智的形容、分析和解释情绪，歌者是由主观转入了客观的地位。辨明了感叹字与实字主客的地位，二者的产生谁先谁后，便不

---

① 闻黎明. 闻一多传[M]. 北京：人民出版社，1992：199. 此段引文的意思，不见于《闻一多全集》中的《四千年文学大势鸟瞰》一文。
② 《闻一多全集》卷10，43页。

言而喻了……感叹字本只有声而无字，所以是音乐的，实字则是已成形的语言……在后世歌词里，感叹字确乎失去了它固有的重要性，而变成仅仅一个虚字而已。人究竟是个社会动物，发泄情绪的目的，至少一半是要给你知道，以图兑换一点同情。这一来，歌中的实字便不可少了，因为情绪全靠它传递给对方。实字用得愈多，愈精巧，情绪的传递愈有效，原来那'啊——'便显得不重要，而渐渐退居附庸地位（如后世一般歌中的'兮'字），甚至用文字写定时，可以完全省去。"

在闻一多看来，作为中国诗学开山纲领的"诗言志"，其实透露了中国古代诗歌曾经同样有着某种与"史诗"相一致的叙事性特征。"志与诗原来是一个字。志有三个意义：一记忆，二记录，三怀抱，这三个意义正代表诗的发展途径上三个主要阶段。""一切记载既皆谓之志，而韵文产生又必早于散文，那么最初的志（记载）就没有不是诗（韵语）的了。""歌的本质是抒情的"，而"诗的本质是记事的"，古代中国的"歌"与"诗"原来有根本的不同，"古代歌所据有的是后世所谓诗的范围，而古代诗所管领的乃是后世史的疆域"。"诗即史，当然史官也就是'诗人'"，"那种以史读诗的观点，确乎是有着一段历史背景的"，"文胜质则史"，"繁于文采，正是诗的荣誉"，却算作史的罪名，但这"分明坐实了诗史之间不可分离的关系"①。

古代中国，"诗"与"史"之间，正有着不可分离的关系，直到后来发生了"诗与歌合流"这件大事，结果就是《三百篇》的诞生，"《三百篇》有两个源头，一是歌，一是诗，而当时所谓诗在本质上乃是史。最后这一点特别值得注意。知道诗当初即是史，那恼人的问题'我们是否原来也有史诗'也许就有解决的希望。"②

"过去记录里有未来的风色"③。对于文艺曾经存在过的"集体性"以

---

① 《闻一多全集》卷 10，5-12 页。

② 《闻一多全集》卷 10，15 页。

③ 《文学的历史方向》//《闻一多全集》卷 10，21 页。

及与民族生存状况相协和的整体性的了解，应该是闻一多以及类似的思想者之所以毫不忌讳地强调现代文艺作为公共事业的一个重要的学理支持。

事实上，对于艺术起源的原初反思，往往暗示出论者对艺术的定义与定位，对于艺术本质的理解，鲁迅、周作人，尤其是闻一多，对于文艺特别是中国文艺的发端以及发端时期的状态，多所关注和描述，正是他们试图界定和确认艺术本质的必然步骤，包括胡适对"白话文学"的溯源，郭沫若对于文艺的人民性、战斗性、反抗性的高调诉求，无不投射在他们对于艺术发生过程的认知上，这种认知反过来又启迪了他们对于艺术本质的确认。

在最初的文明中，诗言志，志即记忆、历史、事实，正是在这个意义上，闻一多所说的"有比历史更高的诗吗"，以及他本人义无反顾地最终直接走进"历史"的现实进程，就不仅是合符生命现实的必然之选，也是合符艺术历史的应然之态。

诗即史，史官即诗人，无论中年转入学术，还是接下来转入具体的政治行动，对于闻一多来说，都是他以"诗人"之身参与中华文明的现代建构，参与中国社会现代转型的具体表现，而不存在所谓彻底的转变与转身，这其实也是闻一多自己所乐于承认的。

闻一多1940年致信赵俪生，言及自己在抗战期间再次参与话剧《祖国》《原野》的舞台设计时说："早年本习绘画，十余年来此调久不谈，专攻考据，于故纸堆中寻生活，自料性灵已频枯绝矣。抗战后，尤其在涉行途中二月，日夕与同学少年相处，遂致童心复萌，沿途曾作风景写生百余帧，到昆后又两度参与戏剧工作，不知者以为与曩日之教书匠判若两人，实则仍系回复故我耳。"①

闻一多曾经在《中国文学史讲稿》中把汉代的《易林》列为篇章，说

---

① 《闻一多全集》卷12，361-362页。

"易林是诗，它的四言韵语的形式是诗；它的'知周乎万物'的内容尤其是诗"，它是"唐宋诗的滥觞"，《易林》和《史记》，是"整个文学史二大杰作——皆非纯文学"。

《易·系辞》谓"其称名也小，其取类也大，其旨远，其辞文，其言曲而中，其事肆而隐"，闻一多认为，这比古今许多诗的定义来得更中肯。

《易经》"探赜索隐，钩深致远"，超然预言吉凶悔吝，静观宇宙人生，预言家、诗人、宗教家处在同一条线索上，"预言家离个人感情看宇宙人生秘密。诗人更进一步而涉身处地以玩索之。宗教家又进一步谋所以拯救之——同情心的行动化"①。

闻一多以清明的理智、超乎常人的想象力与足够严谨的实证精神，揭示了中国文学发生的情景与逻辑展开的历程。其中，他对于早期中国文学与文化的观察，是与他对于世界其他区域文学与文化的通盘了解联系在一起的，他甚至比西哲雅斯贝尔斯更早提供了关于人类文明"轴心突破"的观察。

雅斯贝尔斯（Karl Jaspers）在成书于 1949 年的《历史的起源与目标》（*The Origin and Goal of History*）中认为，公元前第一个千年之内，哲学的突破以截然不同的方式分别发生在希腊、以色列、印度和中国等地，人对于宇宙、人生的体认和思维都跳上了一个新的层次。他说："哲学家初次出现。人作为个人敢于依靠自己。中国的隐士与游士②、印度的苦行僧、希腊的哲学家、以色列的先知，无论彼此的信仰、思想内容与内在禀性的差异有多大，都属于同一类的人。人证明自己能够在内心中与整个宇宙相照映。他从自己的生命中发现了可以将自我提升到超乎个体和世界之上的内在根源。"

这就是日后被学术界反复引用的所谓"轴心突破"（axial

---

① 《闻一多全集》卷 10，61-64 页。
② 指老子、孔子、墨子等。

breakthrough）的说法。

余英时先生在转述雅斯贝尔斯的观点时，说自己对此一说法觉得"似曾相识"，原来他早年曾经读到过闻一多初刊于 1943 年的《文学的历史方向》。在这篇文章里，闻一多差不多提供了与雅氏类似的观察，不过，他主要是从诗歌而不是哲学的角度①。

闻一多说："人类在进化的途程中蹒跚了多少万年，忽然这对近世文明影响最大最深的四大古老民族——中国、印度、以色列、希腊——都在差不多同时猛抬头，迈开了大步。约当公元前一千年左右，在这四个国度里，人们都歌唱起来，并将他们的歌记录在文字里，给流传到后代。在中国，《三百篇》里最古部分——《周颂》和《大雅》，印度的《黎俱吠陀》（Rig-veda），《旧约》里最早的《希伯来诗篇》，希腊的《伊利亚特》和《奥德赛》——都约略同时产生。再过几百年，在四处思想都醒觉了，跟着是比较可靠的历史记载的出现。"②

按照闻一多的说法，"四个文化猛进的开端都表现在文学上，四个国度里同时迸出歌声。但那歌的性质并非一致的。印度，希腊，是在歌中讲着故事，他们那歌是比较近乎小说戏剧性质的，而且篇幅都很长，而中国，以色列则都唱着以人生与宗教为主题的较短的抒情诗。……中国，和其余那三个民族一样，在他开宗第一声歌里，便预告了它以后数千年文学发展的路线。《三百篇》的时代，确乎是一个伟大的时代，我们的文化大体上是从这一刚开端的时期就定型了。文化定型了，文学也定型了，从此以后二千年间，诗——抒情诗，始终是我国文学的正统的类型，甚至除散文外，它是唯一的类型。赋，词，曲，是诗的支流，一部分散文，如赠序，碑志等，是诗的副产品，而小说和戏剧又往往以各自不同的方式夹杂些诗。诗，不但支配了整个文学领域，还影响了造型艺术，它同化了绘

---

① 余英时. 论天人之际——中国古代思想起源试探[M]. 北京：中华书局，2014：12.

② 《闻一多全集》卷10，16 页。

画，又装饰了建筑（如楹联，春贴等）和许多工艺美术品。诗似乎也没有在第二个国度里，像它在这里发挥过的那样大的社会功能。在我们这里，一出世，它就是宗教，是政治，是教育，是社交，它是全面的生活。维系封建精神的是礼乐，阐发礼乐意义的是诗，所以诗支持了那整个封建时代的文化。""从西周到春秋中叶，从建安到盛唐，这中国文学史上两个最光荣的时期，都是诗的时期。……辞赋与词还是诗的支流……这大半部文学史，实质上只是一部诗史。但是诗的发展到北宋实际也就完了。南宋的词已经是强弩之末。就诗本身说，连尤、杨、范、陆和稍后的元遗山似乎都是多余的，重复的，以后的更不必提了。我们只觉得明清两代关于诗的那许多运动和争论，都是无味的挣扎。每一度挣扎的失败，无非重新证实一遍那挣扎的徒劳无益而已。本来从西周唱到北宋，足足两千年的工夫也够长的了，可能的调子都已唱完了。到此，中国文学史可能不必再写，假如不是两种外来的文艺形式——小说与戏剧，早在旁边静候着，准备届时上前来'接力'。是的，中国文学史的路线南宋起便转向了，从此以后是小说戏剧的时代。"

而小说与戏剧，闻一多认为，是两种外来的文艺形式。"故事与雏形的歌舞剧，以前在中国本土不是没有，但从未发展成为文学的部门……不是教诲的寓言，就是纪实的历史，我们从未养成单纯的为讲故事而讲故事，听故事的兴趣。我们至少可说，是那充满故事兴趣的佛典之翻译与宣讲，唤醒了本土的故事兴趣的萌芽，使它与那较进步的外来形式相结合，而产生了我们的小说与戏剧。"

闻一多甚至觉察到，中国传统的诗的世界与平民世界的隔绝与由此构成的"恨"，由此走向自我的末路，直到小说戏剧因为外来影响的发达，而带来的文化变革，成为某种拯救。

他说："故事本是民间的产物，不用讳言，它的本质是低级的（便在小说戏剧里，过多的故事成分不也当悬为戒条吗？）正如从故事发展出来的小说戏剧，其本质是平民的，诗的本质是贵族的。要晓得它们之间距离很大，而距离是会孕育恨。所以我们的文学传统既是诗，就不但是非小说戏剧的，而且推到极端，可能还是反小说戏剧的。若非宗教势力带进来那点新鲜刺激，而且自己的歌实在也唱到无可再唱的了，我们可能还继续产生些《韩非说储》，或《燕丹子》一类的故事，和《九歌》一类的雏形歌舞剧，但是，元剧和章回小说决不会有。然而本土形式的花开到极盛，必归于衰谢，那是一切生命的规律，而两个文化波轮由扩大而接触而交织，以致新的异国形式必然要闯进来，也是早经历史命运注定了的。异国形式也许早就来到了，早到起码是汉朝佛教初输入的时候，你可以在几百年中不注意它，等到注意了之后还可以延宕，踌躇个又一度几百年，直到最后，万不得已的，这才死心塌地，接受了吧！但那只是迟早问题。反正自己的花无法再开，那命数你得承认。新的种子从外面来到，给你一个再生的机会，那是你的福分。你有勇气接受它，是你的聪明，肯细心培植它，是有出息，结果居然开出很不寒伧的花朵来，更足以使你自豪。"

由此，他更充分地意识到，外来文化影响对于中国古代文学的决定性意义，"第一度佛教带来的印度影响是小说戏剧，第二度基督教带来的欧洲影响又是小说戏剧"。

闻一多以"伟大的期待"展望中国文化在"第一度外来文化(印度)的渐次吸收"之后的对于"第二度外来文化(欧洲)的大量接受"，展望这种接受之后的中国现代文学，继续元明清人在小说戏剧园地上的发展，包括"新诗"——这几乎是完全重新再做起的"新诗"，"新诗"的新生命在于"真能放弃传统意识，完全洗心革面，重新做起，但那差不多等于说，要把诗做得不像诗了……而像小说戏剧，至少让它多像点小说戏剧，少像点诗。太多'诗'的诗，和所谓'纯诗'者，将来恐怕只能以一种类似解嘲与抱歉的姿态，为极少数人存在着。在一个小说戏剧的时代，诗得尽量采取小说戏剧的态度，利用小说戏剧的技巧，才能获得广大的读众。这样做法并不是不可能的。在历史上多少人已经做过，只是不大彻底罢

了。新诗所用的语言更是向小说戏剧跨近了一大步，这是新诗之所以为
'新'的第一个也是最主要的理由。其它在态度上，在技巧上的种种进一
步的试验，也正在进行着"。

闻一多总结，历史上常常有人把诗写得不像诗，如阮籍、陈子昂、孟
郊，如华茨渥斯（Wordsworth）、惠特曼（Whitman）。然而，他们的创作
"转瞬间便是最真实的诗了。诗这东西的长处就在它有无限度的弹性，
变得出无穷的花样，装得进无限的内容。只有固执与狭隘才是诗的致命
伤，纵没有时代的威胁，它也难立足"①。

闻一多对于整体文学史的描述，确实呈现出他对于传统艺术形式的
某种阶级垄断性的认知与觉悟，这甚至是在他领受所谓阶级学说之前。

同时，他意识到，"轴心时期"的四个文化同时出发，三个文化都转
了手，有的转给近亲，有的转给别人，主人自己却没落了。"那许是因为
他们都只勇于'予'而怯于'受'。而中国文化，却是勇于'予'又不怯于
'受'的，所以得以延续，得以还是自己文化的主人，然而也仅仅免于没
落的劫运而已。为文化的主人打算，'取'不比'予'还重要吗？所以仅仅
不怯于'受'是不够的，要真正勇于'受'，让我们的文学更彻底的向小说
戏剧发展，等于说要我们死心塌地走人家的路……历史已给我们指示了
方向——'受'的方向，如今要的只是勇气，更多的勇气。"②

所谓"不像诗"的诗，所谓"戏剧小说"的方向，"受"的方向与勇气，
意在强调现代艺术，包括诗歌，应该有更广大的容纳与涵盖，更充足的表
达力与影响力，以便颉颃于所在的时代与社会，非如此难言有新文学的
未来。这与他早年在美国给吴景超信中的说法其实是可以贯通的，他说
"我的诗里的 themes have involved a bigger and higher problem than merely
personal love affairs（主题所涉及的，大于高于单是个人爱情所包含的事），

---

① 《文学的历史方向》//《闻一多全集》卷 10，16-21 页。
② 《文学的历史方向》//《闻一多全集》卷 10，21 页。

所以我认为这是我的进步"，并觉得梁实秋的作品"题材之范围太窄"。对于"长篇"诗歌写作，他甚至说可以用"桐城派"的古文做"模范"，"谋篇布局应该合乎一种法度，转折处尤其要紧——索性腐败一点——要有悬崖勒马的神气和力量"①。

突破抒情诗范畴的长篇写作，显然不是即兴的情绪和意会可以布置安排的，而需要理性的斟酌与考量，需要结构的能力和超越感觉和感性的强大心智，需要"新的历史方向"。

（五）进化的逻辑，空虚的历史

对于文学的历史方向的觉悟，意味着闻一多（及其同道者）摆脱了历史循环论的窠臼，不再以"文质""治乱""通变""经权"之类的"辩证"眼光看待文化与文学的变迁，这得益于他们超越中土文明的世界性视野，也得益于他们从严复翻译《天演论》以来所接受的进化论观念。

很显然，新的历史观，伴随着"五四"一代知识者对于"进化论"的体会与接纳，渴望"进步"而认同"进化"，几乎是一种必然的逻辑。

说到底，进化的进步的观念，一直潜在地支配着"五四"一代知识者的思想与行动，闻一多对于作为"艺术家"与"批评家"的选择，对于"故纸堆"的沉迷以及通过"故纸堆"的检讨对传统发出的疑问与诘难，对于诗的"艺术"的讲究，按他后来的自我解释，简直就是为了离开与背叛，是为了放下包袱②，进入新纪元。

1945 年所作的《"五四"断想》说："旧的悠悠死去，新的悠悠生出，不慌不忙，一个跟一个，——这是演化。新的已经来到，旧的还不肯去，

---

① 《论〈悔与回〉》一文初刊《新月》第 3 卷第 5、6 期，又见《闻一多诗全编》，444 页。
② 闻一多甚至宣称，他之所以教中文系读中国书，就是要"戳破它的疮疤，揭穿它的黑暗，而不是去捧它"，他念过几十年的经书，知道孔子的问题，传统社会的病态，而儒学作为维护病态社会力量，实在是要不得的。见《闻一多传》，224 页。

新的急了，把旧的挤掉，——这是革命。挤是发展受到阻碍时必然的现象，而新的必然是发展的，能发展的必然是新的，所以青年永远是革命的，革命永远是青年的。新的日日壮健着，旧的日日衰老着，壮健的挤着衰老的，没有挤不掉的，所以革命永远是成功的。革命成功了，新的变成旧的，又一批新的上来了。"①

以"进步"看待进化，把文明的流衍、生命的化育，看成是一个没有终点的进化过程，这种进化不仅是大势所趋，而且是合理的乃至神圣的。在《女神的时代精神》中，闻一多强调"二十世纪是个动的世纪"，"动的本能是近代文明一切的事业之母，他是近代文明之细胞核"，"二十世纪是个反抗的世纪。'自由'的伸张给了我们一个对待威权的利器，因此革命流血成了现代文明底一个特色了"。

既然革命流血是现代文明的一个特色，新诗、新文学对应这个特色，不能不成为"血与泪的结晶"②。

如此，也就多少简化了人类存在的世界特别是人文世界的丰富与复杂，趋新地获得了一种几乎没有前提没有限定的肯定，在鼎新革故的历史变迁中，成为纯粹否定性的力量，这种力量可以扫荡一切，也可以毁灭一切。

在1945年题为《艾青与田间》的诗人节演讲中，艾青与田间就被闻一多指认为进化链条上的两端。相比之下，包括闻一多自己以及所代表的一代，就不能不是应该抛弃的"鸳鸯蝴蝶派"。"胡风评田间是第一个抛弃了知识分子灵魂的战争诗人，民众诗人。他没有那一套的泪和死。但我们，这一套还留得很多，比艾青更多。我们能欣赏艾青，不能欣赏田间，因为我们跑不了那么快。今天需要艾青是为了教育我们进到田间，明天的诗人。但田间的知识分子气，胡风说抛弃了，我看也没有完全

---

① 《闻一多全集》卷2，412页。
② 《闻一多全集》卷2，110-111页。

抛弃。"①

对于这样的"进化"的毫无保留的肯定，在今天看来，不仅夸张，也几乎无效，在某种意义上，甚至是颠倒的带有讽刺性的。其中"弃旧图新"——摆脱过去，获得新的自我身份的诉求，显示了知识者在社会改造运动中的自我厌弃与否定，以放弃旧我加盟自以为具有新道德、新属性的阶级和群体，以背叛传统以便走进未来，由此实现整个民族与国家的新生。

此中的逻辑，正是某种意义上的"新文化运动"的普遍的逻辑，一种因为夸张、简化而不免陷入简单化的逻辑。"新"成为价值判断，"阶级立场""人民立场"成为甄别文艺性质的首要标准。以此来梳理文艺的历史，一大半是"奴隶"的历史。"古代艺术家身体上受创伤，心理上也受创伤……艺术是身体或心灵受创伤后产生的花朵，是用血泪来培养的……在阶级社会里的文艺都是悲惨的，一般有天才的奴隶要主人赏识，主人免其劳动而养活他，他就歌功颂德，宣传统治者的思想，为主人所豢养，他帮助主人压迫其同类……当艺术家作为消闲的工具时是消极的罪恶，但当艺术家去替统治者作统治的工具时，就成了积极的罪恶。除了人民自己的文艺之外，一切的文艺都是奴隶作的。"②

此种判断与对于艺术形式的时代性的判断，是同构的。

闻一多言及旧形式时曾经说："旧形式是一种旧习惯；如果认为非利用旧形式不可，便无异承认习惯是不可改变的。我的性格，喜欢走极端，我对一切旧的东西都反对，希望最好一点也不要留。我所以赞成田间的诗，原因也在这里，因为他把旧腔调摆脱得最干净。这种极端的感情，也许是近二十年钻进旧圈子以后的彻底的反感，说不定过分了一点，但暂

---

① 《闻一多全集》卷2, 232页。

② 《战后文艺的道路》//《闻一多全集》卷2, 27-238页。

时我还愿意坚持我的意见"①。

显而易见，闻一多以及同时代的知识者，对于传统的处置，无不呈现出那种令人痛心的难以捉摸的分裂与两难，从根本上看，他们最终的选择，不是出于认知，而是基于他们特定的文化身份与立场，基于一浪高过一浪的时代潮流，以及其中充满变故、窘迫与不知所措的动荡崩溃。

一方面，他们自然是中国文化当仁不让的代表，这是他们所拥有的无可逃逸的身份和标识。他们需要由此出发维护并且得到自身的尊严，需要建构自我认知与认同的一致性与统一性，因此对传统充满自我嘉许，充满骄傲与敬意，譬如闻一多刚到美国时说："我堂堂华胄，有五千年之政教、礼俗、文学、美术，除不娴制造机械以为杀人掠财之用，我有何者多后于彼哉，而竟为彼所藐视、蹂躏，是可忍孰不可忍！士大夫久居此邦而犹不知发奋为雄者，真木石也。"②在 1935 年所作《悼玮德》中，闻一多说，文学艺术，无论新到什么程度，"总不能没有一个民族的本位精神存在于其中……我所指的不是掇拾一两个旧诗词的语句来妆点门面便可了事的。事情没有那样的简单。我甚至于可以说这事与诗词一类的东西无大关系。要的是对于本国历史与文化的普遍而深刻的认识，与由这种认识而生的一种热烈的追怀，拿前人的语句来说，便是'发思古之幽情'。一个作家非有这种情怀，决不足为他的文化的代言者，而一个人除非是他的文化的代言者，又不足称为一个作家"。"技术无妨西化，甚至可以尽量的西化，但本质和精神却要自己的。我这主张也许有人要说便是'中学为体，西学为用'。对了，我承认我对新诗的主张是旧到和张之洞一般。"③

从诗之为诗、艺术之为艺术的角度看，传统更不是一条有碍通行的

---

① 《论文艺的民主问题》//《闻一多全集》卷 2，236-237 页。

② 《致父母》//《闻一多全集》卷 12，50 页。

③ 《闻一多全集》卷 2，186 页。

鸿沟。"诗人与诗人之间不拘现代与古代，只有个性与个性的差别，而个性的差别又是有限度的，所以除了这有限的差别以外，古代和现代的作品之间，不会还有——也实在没有过分的悬殊。"①

然而，几乎与此同时，在另一方面，因为"西学东渐"，知识者获得了自我反观的视野、立场和思想，因为紧迫的民族危机与生存危机，他们又充分意识到自身文明的保守、封闭性与有限性，意识到被颠覆的可能与自我颠覆的必要。

于是，很多时候，他们对于自己的历史和文明，又充满焦灼的怀疑，充满完全不能容忍的检讨与批判。

还在《〈女神〉之地方色彩》中，闻一多就认为，"近代精神——即西方文化——不幸得很，是同我国的文化根本地背道而驰的"②。

在《从宗教论中西风格》中，对西方宗教所体现的精神的高度认同，以及由此生发的自我反观与批判，闻一多给出的是类似鲁迅在《摩罗诗力说》中给出的判断，他说："既没有真正的灵魂观念，又没有一个全德与万能的人格神，所以说我们没有宗教，而我们的风格和西洋人根本不同之处恐怕也便在这里。我们说死就是死，他们说死还是生，我们说人就是人，他们说不是，人是神。我们对现实屈服了，认输了，他们不屈服，不认输，所以他们有宗教而我们没有。""有人说西洋人的爱国思想和恋爱哲学，甚至他们的科学精神，都是他们宗教的产物，他们把国家，爱人和科学的真理都'神化'了，这话并不过分。至少我们可以说，产生他们那宗教的动力，也就是产生那爱国思想，恋爱哲学和科学精神的动力。不是对付的，将就的，马马虎虎的，在饥饿与死亡的边缘上弥留着的活着，而是完整的，绝对的活着，热烈的活着——不是彼此都让步点的委曲求全，所谓'中庸之道'式的，实在是一种虚伪的话，而是一种不折不扣

---

① 《闻一多全集》卷 2，171–172 页。

② 《闻一多全集》卷 2，121 页。

的，不是你死我活，便是我死你活的彻底的，认真的活——是一种失败在今生，成功在来世的永不服输，永不屈服的精神。这便是西洋人的性格。这性格在他们的宗教里表现得最明显，因此也在清教徒的美国人身上表现得最明显。""人生如果仅是吃饭睡觉，寒暄应酬，或囤积居奇，营私舞弊，那许用不着宗教。但人生也有些严重关头……他们甚至没有严重关头，还要设法制造它，为的是好从那应付的挣扎中得到乐趣，没事自己放火给自己扑灭，为的是救火的紧张太有趣了，如果救火不息，自己反被烧死，那殉道者的光荣更是人生无限的满足！你说荒谬绝伦，简直是疯子！对了，你就是不会发疯，你生活里就缺少那点疯，所以你平庸，懦弱。人家在天上飞时，你在粪坑里爬！"

闻一多肯定疯子的那一点"疯"对于平庸懦弱的战胜，批判传统"那一套美丽名词，还是掩不住那渺小、平庸、怯懦、虚伪，掩不住你的小算盘，你的偷偷摸摸，自私自利，和一切的丑态。……你没有灵魂，没有上帝的国度，你是没有国家观念的一盘散沙，一群不知什么是爱的天阉（因此也不知道什么是恨），你没有同情，也没有真理观念。然而你有一点鬼聪明，你的繁殖力很大，因为聪明所以会鼠窃狗偷——营私舞弊，囤积居奇，因为繁殖力大，所以让你的同类成千上万的裹在清一色的破棉袄里，排成番号，吸完了他们的血，让他们饿死病死……这是你的风格，你的仁义道德！你拿什么和人家比。"自然，闻一多欣赏的其实是"产生宗教的那股永不屈服，永远向上追求的精神，换言之，就是那铁的生命意志，有了这个，任凭你向宗教以外任何方向发展都好……"①

一种活着的创造的精神，一种即使失败仍然不失英雄气概的精神，这也是闻一多所召唤的审美精神，他由此要求的中国文艺，显然也就是鲁迅当年说的能够救人于荒寒冷硬的刚健温煦的文艺。同鲁迅一样，他是从整体的文化精神的建构、整体的民族文化的流变中，看待并且要求

---

① 《闻一多全集》卷 2，363–365 页。

文艺的性格的。他不止有一个文学史的视野，还有一个文化史的视野，不仅有中国文化史的视野，也有世界文化史的视野。

对于传统及其影响的"怨慕"与"焦虑"，同时体现在他对于具体历史对象的前后不免有所冲突的理解与分辨中，譬如关于屈原。

在1935年发表的《读骚杂记》中，他十分厌恶关于屈原自杀乃是"尸谏"的说法，认为"泄忿最合事实，洁身也不悖情理，忧国则最不可信"。他意识到"一个历史人物的偶像化的程度，往往是与时间成正比的，时间愈久，偶像化的程度愈深，而去事实也愈远"，屈原的被偶像化就是如此。屈原的个性包括他的"扬才露己""愁神苦思""忿怼不容"，实在是一个"狂狷景行之士"，因此，他的狷介狷洁是真的。而所谓忠君爱国则勉强，"大一统的帝王下的顺民才特别要把屈原拟想成一个忠臣"，而其实，《庄子·刻意篇》中描述过一种人，"刻意尚意，离世异俗，高论怨诽，为亢而已矣，此山谷之士，非(诽)世之人，枯槁赴渊者之所好也"，屈原大概就是这样的人，"所以以洁身来解释屈原的死，是合乎情的"，这符合他所在时代的风气，而"帝王专制时代的忠的观念，绝不是战国时屈原所能有的。伍子胥便是一个有力的反证"，"忠臣的屈原是帝王专制时代的产物"。①

在1945年发表的《屈原问题——敬质孙次舟先生》中，闻一多仍然强调"屈原最突出的品性，无宁是孤高和激烈"，但是，他已然对屈原的身份有了"阶级"的觉悟，意识到屈原作为"弄臣""奴隶"的局限性。尽管，他认为，屈原终究不是一个好奴隶，而是一个孤高激烈的奴隶，所以名士如王孝伯"爱他"，腐儒如司马光"恨他"。"在思想上，存在着两个屈原，一个是'竭忠尽智，以事其君'的集体精神的屈原，一个是'扬才露己，怨怼沉江'的个人精神的屈原。在前一方面，屈原是'他自己的时代之子'，在后一方面，他是'一个为争取人类解放而具有全世界历史意义

① 《闻一多全集》第5卷，4-5页。

的斗争的参加者'。"

因为是弄臣，而有"玲珑细致的职业，加以悠闲的岁月，深厚的传统，给他们的天才以最理想的发育机会，于是奴隶制度的粪土中，培养出文学艺术的花朵了。没有弄臣的屈原，哪有文学家的屈原？历史原是在这样的迂回过程中发展着，文化也是在这样的迂回中成长的"。而且，"奴隶制度不仅产生了文学艺术，还产生了'人'。本来上帝没有创造过主人和奴隶，他只创造了'人'，在血液中，屈原和怀王尤其没有两样(他们同姓)，只是人为的制度，把他们安排成那可耻的关系。可是这里'人定'并没有'胜天'，反之，倒是人的罪孽助成了天的意志。被谗，失宠和流落，诱导了屈原的反抗性，在出走和自沉中，我们看见了奴隶的脆弱，也看见了'人'的尊严。先天的屈原不是一个奴隶，后天的屈原也不完全是一个奴隶。他之不能完全不是一个奴隶，我们应该同情，(那是时代束缚了他。)他之能不完全是一个奴隶，我们尤其应该钦佩，(那是他在挣脱时代的束缚)。"[1]

除了不讳言屈原的身份并且处之以同情之理解外，闻一多也越来越强调屈原与具体现实政治的纠缠，特别是屈原在纠缠中所显示的决绝的勇气，以至最终以"人民的诗人"[2]命名之。

郭沫若曾经概括，闻一多以四个方面的理由，指出屈原的人民性：第一，屈原虽然是楚国的同姓，却"早被打落下来，变成一个作为宫廷弄臣的卑贱的伶官，这样，首先在身份上，屈原便是属于广大人民群众中的。第二，屈原最主要的作品——《离骚》的形式，是人民的艺术形式，次要的作品——《九歌》，是民歌。第三，在内容上，《离骚》无情地暴露了统治阶层的罪行，严正地宣判了他们的罪状，用人民的形式，喊出了人民的愤怒。第四，屈原的死，更把那反抗情绪提高到爆炸的边沿，只等秦国的

---

① 《闻一多全集》第5卷，20-27页。

② 闻一多《人民的诗人——屈原》，作于1945年6月。

大军一来，就用溃退和叛变方式，来向他们万恶的统治者，实行报复性的反击。历史决定了暴风雨的时代必然要来到，屈原一再的给这时代执行了'催生'的任务"①。

这四个条件，使屈原区别于陶渊明、李白乃至杜甫，成为真正的人民诗人，因为"尽管陶渊明歌颂过农村，农民不要他，李太白歌颂过酒肆，小市民不要他，因为他既不属于人民，也不是为着人民的。杜甫诗真心为着人民的，然而人民听不懂他的话，屈原虽没有写人民的生活，诉人民的痛苦，然而实质的等于领导了一次人民革命，替人民报了一次仇"，所以，屈原是"中国历史上唯一有充分条件称为人民诗人的人"②。

且不说，指屈原及其创作为"革命"为"报仇"，是多么主观的想象力的驰骋，多么政治化的解读，指屈原以母国的失败证明自身的正确，又实在是多么扭曲而令人惊恐的推理。

越是紧迫的意识形态语境，对于传统的取舍，就越可能简单明确，越可能指向二元对立，指向相互取消，价值上指向一元，认知上失去回旋与宽容，甚至不再从容与淡定。

不仅对于屈原，对于庄子，对于整个历史的存留，同样如此。

1929 年刊发于《新月》上的《庄子》，"直可以说是对于庄子的最高的礼赞"③。闻一多说，魏晋时代，庄子"占据了那全时代的身心，他们的生活，思想，文艺，——整个文明的核心是庄子""从此以后，中国人的文化上永远留着庄子的烙印。……别的圣哲，我们也崇拜，但哪像对庄子那样倾倒、醉心、发狂?""古来谈哲学以老、庄并称，谈文学以庄、屈并称。南华的文辞是千真万真的文学，人人都承认。可是《庄子》的文学价值还不只在文辞上。实在连他的哲学都不像寻常那一种矜严的，竣刻的，料峭的一味皱眉头，绞脑子的东西；他的思想的本身便是一首绝妙的诗。"

---

① 郭沫若《开明版闻一多全集》序，《闻一多全集》卷 12，439 页。
② 郭沫若《开明版闻一多全集》序，《闻一多全集》卷 12，439 页。
③ 郭沫若《开明版闻一多全集》序，《闻一多全集》卷 12，437 页。

"庄子是一位哲学家，然而侵入了文学的圣域"，"他那婴儿哭着要捉月亮似的天真，那神秘的怅惘，圣睿的憧憬，无边无际的企慕，无涯岸的艳羡，便使他成为最真实的诗人。""'万物生于有，有生于无'，庄子仿佛说：那'无'处便是我们真正的故乡。他苦的是不能忘情于他的故乡。……纵使故乡是在时间以前，空间以外的一个缥缈极了的'无何有之乡'，谁能不追忆，不怅望？何况羁旅中的生活又是那般龌龊、偪仄、孤凄、烦闷？""庄子的著述，与其说是哲学，毋宁说是客中思家的哀呼；他运用思想，与其说是寻求真理，毋宁说是眺望故乡，咀嚼旧梦。他说：'卮言日出，和以天倪，因以曼衍，所以穷年。'一种客中百无聊赖的情绪完全流露了。他这思念故乡的病意，根本是一种浪漫的态度，诗的情趣。并且因为他钟情之处，'大有径庭，不近人情'，太超忽，太神秘，广大无边，几乎令人捉摸不住，所以浪漫的态度中又充满了不可逼视的庄严。是诗便少不了那一个哀艳的'情'字。《三百篇》是劳人思妇的情；屈、宋是仁人志士的情；庄子的情可难说了，只超人才载得住他那神圣的客愁。所以庄子是开辟以来最古怪最伟大的一个情种；若讲庄子是诗人，还不仅仅是泛泛的一个诗人。""向来一切伟大的文学和伟大的哲学是不分彼此的……并且文学史要和哲学不分彼此，才庄严，才伟大。哲学的起点便是文学的核心。只有浅薄的、庸琐的、渺小的文学，才专门注意花叶的美茂，而忘掉了那最原始、最宝贵的类似哲学的仁子。无论《庄子》的花叶已经够美茂的了；即令他没有发展到花叶，只他那简单的几颗仁子，给投在文学的园地上，便是莫大的贡献，无量的功德。"①

这是从文学，又超越了"文学"的高度，无以复加地肯定了《庄子》对于整个文明与文化的贡献和影响。

闻一多自然有一种现代的专业的文学视野，但是，在这里，可以看出，正像鲁迅一样，闻一多同样可以秉持着中国式的大文学观，包括大学

---

① 《闻一多全集》第9卷，7–10页。

术观，这也是他，包括鲁迅，最终不会以"文学"或者"学术"自了的根据。

甚至，他们的大文学观、大学术视野，也最终统一于某种"知行合一"、以践行统摄理想统摄认知的精神轨辙，很传统，也很现代。

关于"文辞"，关于文学的独立的形式要求，闻一多说："讲到文辞，本是庄子的余事，但也就够人赞叹不尽的。讲究辞令的风气，我们知道，春秋时早已发育了；战国时纵横家以及孟轲、荀卿、韩非、李斯等人的文章也够好了，但充其量只算是辞令的极致，一种纯熟的工具，工具的本身难得有独立的价值。庄子可不然，到他手里，辞令正式蜕化成文学了。他的文字不仅是表现思想的工具，似乎也是一种目的。""读《庄子》，本分不出那是思想的美，那是文字的美。那思想与文字，外型与本质的极端的调和，那种不可捉摸的浑圆的肌体，便是文章家的极致；只那一点，便足注定庄子在文学中的地位。""世界本无所谓真纯的思想，除了托身在文学里，思想别无存在的余地。""我讲自然现象中有一种无光的火，或无火的光，你肯信吗？""庄子是单枪匹马给文学开拓了一块新领土"。"讨论庄子的文学，真不好从那里讲起，头绪太多了，最紧要的例如他的谐趣，他的想象；而想象中，又有怪诞的，幽渺的，新奇的，秾丽的各种方向，有所谓'建设的想象'，有幻想；就谐趣讲，也有幽默，诙谐，讽刺，谑弄等等类别。这些其实都用得着专篇的文字来讨论。"在中国文学中，庄子的想象与谐趣，尤其是凤毛麟角的珍贵。"一部庄子几乎全是寓言"，"文中之支离疏，画中的达摩，是中国艺术里最特色的两个产品。正如达摩是画中有诗，文中也常有一种'清丑如图画，视之如古铜古玉'的人物，都代表中国艺术中极高古，极纯粹的境界；而文学中这种境界的开创者，则推庄子。……这种以丑为美的兴趣，多到庄子那程度，或许近于病态；可是谁知道，文学不根本便犯着那嫌疑呢！"①

闻一多通过庄子，不仅交代了他对于"文学"的主张，还表达了自己

---

① 《闻一多全集》第9卷，10-16页。

在精神上对于庄子的容纳。

郭沫若说，闻一多当年陶醉于庄子带来的多层次的愉快——思想的奇警，词句的曲达圆妙，思想和文字有机化合后的境界，乐不可支。

然而，1944 年，闻一多在《关于儒·道·土匪》中，则像郭沫若说的那样，"扬弃了庄子思想"①。郭沫若甚至提到，"庄子的思想在我们中国古代本是一种泛神论的思想。这种思想和印度的古代和希腊的古代某些形而上学家的想法是共通的，在反对神，反对宗教，反对建立在教权上的统治方式上，很有足以让人迷恋的地方，而加以庄子的古今独步的文笔，的确是陶醉了不少的人。我自己在年青的时候也就是极端崇拜庄子的一个人，就是晚年来反对庄子最力的鲁迅，他也很称赞庄子的文章，甚至于也沾染过庄子的思想。鲁迅自己说过：'就在思想上，也何尝不中些庄周和韩非的毒，时而很随便，时而很峻急。'（《写在坟的后面》）但鲁迅从庄子思想中蜕变了出来，闻一多也同样把庄子思想扬弃了"，闻一多说"一个儒家作了几任官，捞得肥肥的，然后撒开腿就跑，跑到一座别墅或山庄里，变成一个什么居士，便是道家了"。闻一多"斥墨家是土匪，儒家是偷儿，道家是骗子。他说'讲起穷凶极恶的程度来，土匪不如偷儿，偷儿不如骗子，那便是说墨不如儒，儒不如道'"。②

确实，按照郭沫若在 1947 年的描述，闻一多通过对庄子对屈原的重新认知和选择，由此从"绝端个人主义的玄学思想蜕变出来，确切地获得了人民意识。这人民意识的获得也就保证了《新月》诗人的闻一多成为了人民诗人的闻一多。假使屈原果真是'中国历史上唯一有充分条件称为人民诗人的人'，那么有了闻一多，有了闻一多的死，那'唯一'两个字可以取消了。屈原由于他的死，把楚国人民反抗的情绪提高到了爆炸的边沿，闻一多也由于他的死，把中国人民反抗的情绪提高到了爆炸的边

---

① 《开明版闻一多全集》序，《闻一多全集》卷 12，438 页。
② 《开明版闻一多全集》序，《闻一多全集》卷 12，438–439 页。

沿"①。

在这里，郭沫若高调地指认闻一多是人民诗人，其现实动机不言而喻，而闻一多曾经指认屈原是人民诗人，其某种基于现实的批判动机同样不难想见。

因为现实政治的压倒性的主题，让知识者的全部努力指向工具主义的方向，朝着功利主义的目标倾斜。如此，对于"传统"的认知与判断趋于简单化，对于自己的过去与前身的否定，对于知识分子身份的否定，对于昆明曾经作为"一个特别充满了伪善和臭美的顽固知识分子的城"、一个以"什么学府自夸的城"的否定与批判②，便是势所必至，即使理未必当然。进步主义最终成为一种草率粗暴的功利主义——眼前的需要决定一切。

丰富的历史及其传统，在绝对的非此即彼的取舍中，不能不成为空虚的和累赘的，成为"反面教材"，作为反面教材甚至是它存在的唯一价值所在，而文艺的全部目标，也就取决于它对时代政治主题的应答。

自然，所谓时代的精神、时代的方向、时代的主潮，难免暗含了一种类似进化论的进步主义的历史观，对于审美及其精神的创造而言，虽然不能说是子虚乌有的，但有时候不免会充斥着功利主义的意味。

事实上，从精神发生尤其是审美发生的角度看，所谓时代的主潮与方向，并不一定等同于精神的主潮与方向，尤其不等于文艺的主潮和方向。某些时候，它们甚至存在着某种对立冲突，艺术正是那种被时代、被主潮所压抑所阻碍的精神的产物，是人性面对时代潮流的回环往复与无法背离自我的孤独守护，而不一定是顺流而下的时代应声与应答。

或者，如果只剩下这种应声与应答，它们大体上就是非文艺甚至反文艺的。

---

① 《开明版闻一多全集》序，《闻一多全集》卷12，439-440页。
② 《"新中国"给昆明一个耳光吧!》//《闻一多全集》卷2，235页。

（六）诗人与政治，艺术家与人民

1926 年，闻一多在《戏剧的歧途》中说："近代戏剧是碰巧走到中国来的。他们介绍了一位社会改造家——易卜生。碰巧易卜生曾经用写剧本的方法宣传过思想，于是要易卜生来，就不能不请他的'问题戏'。""第一次认识戏剧既是从思想方面认识的，而第一次的印象又永远是威权的，所以这先入为主的'思想'便在我们脑筋里，成了戏剧的灵魂。从此我们仿佛说思想是戏剧的第一个条件。""现在我们许知道便是易卜生的戏剧，除了改造社会，也还有一种更纯洁的——艺术的价值。但是等到我们觉悟的时候，从前的错误已经长了根，要移动它，已经有些吃力了。从前没有专诚敦请过戏剧，现在得到了两种教训。第一，这几年来我们在剧本上所得的收成，差不多都是些稗子，缺少动作，缺少结构，缺少戏剧性，充其量不过是些能读不能演的 closet drama 罢了。第二，因为把思想当作剧本，又把剧本当作戏剧，所以纵然有了能演的剧本，也不知道怎样在舞台上表现了。"

然而，"艺术最高的目的，是要达到'纯形' pureform 的境地"，"什么道德问题，哲学问题，社会问题……问题粘的愈多，纯形的艺术愈少。""文学，特别是戏剧文学之容易招惹哲理和教训一类的东西，如同腥膻的东西之招惹蚂蚁一样，你简直没有办法。""为思想写戏，戏当然没有，思想也表现不出。""不错，在我们现在这社会里，处处都是问题，处处都等待这易卜生，萧伯纳的笔尖来给它一种猛烈的戟刺"，可是，"批评生活的方法多着了，何必限定是问题戏？莎士比亚没有写过问题戏，古今有谁批评生活比他更批评得透彻的？辛格批评生活的本领也不差罢？但是他何尝写过问题戏？""我们该反对的不是戏里含着什么问题；若是因为有一个问题，便可以随便写戏，那就把戏看得太不值钱了。我们要的是戏，不拘是哪一种的戏。若是仅仅把屈原，聂政，卓文君，许多的古人拉起来，叫他们讲了一大堆社会主义，德谟克拉西，或是妇女解放问题，就可以叫做戏，甚至于叫作诗剧，老实说，这种戏，我们宁可不要。"①

在这里，闻一多对于戏剧之为戏剧的自性与个性，有足够充分的意识和讲求，所谓从引进易卜生延伸过来的"问题戏"，如果只讲问题而不成其为艺术，他宁可不要。

差不多 20 年后，1945 年，闻一多激赏"新中国剧社"在昆明的演出——"简直是一篇传奇故事，一个神迹"，与当年对于戏剧"纯形"的要求，完全改弦易辙。

他说："话剧是知识分子刚从海外输入的一种艺术形式，它是知识分子一手包办的，也是纯粹为着知识分子的兴趣的，所以在艺术上，它固然有着一些知识分子的进步性，同时在题材和观点上，也就不可避免的包含了知识分子的偏狭，软弱，虚伪等等缺点，而在脱离了人民的现实生活这一偏狭性上，尤其使它对于广大的人民永远是陌生的，因此也就永远限制了它自身的发展。所以关于目前话剧运动的麻痹状态，问题的症结，倒不在它的形式，而是在它的内容。写实主义的作风，应该只有更能吸引人民观众的，决不会排斥他们。只有完全脱离了人民现实生活的题材与观点，才是话剧的致命伤。脱离了人民，知识分子不能挽救中国戏剧前途的危机，正如他们不能挽救中国政治前途的危机一样。"②

闻一多认为，"新中国剧社，是我所知道的大后方第一个能把握人民现实生活的话剧团体。在这意义上，它不但指示了中国戏剧工作的新道路，而更要紧的是表现了中国知识分子的新觉悟。因此也就真能名副其实的象征了'新中国'。"③

在这里，不再有对于艺术最高的目的"纯形"的讲究，"问题"和"主义"成了戏剧的全部，"把握人民现实生活"不仅成为戏剧的根本主题，

---

① 《戏剧的歧途》//《闻一多全集》卷 2，147-150 页。

② 《"新中国"给昆明一个耳光吧!》//《闻一多全集》卷 2，234-235 页。

③ 《"新中国"给昆明一个耳光吧!》//《闻一多全集》卷 2，234-235 页。

也是知识分子可以自我脱变的重要契机，"只要认识人民，每一个知识分子，都是一个可能的天才和英雄。""得给他们当胸一拳，再找上两个耳光，这些伪善和臭美的先生们，这些知识分子们，他们自己也该受点教育。告诉他们，该醒醒了，这是'人民的世纪'啊！"①

事实上，在 20 世纪 30 年代初所作《〈烙印〉序》中，闻一多就强调了艺术对于生活的响应，强调"作一首寻常所谓好诗，不是最难的事。但是，做一首有意义的，在生活上有意义的诗，却是大不同"。正是在这个意义上，他肯定臧克家的诗"没有一首不具有一种极顶真的生活的意义"②，以致拟之为孟郊。他说："作'新乐府'的白居易，虽嚷嚷得很响，但究竟还是那位香山居士的闲情逸致的冗力（surplus energy）的一种舒泄，所以他的嚷嚷实际只等于猫儿哭耗子。孟郊并没有作过成套的'新乐府'，他如果哭，还是为他自身的穷愁而哭的次数多，然而他的态度，沉着而有锋棱，却最合于一个伟大的理想的条件。除了时代背景所产生的必然的差别不算，我拿孟郊来比克家，再适合不过了。"

他由此说到所谓"好诗"问题，说到苏轼对于孟郊的"诋毁"，他说，站在苏轼的立场，孟郊当然不顺眼，苏轼可以不把孟郊的诗看作是诗，自己的才是，他们是对立的，甚至是不两立的，"那么，苏轼可以拿他的标准抹杀孟郊，我们何尝不可以拿孟郊的标准否认苏轼呢？即令苏轼和苏轼的传统有优先权占用'诗'字，好了，让苏轼去他的，带着他的诗去！我们不要诗了。我们只要生活，生活磨出来的力，像孟郊所给我们的。是'空螯'也好，是'蛰吻涩齿'或'如嚼木瓜，齿缺舌敝，不知味之所在'也好，我们还是要吃，因为那才可以磨炼我们的力。哪怕是毒药，我们更该吃，只要它能增加我们的抵抗力。至于苏轼的风姿，苏轼的天才，如果有人不明白那都是笑话，是罪孽，早晚他自然明白了。早晚诗也会'扪一

① 《"新中国"给昆明一个耳光吧！》//《闻一多全集》卷 2，234-235 页。
② 《闻一多全集》卷 2，174 页。

下脸，来一个奇怪的变'！一千年前孟郊已经给诗人们留下了预言。"①

关于苏轼、孟郊的分辨，不只是关于审美趣味的取舍，而且是立场、价值观的认同，在特定的价值立场上，苏轼的审美——他的风姿、他的天才，成了"罪孽"，成了"笑话"，成了无助于"增加我们的抵抗力"的奢侈。这与王船山对于杜甫、对于苏轼的批评，几乎如出一辙，看上去真是匪夷所思。

在这样的前提下，审美其实是可以取消的，因为它可能无补于现实生活的参与，无助于具体的历史进程。

由此出发，很容易上升到某种以阶级为枢轴、阶级性大于普遍性的美学立场，以至完全进入到现实政治的轨道，以现实的需要为依归。面对历史，不仅艺术是空虚无力的，从事艺术的人生同样是空虚无力的，这正是艺术与审美以至艺术家最终自我取消的逻辑依据。

闻一多曾经谈到辛亥革命时代的文艺与五四时代的文艺的不同，他说："辛亥革命是士大夫领导的，他们的群众是士大夫，因此，表现文艺的形式的还是士大夫所用滥了的古文，五四时代则不然，五四运动是一个群众运动，虽然并不广泛也不深入，但是，因为它接近群众，因此，在文艺表现的方式，多少有一些群众性。""中国新文艺运动应该随着中国社会发展而发展，或者说，中国新文艺应该彻底尽到它反应现实的任务，目前我们需要崭新的文艺形式和内容，我们要让文艺回到群众那里去，去为他们服务。目前我们要求'民主'下乡，进工厂，我们的文艺也要这样。""中国新文艺发展的事业与民主事业同样艰巨，我们需要加倍努力，我们相信，只有广大的群众是主人，群众的利益定会战胜少数人的特权的。"②

他还强调，"新文学同时是新文化运动，新思想运动，新政治运动，

---

① 《〈烙印〉序》//《闻一多全集》卷 2，175-176 页。
② 《五四与中国新文艺》//《闻一多全集》卷 2，230-231 页。

新文学之所以新就是因为它是与思想、政治不分的，假使脱节了就不是新的。文学的新旧不是甚么文言白话之分。""从五四到现在，因为小说是最合乎民主的，所以小说的成绩最好，而成绩最坏的是诗。这是因为旧文学中最好的是诗，而现在做诗的人渐渐地有意无意地复古了……做新诗的人往往被旧诗蒙蔽了渐渐走向象牙塔。"①

在激烈的时代语境中，当闻一多不再以独立的个人身份和自由的审美意识，而是以某种有着越来越明确的政治归属的集体身份与公共意识看待文学艺术时，作为意识形态的工具性诉求，便轻易地成了文艺的最高价值与最高目标所在。这也正是王船山、曾国藩在"道""文"之间的取舍的秘密，他们同样以高出个人身份的整体身份看待艺术，以至最终以取消艺术的个人性、私人性作为"道""文"兼济的方向。

这种过渡，当然是隐含着一种神圣的功利主义——家国成败，民族兴亡，同时也隐含着知识者身份的演变。

这与知识者在历史变革中对于自身身份的认知与认同紧密相关。

在某种意义上，知识者一旦获得那种置身于群体阵营中的归属感和身份感，获得那种参与大时代大集体历史书写的自我意识与自我许可时，他对于文学艺术的要求就很难不与政治领袖的要求接轨，甚至如出一辙，如闻一多在《五四与中国新文艺》中所说的"现在是群众的时代，让文艺回到群众里去"②。

因为，此时此刻，他其实已经逐渐放弃了作为个体的自我并且以此为荣，以这种自我放弃作为自我新生自我成全的必由之路，由此出发，获得更巨大的成就感和幸福感，在特殊的情况下，不惜作为时代的牺牲，作为民族全体进步的代价，在"少年时代"曾经有过的烈士意识与"成功成仁"的士人大激情，也由此获得了更高意义的释放。

---

① 《新文艺和文学遗产》//《闻一多全集》卷 2，216 页。
② 《闻一多全集》卷 2，230-231 页。

　　中国现代知识者对于自我身份的否定与厌弃，以及某种意义上的自我批判意识，学者往往认为是知识分子基于出身的"负罪感"而产生的反应，实际情况显然要复杂得多。

　　在一个强力的行动的时代，知识者的理性与犹疑，包括他们对于生命的沉思与诘难，对于存在的荒谬感与虚无感的体验，常常暗示出某种无力、颓唐与黯淡，他们有时会觉得，自己就是如尼采所说的那种没有激情和允诺，没有梦想也不敢去冒险的可悲的"末人"，不仅不能拯救世界，甚至不足以拯救自我。

　　当否定性的力量过于旺盛时，知识者的犹疑、理性、游移不定，不仅显得无谓、多余，而且显得自私、卑怯、犬儒，由此唤起的普遍的精神运动，对知识者而言，往往充满自我批判自我清算自我剥夺的严肃意味，简单、粗暴、激烈、极端成为首选的美学趣味，也成为首选的思维方式与人格标本，对立的非此即彼的互相取消的逻辑，成为必定无疑的逻辑。

　　每一个人都希望渺小的自我可以从历史中站立起来，可以放下"个人"而赢得时代，赢得"大我"，赢得整体性的社会身份——家国民族历史的身份，"延续生命、扩大生命"（沈从文1961年致汪曾祺信）到更广大的阵营与更崇高的使命中，却常常因此斲丧了"自己""自我"，尤其对于那些于生命的有限与空虚，多少具有自省力和茫然感，对于"琐碎懒惰敷衍虚伪的衣冠社会"（沈从文语）充满厌恶之情，不喜"唯实唯利人生观"而无法自外于时代潮流的墨客文人。对于他们来说，如果不是一度夸张地以为文学可以参与拯救世界而因此试图通过文学去应答政治主题的话，便是极端虚无主义地看待自己曾经从事过的纸上事业，看待自己为此全力以赴的前身，以至自悔前尘，掉头不顾，"以为世界上除了'政治'，再无别的事情。对历史社会的发展，既缺少较深刻的认识，对于个人生命的意义，也缺少较深刻的理解。"（沈从文《长河》题记）与沈从文说的相反，投身政治运动者，一定以为自己掌握了历史社会的最高真理，也自以为参透了人生的究竟，以自身对于现实政治的介入作为成就自我、逃离虚无的唯一方便之门。

此时，知识者除了参与了时代重大使命的幸福感与满足感之外，更有一种空前的自我疗伤与救赎苍生的神圣。

1944 年，西南联大的文艺青年组织"新诗社"，闻一多予以指点，他谈到，如果诗人的感受只是个人的休戚，如果他的情感只是无病呻吟，由此作诗，就是糟踏自己，欺骗别人，浪费光阴，这与他早年对于"第二流情感"的辨析是一致的，他否定了自己曾经说过的"诗是不负责任的宣传"，以为"简直是胡说！只有饱食终日无所事事的人，才有这样的闲情！"他也否定了从前的"新月派"，说它的所谓新，其实是腐朽透了。而"新诗社"应该是全新的，"不仅要写形式上是新的诗，更要写内容也是新的诗。不仅要做新诗，更要做新的诗人。"他为"新诗社"刻章，边款上以"新诗社"正在做到兴观群怨里的"群"而觉得值得庆幸。

在 10 月份的一次朗诵会上，闻一多讲话，肯定诗成功的主要条件是要和大众生活接近，要把这种生活当作一种宗教，写诗的材料就在眼前的生活里，要用宗教般的虔诚去信奉这样的思想，而"谈到生活，我们人人都在生活，但哪一种生活才是真正的、健全的？只有多数的、集体的生活才是健全的、真正的生活。我们少数的读书人生活都是有毛病的，是不够的。生活应该要有思想作根据，对一切问题有深切的了解和认识，然后再确信它，以宗教般的热情去信仰。这样思想和生活打成一片，就有好诗出来了。"①

据说，"新诗社"的纲领就是根据闻一多的意思拟定的："一，我们把诗当作生命，不是玩物；当作工作，不是享受；当作献礼，不是商品。二，我们反对一切颓废的晦涩的自私的诗，追求健康的爽朗的集体的诗。三，我们认为生活的道路就是创作的道路，民主的前途，就是诗的前途。

---

① 《闻一多传》，219-220 页。

四，我们之间是坦白的直率的团结的友爱的。"①

"诗"与"人"与"政治"（"民主"），在这里结盟成为一个整体。

自然、政治，甚至包括某种政党的理想与抱负，对于艺术而言，也许并不单纯是一种压抑性的力量，在特殊的历史语境中，它也可以带来某种审美的扩张与解放，构成某种肯定性的力量，特别是当这种政治包含着对于个体生命的尊重，包含着巨大的历史正当性、合法性、必然性的时候。

历史，特别是自己亲自参与并且推动了它前进的历史，成为最高意义的诗。

而在意味着"民族历史的大拐弯"的非常年代，需要有非常的美学趣味，一种"抵抗美学"，一种"战争美学"。因为战争的强力，艺术需要有着与战争对称的品格：整肃、庄严、雄壮、刚毅、粗暴、原始、野蛮、深沉。而一切"靡靡之音"，乃至一切和平年代行之有效的传统，都失去了它们的有效性和合理性而显得苍白虚弱。

这是一种美学的自然让渡，有着无可置疑不容分说的意味。

由此反思诗歌史，闻一多几乎只认可屈原、嵇康、杜甫、白居易几位诗人喊出了时代人民的声音，其他知名的诗人，都是统治者的工具和装饰。② 他甚至已经不耐心大学中文系只培养"乾嘉遗老"式的和"西风东渐"式的学者，希望有所改进，走一条崭新的道路，他完全反对作旧诗，说"在今天抗战时期，谁还热心提倡写旧诗，他就是准备做汉奸！汪精卫、黄秋岳、郑孝胥，哪个不是写旧诗的赫赫名家！"③

在同时（1943 年）给臧克家的信中，闻一多说"你们做诗的人老是这样窄狭，一口咬定世上除了诗什么也不存在。有比历史更伟大的诗吗？

---

① 《闻一多传》，216 页。
② 《闻一多传》，210 页。
③ 《闻一多传》，177-178 页。

我不能想象一个人在历史(现代也在内，因为它是历史的延长)里看(不)出诗来，而还能懂诗。……近年来我在联大的圈子里声音喊得很大，慢慢我要向圈子外喊去，因为经过十余年故纸堆中的生活，我有了把握，看清了我们这个民族，这文化的病症，我敢于开方了。方单的形式是什么——一部文学史(诗的史)，或一首诗(史的诗)，我不知道，也许什么也不是。最终的单方能否形成，还要靠环境允许否(想象四千元一担的米价和八口之家!)，但我相信我的步骤没有错。你想不到我比任何人还恨那故纸堆，正因恨它，更不能不弄个明白。你诬枉了我，当我是一个蠹虫，不晓得我是杀蠹的芸香……我只觉得自己是座没有爆发的火山，火烧得我痛，却始终没有能力(就是技巧)炸开那禁锢我的地壳，放射出光和热来。只有少数跟我很久的朋友(如梦家)才知道我有火，并且就在《死水》里感觉出我的火来。说郭沫若有火，而不说我有火，不说戴望舒、卞之琳是技巧专家而说我是，这样的颠倒黑白……""我始终没有忘记除了我们的今天外，还有那两三千年的昨天，除了我们这个角落外还有整个世界。我们的历史课题甚至延伸到历史以前，所以我研究了神话，我的文化课题超出了文化圈外，所以我又在研究以原始社会为对象的文化人类学。""我是在新诗之中，又在新诗之外"①。

"新诗之中"的身份，是一个艺术家、一个学者的身份，"新诗之外"的身份，不仅是他有资格作为新诗选家，而且他也有资格参与历史，参与现实的改造，他所谓"史的诗"，正是他以自身的作为参与历史、进入历史的一个隐喻，一个知识者放弃自我走向"大我"的世纪隐喻。

闻一多最终用生命写就了一首悲壮的"行为主义"之诗，这甚至是那个时代众多知识者对于国家未来的共同的献身，对于民族历史的共同的献祭。

如此，为现实生存计，"风雅"不能不沦落为一种奢侈的"罪孽"。

---

① 《闻一多全集》卷12，380-382页。

在《画展》中，闻一多说："在我们的记忆中，抗战与风雅似乎始终是不可分离的，而抗战愈久，雅兴愈高，更是鲜明的事实。"因为不能正视"一个腐烂的，臭恶的现实，所以你就不能不闭上眼睛掩着鼻子，赶紧逃过，逃的愈远愈好，逃到'云烟满纸'的丘壑里，逃到'气韵生动'的仕女前……逃得愈远，心境愈有安顿，也愈可以放心大胆让双手去制造血腥的事实……原来某一类说不得的事实和画展是互为因果的，血腥与风雅是一而二，二而一罢了。""艺术无论在抗战或建国的立场下，都是我们应该提倡的，这点道理并不只你风雅人士们才懂得。但艺术也要看哪一种，正如思想和文学一样，它也有封建的与现代的，或复古的与前进的（其实也就是非人道的与人道的）之别。你若有良心，有魄力，并且不缺乏那技术，请站出来，学学人家的画家，也去当个随军记者，收拾点电网边和战壕里的'烟云'回来，或就在任何后方，把那'行尸'的行列速写下来，给我们认识认识点现实也好，起码你也应该在随便一个题材里多给我们一点现代的感觉，八大山人，四王，吴恽，费晓楼，改七芗，乃至吴昌硕，齐白石那一套，纵然有他们的历史价值，在珂罗板片中也够逼真的了，用的着你们那笨拙的复制吗？在这复古气焰高张的年代，自然正是你们扬眉吐气的时机。但是小心不要做了破坏民族战斗意志的奸细，和危害国家现代化的帮凶！记着我的话，最后裁判的日子必然来到，那时你们的风雅就是你们的罪状！"①

在1939年所作《宣传与艺术》中，闻一多曾强调，文艺工作不仅是抗战工作，同时也是"建国工作"，是在"物质建国"同时的"精神建国"，文艺家的努力，正是要"奠定建国大业中艺术生活，精神生活的基础"。②

在存亡生死的背景下，在作为共同体成员的集体意志中，一切身份与动机都变得单一，一切选择都变得简单而且绝对，由此，便不难理解，

① 《闻一多全集》卷2，202-204页。
② 《闻一多全集》卷2，192页。

闻一多说的，"要把文学和政治打成一片"①，而"我们理想的本身，就是一首诗"。"一个文艺家应该同时是一个中国人，这是对的；就现在的情形看来，恐怕做一个中国人比做一个文艺家更重要。""政治工作较文艺写作更难。""没有民主运动的实践，一定创造不出民主主义的作品。""目前还有许多有知识有成就的文艺家，本身还站在民主运动之外，他们的生活与写作甚至有了反民主的倾向。对于这些人，大家主张，除了加强劝导之外，还要加强理论上的批评。这点我是赞同的。我还主张，应该无情地打击。""在大变革的时期，一定需要大牺牲，不能顾忌太多"。②"现在是群众的时代，让文艺回到群众中去"，"我们为什么要朗诵诗？文学必然有功利性，诗必然是政治的工具，人类无法脱离团体的社会生活，也就离不开政治，而政治乃是诗的灵魂。"③

如此，关于文学艺术的理论，就不再停留在思辨状态，而转换成为关于文艺的政策与指导，成为一种需要付诸现实的行动指南，艺术的思想与政治的思想，艺术家的身份与人民的身份，也就合二为一。

这样的结果，与闻一多曾经预言和期待过的关于"个人""自我"的出处以及"社会"的一元化一体化，正相吻合。他说："诗人从个人的圈子走出来，从小我而走向大我。""我以为不久的将来，我们的社会一定会发展成为 Society of Individual，Individual for Society（社会属于个人，个人为了社会）的"④。

毫无疑问，闻一多努力的方向，正是不止一代知识者曾经全力以赴的方向，闻一多所要达成的诉求，正是这个时代的政治家在作宗教家式的整体精神动员时所寤寐求之的。闻一多对于郭沫若《女神》的时代精神的欢呼，就不止是指向诗歌，更多指向时代、民族、国家。他所说的最伟

---

① 《闻一多传》，220-223 页。
② 《论文艺的民主问题》//《闻一多全集》卷 2，225-226 页。
③ 《闻一多传》，292 页。
④ 《诗与批评》//《闻一多全集》卷 2。

大的诗，就是行动的大诗，就是民族国家人民的整体动员，整体的精神运动，直到他本人以身殉之。因此，新诗、新文学、新艺术的理论解释，必须把民族精神整体动员的目标联系起来，当诗与历史因为共同的情感的血液而走向一致，当诗的旨趣与诗人的使命上升到民族国家人类的解放时，诗人和理论家所指望的就不再是新诗的建构，而是自我的建构、民族国家的建构，不再是诗的境界，而是生命的境界、道德政治的境界。这是新诗、新文学、新艺术的最深的动力和动机。这或许不只是新诗的个性，也是整个汉语诗歌的个性，整个汉语世界文学艺术的个性。

在这里，甚至不再有诗人艺术家，也不再需要有诗人艺术家的独立身份与性格，文艺衍变成为整体社会运动的一个声部或章节，成为一种政治性的意识形态，这同时构成了闻一多作为"一个世纪的隐喻"的复杂内涵，也构成了他的诗学对于整体主义传统的主动呼应和潜在应答。

附录一

汉字思维与诗性智慧^①

汉字基本定型近三千年，遭遇前所未有的窘迫，也逾一个世纪。一个多世纪以来，汉字汉语在与时代的应对中，变故频仍，是非丛生。方向相反、取舍对立的疑问和诘难，常常以同样恳切的面貌出现，同样具有感染力，令人不知所措，这种局面至今仍未终结。

（一）启蒙思想者的两难

近代以降，"先知先觉者"逐渐体会到，晚清中国的败落，不只体现在器物层面，或者只是纯粹器物层面的因素造成的，而包括其他一些因素，譬如体制、文化、教育。语言，特别是被德里达称为"一个在一切逻各斯中心主义之外的伟大的发明"的汉字，也不能辞其"咎"。

对汉字的指责主要集中在两个方面，其一，汉字所负载的文明与文

---

① "诗性智慧"是朱光潜所译维柯《新科学》中的一个术语，指古代"原始的异教民族，由于一种已经证实过的本性上的必然，都是些用诗性文字来说话的人"，他们的思维具有"诗的本性"（维柯. 新科学［M］. 朱光潜，译. 北京：人民文学出版社，1987：32）。本篇曾以《论汉字所表征的思维方式及其"诗性智慧"——兼论汉语的现代转型》为题，刊于《诗探索》2003年第1－2辑（总49－50辑）（天津：天津社会科学院出版社，2003），此处文字有更动。

化在近代"一败涂地",由它构建的古代汉语,与严密的逻辑和语法,与精确的认知、判断与表达,与科学理性及实证精神,似乎难以兼容,而后者胎生了西方现代文明。其二,作为"工具","文"(文言和文言文)不称"言"(现实中使用的语言),"文""言"之间的分离,造成社会生活中严重的分裂乖违,其中文学就是一个显例,胡适说"死文字定不能产生活文学"①。

汉字的繁缛琐碎、任性随意、虚与委蛇,无益普及,妨碍启蒙。黄遵宪"我手写我口"的说法,未尝不是指望语文的表达不再"口是心非";蔡元培很早就意识到"凡人类之进化,系于思想,而思想之进步,系乎语言"②;王国维认为"新思想之输入即新言语输入"③。谭嗣同《仁学》要"尽改象形字为谐声";钱玄同在《汉字革命》中说:"汉字的罪恶"是"难识、难定、妨碍教育的普及、知识的传播";陈独秀以为,中国文字不仅难载新事新理,而且是腐毒思想之巢窟,废除它并不可惜。

一些并非没有见识的人在 20 世纪对于汉字的激烈态度(不论是义无反顾的公然"决绝",还是偶尔出言愤激),也许不是"时代"躁动失据之类单一的原因可以诠释清楚的。汉字汉语及其所承载的文化,在强势的西方文明的挤压下,必须成长出新的元素与生命力,重新协调自己与世界的关系,在一个更广大的版图中获得新的定位,这是它最大限度地保存自身并且保有自身特殊性的唯一出路。

这一点,可以说不言自明。

但是,那种有些绝情的自我批判与自我否定,虽然难免带有工具论眼光与功利主义色彩,却又常常是某种肯定性愿望的曲折投射。因此,与改造、取缔的愿望和努力相对,对汉字的认同,无论有意还是无意,无论是以专业的学术面貌出现,还是视之为探询民族文化深层肌理的径路,

① 胡适. 尝试集:自序[M]. 北京:人民文学出版社,1998:150.
② 蔡元培. 学堂教科论[M]//蔡元培全集:第1卷. 杭州:浙江教育出版社,1997.
③ 王国维. 论新学语之输入[M]//王国维学术文化随笔. 北京:中国青年出版社,1996.

或者仅仅止于含茹把玩，以之滋养感觉、协调精神、愉悦心性，在 20 世纪并没有停止过，只是处于较为冷僻边缘的状态。而且，那种缘于情感的接纳和基于价值的认同，既内在又深沉。

率先感染了近代忧患与热情的龚定庵及同道，祖乾嘉学术之源，于考据、文字之学多所讲究与发明，不无"守先待后"的意思。但在他们所置身的语境中，所谓"小学"依然称得上学术主流，汉语的"合法性危机"也还没有发生。至王国维、章太炎、鲁迅以及郭沫若、林语堂、闻一多、钱锺书辈，则时移世易，有关民族、国家、文化的感觉，大不同于往昔。而他们对"语文"的究心（不排除他们在某一种意义和情境中对汉字汉语的"痛心"的批判与否定），显示出一种超越了所谓科学理性和时代激情的殷勤与眷恋。

这不可能仅仅是乾嘉学风的传承和近代甲骨文面世带来的史学热情就能导致的局面，而有更深层的动机。

返本开元，文字之学，包括对文字的非学理性、非学术性关注，往往是精骛八极、学究天人的大师们有意无意的选择。在中西交会、文明冲突之际，语言不仅是沟通之具，更指代一种文化的力量和价值，标志着一个广大的族群的性灵与情感。

基于此，所谓"文化托命"之人（包括主张"别立新宗"，曾经说过"如果不想大家来给旧文字做牺牲，就得牺牲掉旧文字"①的鲁迅）对于汉字汉语（以及与汉字有关的碑帖、书法、篆刻、诗词、金石等）的留情，就多少有一点宿命的意味。何况，母语的召唤如同家园的召唤，只有在母语中才能体会到那种如归的放任、自由，那种类似少年的梦想、激情与忧乐。

这是无法转译，也无法由它者来赋予和满足的。

可以想见，那些在爱憎两难的文化身份与境遇中的启蒙思想者，如

---

① 鲁迅. 中国语文的新生[M]//鲁迅全集：卷6. 北京：人民文学出版社，1981：114.

何落寞而尴尬地面对汉字，摩挲它，诠释它，批判它，同时从中体会到温暖和安宁。正是这种摩挲、诠释和批判，能让我们今天更清楚地看到它的"文弱"与"短缺"，同时感受到它的魅力与活力———即使它最终也许依然不得不消泯在某一种文明的"大同"中。

文化演绎的逻辑有时难免是"铁血"的逻辑，这甚至不是你有没有自我改善的动机和融入的愿望所能决定的。

这自然是题外话了。

（二）汉字所表征的思维方式

饶宗颐在《汉字树》中非常审慎地辨析了汉语"语、文分离"，没有走上字母化、拼音化道路的原因，他说："中国人习惯施行以文字控制语言的政策，而让'语、文分离'——即所谓'书同文'，使文字不随语言而变化；字母完全记音，汉字只是部分记音，文字不作言语化，反而结合书画艺术与文学上的形文、声文的高度美化，造成汉字这一大树，枝叶俊茂，风华独绝，文字、文学、艺术（书法）三者的连锁关系，构成汉文化最大特色引人入胜的魅力。"①

按照饶氏的推断，"语、文分离"是汉字保持长期稳定并且最终没有字母化的一个至关重要的因素。但他并未断言，这是唯一的或直接的因素。而且，原因后面有原因，动力之后有动力，接下来需要回答的是为什么汉语出现了"语、文分离"而不是所有的语言都出现此种情形。

类似的发问可以自我循环地持续到悖谬状态，而难见分晓，正像一百多年来关于中国近代命运的文化反省一样。

---

① 饶宗颐. 引言[M]//汉字树. 上海：上海人民出版社，2000. 许思园在《中国文化之背景》中也谈道："中国文字源于象形、会意，不采用字母，无语尾变化，古今字音多不同，各地方言不可胜计，然而同一文字古今八方通用，助成政治上与教化上之统一，凝聚民族之功极大。"见《中西文化回眸》54-55 页（上海：华东师范大学出版社，1997）。

其实，对我们来说，关于某种历史真相的叩问，除了满足好古的癖性外，需要的可能仅仅是一种自我澄清，特别是在无法回避的比较立场上，我们渴望知道的是，我们已经拥有什么，可能和应该生长出什么。

关于汉字汉语的沉思也是如此。

大体上，我们已经摆脱了情绪性的好恶引起的臧否，也多少改善了以为语言文字可以像衣服一样更换的工具论认识和态度，并且取得了一些共识：譬如说，没有演化为纯粹声音符号的汉字，未脱"象形会意"的特征，能直观而并不长于抽象，字本身以及字与字之间能灵活组构（并置、通假、替换）而欠缺逻辑的严谨与意义的缜密，等等。画家石虎曾提出"字思维"之说，认为汉字是一个大于认知的世界，是人类直觉思维图式成果无比博大的法典。每一个汉字都具有观照自然、与万象合一的性质。汉字不听命语法，它甚至可以自由并置成辞。汉字字象的思维意义是绝对的。①

石虎的说法，在诗歌理论界获得了反应，除了当代汉语诗歌创作的"语言"困境激发了诗人、评论家的理论热情外，"字思维"作为一个具有启发性的思考的概念，确实有着直击汉语本质的概括力，为汉语、汉语写作与汉语文化的反思提供了一个具有涵盖性的命题。

在某种意义上，所谓汉语思维，其特质就是"字思维"。

但是，汉字所表征的思维方式，又绝对不止于"字象的思维"（包括《论字思维》中的另一个概念"两象思维"），"直觉思维图式"也无法描述与揭示汉字思维特性的全部内涵。

汉字所表征的思维方式或形态，至少包括三种或者说三个层面：不离具象的直觉思维、内含隐喻的比类思维、解构的自反思维。这三种思维方式或形态（显然，有时候仅仅表现为某种程度的思维取向）的含义以及它们对于主体性构建的影响，正是汉语及汉文化自省的最重要的主题。

---

① 石虎. 论字思维［M］//诗探索（1996 年第 2 辑）. 北京：中国社会科学出版社，1996.

说到底，语言、思维方式以及主体性是可以做循环的互动诠释的，而语言所表征的思维方式和相应的主体性，从根本上决定了我们的心智与行止。

1. 不离具象的直觉思维

讨论汉字，少有不言及它的"象形会意"特征的，而且往往由此去推断探究它的诗性品质。反对者虽然也可以找出汉字表声的迹象，找出汉字的非"象形会意"的符号性，但终究无法否认，汉字的基本构成或者说基本构成要素就是一种广义的对于大千世界的充满象征意味的摹写。

饶宗颐说："汉字源于图画，始终一脉相承，没有间断；文字主要还是表意，辅以声符表音，尽管后来字形有繁减多样化的演变，仅是形貌上的小差异，本质毫无改易，绝对不是质变。"①

不论是画"物"表"意"，还是状难以名状的神鬼，多通过"象"（包括想象），然后诉诸"言"。在言、象、意之间，"象"是中介，离开"象"的"言"是空虚的，离开"象"，"意"无所寄托，"象"大于"言"，甚至也大于"意"，因为"言"是对于"象"的非常有局限性的仿真，而"意"毕竟属于主观（即使是天地自然之意也有赖于心灵的体会），只有"象"是无边无界的，以至"大象无形"，"至大无外，至小无内"，不可拟议。

汉字容留了"象"的开放性，相应的，"意"的世界便获得了一种表达的无限性，所谓直觉思维的说法，也由此生发出来。因为"象"的刺激而使直觉敏锐，然后直觉"完形"（gestalt）成为一种具有把握力的思维方式。"象"在字的构造中、在对"意"的体贴中的功能和地位，便越发不可解除。

自然，这也构成了汉语走向抽象化、符号化的阻因之一。石虎《论字思维》说："汉字乃是与万物相平行之实体，且与人心性存在相平行，字

---

① 《汉字树》，182页。

象与心同在，与天地万物同在。"这种表述本身带有直觉感悟性质，但并非毫无指对的子虚之辞。

在一定意义上，汉字确实显示出了完整地包裹人心物性、天文地理的企图和迹象。

在古代文献中，有大量关于文字创生、人文创生及其功能的"神秘主义"描述，难免蒙昧，却同样可以帮助我们理解汉字借"象"显"意"所凸现的直觉思维特征。《易经》《说文》都以对于天文地理人事的仰观俯察为己任，以对天上地下、方内方外的条理与覆盖为经纬，通过直观体认的方式建"象"立"言"，然后又以此诉诸人的直觉，以此思维和想象世界。所谓仓颉造字（言）与伏羲画卦（象），从旨趣到做派，几乎是二而一的事。《易·系辞》："古者包羲氏之王天下也，仰则观象于天，俯则观法于地，观鸟兽之文，与地之宜，近取诸身，远取诸物，于是始作八卦，以通神明之德，以类万物之情。""圣人有以见天下之赜，而拟诸其形容，象其物宜，是故谓之象。"《淮南子·本经训》："昔者仓颉作书，而天雨粟，鬼夜哭"①。张彦远《历代名画记·叙画之源流》说："颉有四目，仰观垂象，固俪鸟龟之迹，遂定书字之形。造化不能藏其秘，故天雨粟；灵怪不能遁其形，故鬼夜哭。是时也，书画同体而未分，象制肇创而犹略。无以传其意，故有书，无以见其形，故有画，天地圣人之意也"②。

把创造的过程与目的神圣化，这是古代史迹在历史化过程中经常出现的景象。关于仓颉造字、伏羲画卦，虽然对具体人事的指实未见得确切，但事情发生的原理其实并不神秘，即以"象"为中介，使"形、意"简化、通约为符号与语言，而且，最大限度、最直观地保留它与大千世界的同构。

学者称汉语为"形音语言"，以区别于西语的纯粹音符性质，这种

① 刘文典. 淮南鸿烈集解[M]. 北京：中华书局，1989：252.
② 中国古代画论类编[M]. 俞剑华，编. 北京：人民美术出版社，1998：27.

"形意"的组构具有很大的灵活性甚至随意性，因人因时因地，"形意"都在组构之中（并非只有书法才出现这种组构的自由）。古汉语中异体字的繁多与汉字总数的浩繁，与此紧密相关。

最能够说明这种"形意"组构灵活性的语文样本是"回文诗"与书法（书法作为汉字延伸出来的一种文化和一种"有意味的形式"——艺术，具有独立的可阐释性，此处不做深究）。"回文诗"体现了汉字形意构建与汉字间组合自由的极致，虽然是游戏，但其"游戏规则"与严肃的诗词、对联、骈偶文并无二致。从"回文诗"看，汉语的组织很难说是严密的，主客可以颠倒，主次可以不分，以至"是非"模棱、意义暧昧、关系夹缠不清。

这自然与汉字的性质和功能关联紧密。往好里说，它是无所不能，可以网罗万象；往歹里说，是无所不可，稀里糊涂"一锅煮"。

与"形意"组构的自由相对应的是，汉字所表征的直觉思维，也带有一种极大的偶然性与偶发性，不可把握，难以规范，概念总是处于私人状态、感性状态、意象状态，其含义无法拥有一种稳定性，而更多诉诸个人的体验与发挥。

显然，这对于思维的创造性来说，是一个平台，也可能是一个陷阱，他可以为习得者提供一个少有限定的思维空间，也可以让人无所适从、不着边际。

因此，在某种意义上，古典的汉字汉语确实不是一种"易简"的平民化的语言，它要求接受者的深度介入，它也能够深度地介入人的心性情感。掌握汉语（特别是古代汉语）的困难，也不只是发音书写等表面上的琐碎繁难，还需要心性、情感、思维的更深的投入与倾注。

在"形意"的组构过程中（某些组构可能一步到位，但其"象""意"的内涵可以层层累积更替，更多的组构则是在历时状态中完成的，事实上，汉字一直处在生长中），汉字本身获得了叙事性、戏剧性和深厚的文化积淀（包括一种内涵神话、历史的史诗性）。陈寅恪曾说过，一个汉字就是一部文化史，当是指其文化积淀而言。而汉字"象""意"的叙事性与戏剧性，则可能极大地决定了汉诗的走向与品格。

一般认为，直觉思维在某种意义上是一种审美思维，感性直觉色彩极浓的汉字，本身就具备一种诗性，加上汉语组织中的"并置美学原则"①，为诗意的创造提供了独特的条件。因此，汉语几乎可以称之为一种"诗语"。

这种说法在某种层面上是理由充足的，完全无法反驳。

但是，不少学者也指出，汉语史诗空缺，叙事诗不发达，证明汉语对于有较强的时间连续性、逻辑性和因果从属性要求的题材的书写与处理，并无优长。

从字的角度看，汉字所具有的叙事性、戏剧性乃至可称为史诗性的特征，本身构成了一种内在的诗性，它不太需要故事、情节来建构一种外在的诗性，这或者正是古代汉诗趋向短小、抒情，偏爱即兴、长于构建"画面"（意境）的原因之一。或者说，由汉字缔造出的诗性（如境界、意象、趣味、义理等），在价值上与西方史诗、叙事诗传统所包含的那种诗性（多少有一点"神性"的背景），正好构成了某种对立与反动。

事实上，即使在现代汉诗中，我们也还是找不到或不擅长于那种曾经被汉语所忽视或拒绝的东西。同样的道理，在汉文化中，无法造就一个由虚拟的概念体系构建的形上天堂与宗教世界。

表面上看，这是"人文化""伦理化"的结果，其实，这种"人文化"与"伦理化"就是由汉字所表征的不离"具象"的直观直觉的思维方式导演完成的。因为"近取诸身，远取诸物"，一切都是由眼前、由人身、由当下生发开来，所谓（精确的）理性、逻辑、概念，在作为媒介的汉字中，天然地保持着充足的感性、灵动的直觉与混吞的意象（与接下来将要论及的"隐喻的比类思维"等特征相汇合，汉字和汉文化残存着一种非理性也非

---

① 《论字思维》。

神性的品质）。汉文化之所以没有充斥德里达所归纳的那种所谓"逻各斯中心主义"，与汉字的这种性格应该有关系。

至于汉文化中是否因此成长出的别的更可爱或更可怕的"中心主义"，则另当别论了。

2. 内含隐喻的比类思维

钱锺书《管锥编》中说："盖吾人观物，有二结习：一、以无生者作有生看（animism），二、以非人作人看（anthromorphism）。鉴画衡文，道一以贯。"①钱氏《谈艺录》曾言及："余尝作文论中国文评特色，谓其能近取诸身，以文拟人；以文拟人，斯形神一贯，文质相宣矣。"②姜亮夫亦有相似的议论，所著《古文字学》曰：整个汉字的精神，是从人（更确切一点说，是人的身体全部）出发的。

以人自身、以自然之物的"比类"，来构拟人文世界，是汉字创制演化中一种非常普遍的现象。"比类"首先是出于模拟，逐渐发展到指代。在人与自然、主体与客体没有完全分离的状态中，这是必然的。按照文化人类学的研究，很多属于政治、道德、伦理范畴的汉字，其初始的"形意"，都是有关自然现象与生命现象的，如"帝""美""道""阴""阳"等，不胜枚举。

几乎每一个发展出形而上含义的字，对它的形而上含义的指认，仍然能够甚至需要贯通其本根，能够甚至需要还原到人文启辟、形意草创时的状态，它保留了与蒙昧世界在胎息、血脉上的一体性，保留了所谓"交感思维"的特征。正如程抱一说，中国古代思想家艺术家总是努力"把有相的与无相的联系起来，把有限的与无限的联系起来。或者反过

---

① 钱锺书. 管锥篇：册四[M]. 北京：中华书局，1979：1357.
② 钱锺书. 谈艺录：卷六[M]. 北京：中华书局，1984：40.

来说把无相的引入有相的，把无限的引入有限的"，并且贯彻到日常生活中①。

汉字最典型地体现了这种取向。

值得指出的是，在汉语文化中，这种"内含隐喻的比类思维"，成了一种具有根本性与决定性的思维方式，由人文的发生发端，贯彻到成熟系统的文明整体之中。

卡西尔在《神话思维》中说：

> 在中国人的思想中，我们也遇到这样的观念：所有质的差别和对立都具有某种空间"对应物"，形式不同但却演化得极为精妙和准确。万事万物又是以某种方式分布在各种基本点之中。每一个点都有特殊的颜色、要素、季节、黄道标志，人类身体的一种特定器官，一种特定的基本情绪，等等，它们与每个点都有特殊的从属关系；借助于这种与空间中某个确定位置的共同关系，一些最具有异质性的要素似乎也彼此发生接触。一切物种在空间某处都有它们的"家"，它们绝对的互相异在性因而被一笔勾销：空间性媒介导致它们之间的精神媒介，结果是把一切差异构造成一个宏大整体，一种根本性的、神话式的世界轮廓图。②

卡西尔的这一段话，说的是汉文化所体现的大的思维方式，很多学者从不同角度使用不同的概念对此做过总结和阐释。其实，这就是汉字对于世界的"造型""拟议""观照""书写"方式：通过"比类"而达到对于

---

① 程抱一. 拉康与中国思想[M]//跨文化对话(第8辑). 褚孝泉, 译. 上海：上海文化出版社, 2002.

② 卡西尔. 神话思维[M]. 北京：中国社会科学出版社, 1992：99.

世界整体的把握。"隐喻"和"比类",由汉字的转假会意,泛化为定义世界、整理世界的思想范型。

"赋""比""兴"是中国文论史称得上开篇的命题,如果说"赋"可以与汉字的"形意性"相匹配和伴随,那么,"比""兴"则与汉字所内含的"隐喻""比类"思维如出一辙,"类万物之情者即比","通神明之德者则兴","深于比兴,即深于取象者也",以至"无譬,则不能言"①。一切都有赖于"譬""喻"去"取象"、去建构,比类、隐喻思维整体延伸为一种诗学思维,而"比兴诗学"在儒家文化中属于经学,事关修身、齐家、治国、平天下。

按照西方语言学的一般认识,概念一旦系统化,便成为具有固定意义与蕴涵的抽象概念,在概念与文字的初始意象之间,不再存在可以复原的一对一的关系,概念定型为独立自足的体系,在所属的系统内含义稳定而关系清晰。

然而,汉字组成的语词及概念大多保留了某种程度的一对一的关系,至少存在着"比类""隐喻"意义上的某种一致性,如"天父""地母""男阳""女阴"之类,抽象的概念总是与具象或想象的所指难分难解。这可能使得原本偏于高度抽象和逻辑实证性的推理与思辨,变得感性化和文学化,变得并不精确却亲切可感。

须兰在《水之道与德之端——中国早期哲学的本喻》②中征引《孟子·告子上》论述了中国哲人的"类比推理(analogy)":

告子曰:"性犹湍水也,决诸东方则东流,决诸西方则西流。人性之无分于善不善也,犹水之无分于东西也。"孟子曰:"水信无分于东西,无分于上下乎?人性之善也,犹水之就下也。人无有不善,水无有不下。今夫水,搏而跃之,可使过颡,激而行之,可使在山。是岂水之性哉?其

---

① 刘向《说苑·善说》。

② 须南. 水之道与德之端[M]. 张海晏,译. 上海:上海人民出版社,2002.

势则然也。人之可使为不善，其性亦犹是也。"

须兰指出，《孟子》中以"水"为喻的推理方式，在中国哲学的理论思辨中是非常著名的，这种类比推理常被西方人视为一种诡辩术而忽略其意义。然而，一旦我们认识到这一假定，即不论自然世界还是人类社会，都是由一些共同的原则和原理所贯通，"水性"与"人性"并非不可通约，那么，我们就能看到，这种类推的辩论方法——中国主要的辩论方法——有着更为严肃的目的。它的应用与活力是出于自然与人类形似性的假设。① 如果把类似孟子的论辩仅仅看作诡辩术，那它确实是没有意义的。但无论如何，如果我们的假定是正确的——即早期中国哲学家假定人类与自然现象分享着共同的原则——孟子的论证则是强有力的与合乎逻辑的。②

须兰认为，在古代汉语中，"万物"既包括动植物也包括了人，"德"与"才"也以植物生命为模型，植物依季节与水之有无而或枯或荣。植物有着生长、开花、再生与枯竭的明显的季节性形态，它的形态变化也被引申为人类社会的比喻。

从对于"水"的"原型"分析，须兰探究到了"水"字（极尽"象形会意"之能事）所表征的思维形态，对于汉语思想的构建，具有普遍意义和决定性影响。

刘向《说苑·杂言》中记载，子贡问孔子，为什么君子喜欢临水。孔子说："夫水者，君子比德焉。遍予而无私，似德；所得者生，似仁；其流卑下，句据皆循其理，似义；浅者流行，深者不测，似智；其赴百仞之谷不疑，似勇；绵弱而微达，似察；受恶不让，似色；蒙不清以入，鲜洁以出，似善化；至量必平，似正；盈不求概，似度；其万折必东，似意。"这一段话，是对于"水"之形态的艺术家式的雕镂铺陈，也是一份关于"水"

① 《水之道与德之端》，23页。
② 《水之道与德之端》，46页。

的义理的"形而上学"清单，可惜须兰没有引用，却同样适用于她做的推论。

"水"作为一种"形文"，而成为可以无限隐喻比类的"原型"，内含了华夏民族与水之间不同寻常的"交情"：有大量缘于"水"的神话、宗教方面的"记忆"以及禁忌、仪轨，直到我们今天说"杨花水性""如水的天命""水做的骨肉"等，依然充满"象外之致"。

其实，"水"作为诠释的入口，并不是独一无二的，绝大多数汉字，都基于感性、不离"初文"、涵茹本根而可以抵达形上之思。《说文》曰："文者，物象之本。"王安石《字说序》曰："文者，奇偶刚柔，杂比以相承，如天地之文，故谓之文。字者，始于一，一而生于无穷，如母之子，故谓之字。"文字在中国学者心目中，原本就是一种比勘"造化"的造化，一种象征"天文"的人文，可以生长，也可以"唯美"。

须兰说，如果我们假定人类与自然分享着共同的原则，那么孟子对人性的论证则是强有力的与和合乎逻辑的。同样，如果我们相信由人类生发的人文，应该与人类保持有机的整体的而不是分裂的机械的联系，那么，汉字所内含的取向就是能够体贴生命的合乎人道的取向。孔子曰："己欲立而立人，己欲达而达人。能近取譬，可谓仁之方也矣"。孔子的"仁"，称得上是儒家哲学的绝大命题了，却也是从包含隐喻与比类的"取譬"中去接近、去实现的。"取譬"与我们通常说的"设身处地""推己及人""推己及物"在某种层面上是一个意思，儒家的"人"道，正是由此开始生发的。这是一种认识论，也是一种价值认定。

然而，危险也隐含其中，当世间一切，包括"天""命""政治""自然"都只存在于"取譬""隐喻""比类"的准宗教、准审美的联想与拟议中时，认识的意愿就难免被神秘主义、审美主义所遮蔽或歪曲；推理就难免在冠冕堂皇中只剩下"随心所欲"；当一切都被看成是人自身的折射、投影或复写时，外部世界就不再拥有起码的独立性与主体性，而消失在既不神圣也不实证的空虚的臆断中。

这样的情形，越是到了古代社会后期，越是频繁地恶性地发生，龙应台在《致命的星空》中令人悚然地描述过一例，"星空"如何演绎成了政治的符咒。这也是"诗性智慧"必然的限定。

值得注意的是，将人类事务做自然还原，又将自然世界做以人类为中心的拟议，此种思维方式，既由汉字所表征，同时促成了汉语在演变过程中始终不脱象形会意品质，不走向完全的符号化与声音化。因为纯粹的声音符号，显然无法含纳、覆盖和"本真"地指称天地自然的万千气象与无穷奥妙。汉字所存留的"初文"性质与此种动机不无关联，与华夏文明屡屡"不悔初衷"地以探寻原始、反思当初、回归本根为"进步"的指向，互动对称，互为因果。

3. 解构的自反思维

在利奥塔描绘的"后现代状态"中，"解构"成了一种日常景观，包括思想和生活策略在内，含义也由方法延伸到本体，显示出以理性(效率)、逻辑(实证)、概念(逻各斯、上帝、信仰)编织的西方形而上学对于自身传统的质疑与超越意愿。其实，思想仍然是内部成长出来的思想，逻辑仍然是属于它自身的逻辑。而对于中国思想界来说，所处的则是一种几乎不能通约的传统与现实。但中国学者对此显得特别容易"心有戚戚焉"。除了现实的动力外，某种精神上能够产生默契的文化基因也许是可以举证的。

冯友兰在《中国哲学简史》中，曾以"正的方法"与"负的方法"概括中国哲学思维的两种取径，我们把这两个概念稍做引申。所谓"正的方法"，即孔孟儒学试图通过有关人的社会的"建设性"努力去达到人性的改善与社会性的圆满，于是不停地说，不停地去规定；而老庄哲学，则希望以"删繁就简""消脂减肥"的方式回归与接近人的本真与社会的"原初"，于是尽量不做言说，不做规定(所谓"损之又损，以至于无为")。今天看来，已非常清楚，"儒""道"思想(随着"释"的逐渐中国化，其形而上大旨已融会在"儒""道"思想之中）在各个层面的互动，是它们能够持久而深刻地统领古代中国社会的重要原因。

老庄哲学作为形而上学所取的思想方法就是所谓的"负的方法"。这"负的方法"与后现代的"解构"思维，虽然不处在同一种语境和思想层面，但不能不承认，相对于近代西方表现得最充分的理性主义，不说老庄，即使是儒家思想，在某种程度上，也具有十足的"解构性"。"反身之谓诚""君子必自反也"①是儒家的基本教义。

这种"自反"，表面上是对于君子人格的道德诉求，却无疑基于一种更根本的认识论："天命靡常"，"人命"也并不总是果报明确、因缘前定的，必须懂得循环与流转，懂得"反求诸己"。对积极的儒者来说，"自反"还是一种责任感、担当精神、忧患意识的体现，表达了自我矫正、回归正道、提升境界的修为愿望。

如果我们把主要表现为对于自身施以主动清算与反动的儒家的"自反"取向，理解为一种"解构"的话，那么，老子说"反者道之动"，庄子说"莫之为而常自然"，就是具有本体论性质的"解构主义"了。

因为，道家"自反"思维的根本旨趣，就是对于任何绝对主义取向的消解，除了它的这种消解本身表现出一种十足的绝对主义面孔外。

这种"解构主义"也是汉字的生成法则。或者说，在汉字的生成过程中，体现了一种具有解构意味的"自反"倾向，除了汉字在造型书写中具有"繁化"和"简化"、艺术化和工具化两种相反的趋势外，最醒目的是，汉字在意义的赋予与衍生中，同样是"正义"与"反义"、建立与消除的双向运动，由此获得特定文化背景中的自我平衡与自我延续，由此拥有"生生不息"（去腐生新、适者生存）的能力（汉语已发生的现代转换与此未尝无关）。

在我们对古代汉语的基本典籍进行审阅时，会清楚地感觉到，一些

---

① 《孟子·离娄下》。

对立义项的词和词组非常关键也非常醒目，如"阴阳""雅俗""正反""前后""损益""得失""好了""性情"等，其中每一个对立义项的词素，其所指又容易因时因地出现迁移转化，它的含义、位置，与其说取决于词素本身，还不如说取决于它们之间的关系，取决于它们所在的背景以及更大范围的网络。正如围棋棋盘中的棋子，一个棋子并没有固定不变的正面性或负面性，一切含义、作用和价值取决于棋子间的"关系"。

作为词素是如此，单个的汉字（古代汉语中的词素常常就是单个的字）在意义生成中更鲜明地体现了这一特征。

"真""善""美"是现代汉语使用频率很高的三个字，其中，"善"字与"美"字的构形赋义，典型地由有关食物的生理的象形会意，发展到生命的伦理的泛指，表现为主要受隐喻和比类的思维形态支配。而"真"字的造型象征以及字义的建立，起始就不是今天科学认知意义上的"真"这一概念所能范围，"真"是"真人""本真"的"真"，人死后"尸化""成气"的状态，一个关于得道成仙的道家概念，在某种意义上正是非真，是假。在古汉语中，"真"字有时当然也有认知意义上的"真实"义，但无疑的，作为审美与伦理意义上的"真"，出现得更频繁，此时的"真"，其含义完全是"真实"的反动，譬如船山在《说文广义》中说"真者，贞也"，文学家常说"真者，精诚之至也"。

伦理和审美意义上的认知往往有取代纯粹认知的倾向，或者更准确地说，汉字的认知原本就是与伦理的审美的乃至宗教巫性的认知相伴随的。

真假一体，正反同构，字义的"自反"运动，其动机与构成模式很复杂，难以一概而论，有关字义"自反"运动的例证，则（不仅仅是字义的模糊与诠释的私人性）触处皆是。马固钢《词义的对立与统一——正反同词类释》①引大量文献举证了这种情况，即同一汉字字义的对立与统一：

---

① 马固钢. 词义的对立与统一——正反同词类释[M]. 长沙：岳麓书社，1998.

《方言》卷二:"苦,快也"。郭璞注曰:"苦而为快者,犹以臭为香,乱为治"。《离骚》"乱曰"王逸注:"乱,理也"。《墨子·经上》:"已:成;亡"。《释名·释言语》:"饰,拭也。物秽者拭其上使明,由他物而后明,犹加文于质上也。"王安石释《诗·周南·葛覃》"薄污我私"曰"治污谓之污,犹治乱谓之乱,治荒谓之荒。"(见邱汉生《诗义钩沉》)顾炎武《日知录》卷三十二"幺"云:"一为数之本,故可以大名之,一年之称元年,长子之称元子是也;又为数之初,故可以小名之,鹣子之谓一为幺是也。""享"有"祭献、祭享"义,又有"享受""接受"义。"受"既有"施授"义,又有"接受"义。"删"既有"删除"又有"删取"义。"佞"有"有才智、口才好"又有"奸伪"义。"章"既有"障"的作用,又有"彰"的作用。"悍"(勇猛;凶悍)。"辱"(污辱;承蒙)。仙(神仙、成仙;死者,死去)。好(好;坏)。流(留;流动)。

马氏举例含正反义的汉字八百多,立为"一曰取舍、立弃、迎拒,二曰治乱、劳慰,三曰施受、率从支恃、攻守、买卖、视示、威畏、自动他动,四曰终始、穷通……"等八类。从中不难看出,字的正反义的出现既可能是"历时性"的,也可能是"共时性"的。而且,不论历时还是共时,反义的生成极其自然,就如同人文中原本"巧拙"逆反、"雅俗"互动,存在中原本"死生"相依、"福祸"相倚。此种"水火"共济、"诚伪"比并的现象,简直可以上升到作为事物的本质去看待。

钱锺书通过对汉字意涵,特别是其正反义的辨析,试图发现其中的思想动机与文化逻辑,他总结道:

一字多意,粗别为二。一曰并行分训,如《论语·子罕》:"空空如也","空"可训空无,亦可训诚悫,两义不同而亦不倍。

二曰背出或歧出分训，如"乱"兼训"治"，"废"兼训"置"，《墨子·经上》早曰："已：成，亡"；古人所谓"反训"，两义相违而亦相仇。然此特言其体耳。若用时而只取一义，则亦无所谓虚涵数意也。心理事理，错综交纠：如冰炭相憎，胶漆相爱者，如珠玉辉映，笙磬和谐者，如鸡兔共笼、牛骥同槽者，盖无不有。赅众理而约为一字，并行出或歧出之分训得以同时合训焉，使不倍者交协、相反者互成……①

很难说，是华夏民族对事物"相反者互成"一类现象的洞察，促成了汉字在释义上的"正反相兼"，还是汉字所表征的"解构的自反思维"，高度契合了世界的本来面貌。

"六经之首"的《易经》，称为华夏民族"人文"之始源，不仅爻辞中有"无平不陂、无往不复"之类对世界"反义"结构的初步体会，而且，八卦、六十四卦的卦象、卦名及卦意的组构，最充分最完美地体现出相倚相待、相生相克的思维：对立、融通，互相完成且相互消解。与此相一致，汉字在意义生成上的包容性，成就了汉语对事物的体贴、把握与命名，既通达宽容，又不失朴素和完整。而自反、解构的思维习惯，也渗透到了包括价值理想和概念方法在内的汉语文化整体之中，不仅意味着一种认识上的彻悟，甚至意味着一种具有"自反"能力与"解构"性质的世界观与生命观。

以汉字为载体，循此一思维径路发展出来的存在之学、自然之学、性命之学、审美之学，无不显现出一种悟性的"透脱"和潇洒，一种辩证的智慧，而消解了理性与知性的紧张焦虑，也消解了宗教性的信仰之心与源于信仰的神圣之思、神性之言。

在特定的历史语境中，它们是自足完整的。汉字作为一种语言符号同样如此。

---

① 钱锺书. 钱锺书论学文选：第1册[M]. 舒展，编选. 广州：花城出版社，1990：3.

（三）走出自我的自我成长

黑格尔在《历史哲学》中曾经认为中国文字很不完善，他说，汉字对于科学的发展，是一个大障碍①。这一观点与近现代中国文化界对汉字的指责其实如出一辙。钱锺书认为，黑格尔轻率的结论，只能是出于对汉语的无知。钱氏似乎并未解释黑格尔"无知"的究竟。

雅克·德里达的《论文字学》中认为，东方语言，主要是汉语，超越了时间、空间和历史的限制，所以也超越了逻各斯中心主义的局限。汉语中不存在语音中心主义，它没有为逻各斯中心主义所玷污，而"在其本原和非'相对的'意义上说，逻各斯中心主义是一种种族中心主义的形而上学。它联系着西方的历史"。对汉语汉字怀有与德氏相似的惊喜态度的，还有我们耳熟能详的庞德、李约瑟等。庞德自称他对于现代诗运动的最大的贡献是介绍了汉语的象形文字体系。李约瑟感叹："读一页中国书好比在大热天游泳，给人以舒松之感。因为它使你彻底脱出字母文字的牢笼，而进入一个晶莹明澈的表意文字的天地。"②

黑格尔、德里达等人基于自身背景与需要的汉语观，可以帮助我们获得一种所谓"他者"的立场与视野，校对我们的判断与可能的选择。

很显然，黑格尔虽然不识汉字，但他的讲法绝非空穴来风，正像他对中国哲学的基本判断虽然不得国人欢心，却是他"完美"地以"绝对精神"为目标的历史哲学体系必然推导出来的结果。在西方中心主义立场上，表征了"不离具象的直觉思维""内含隐喻的比类思维""解构的自反思维"的汉字，确实显示出未脱"蒙昧"的诗性品格与"诗性智慧"——一种人类童年期的认知状态，与自觉自为的理性、工具意识与实证逻辑，相距遥远。

---

① 黑格尔. 历史哲学[M]. 上海：上海世纪出版集团，2001：134.
② 钱雯. 她改变了李约瑟的一生——鲁桂珍博士与李约瑟的《中国科学技术史》[J]. 新华文摘，1991(1)：147-150.

　　德里达等的惊喜，与黑氏的指控，思路其实是一致的，只是他们所乐意获得的结果不同。

　　确实，历史早已从黑格尔时代演绎到了反思启蒙理性的"后现代"，所谓"逻各斯中心主义"在现代西方文明中逐渐凸现的一元强势、符号中心、工具理性，即使谈不上导致了文明的自毁倾向，也难免逐渐彰显出令人窒息之感。而汉字，至少显示了一种不一致的陌生情调与气质(何况它真的证明了一个"另类"的体系与空间的存在)，可以激发需要、想象和创造力。

　　任何基于比较的判断，都难免如福柯所说，是通过"去设想另外一种体系，唤起对解放的激进希望与自由理想"①。

　　德里达等人对汉字的尊重和浮想联翩，与此不能说没有关系。

　　不必去细察就可以懂得的是，李约瑟阅读汉文时的享受，一方面当然是因为汉文有不同于西文的品质，使阅读者领略到一个"象形写意"的直观世界，同时也未必不是因为它们对于阅读者有完全不同的相属关系与含义：李约瑟置身西文世界中，按照西语的逻辑与方式生活，汉文对于他来说，是一种与生存背景无关的可以轻松受用的道具。无关功利的判断与赖以栖身谋生者的判断当然不同。

　　事实上，当我们今天可以享受西文时，我们未始不感到，那种相对严密的语法以及相应地逻辑谨严的推理，那种自洽到封闭的概念系统，同样让我们有一种穿过迷障、大汗淋漓然后神清气爽的感觉，对我们的思维与心智是一种挑战，同时是一种补充与滋养。

　　可以肯定，汉字汉语在现代中国的遭遇，并非是启蒙思想家们无端的自轻自扰。

　　我们仍然以《易经》为例，《易经》的卦象、卦名、卦意的设置原理，与汉字所表征的思维方式是相似的，即直觉象形、比类隐喻、解构自反，

---

① 凯尔纳，贝斯特. 后现代理论[M]. 张志斌，译. 北京：中央编译出版社，2001：373.

以此观照世界，定义世界，把握自身，塑造自身。在一个简朴的时代与社会，这种充满诗意的思维形态也许合适并且够用，但是，仅凭它们未必能够料理一个日益复杂的社会。无论象形直觉、比类隐喻、解构自反，都是一种对于世界的"简化"，当这种"简化"已无法包裹现象的丰富时，或者说当这种包裹已不能满足人的认知与体验需要时（在比较的情境中最容易带来这种不满足），其对于现象世界的"歪曲"就凸显出来了，直觉象形而难免诗化，隐喻比类而难免混淆，解构自反难免循环自闭。

在任何一个相对完整的文化体系中，有一种"自由"，便一定有对于这种"自由"的限定与约束（也可以说是一种保护与保证），汉字形意构成和组织上的自由，其所表征的具象直觉、隐喻比类、解构自反的思维形态与意义生成方式，同时一定会伴随着愈演愈烈的程式化、格式化趋势，譬如骈偶、对仗运用到削足适履，意义与情感在语言程序中的类型化与模式化，等等①。

这正是近代以来启蒙思想者对于汉字汉语汉诗指责最多也最理直气壮的地方。

现代汉语对汉字的梳理以及语法关系的日趋严密，隐含了思维方式的理性化与逻辑化趋势，意味着汉语文化正向一个更清晰清明的境界迈进。包括我们今天对于母语的重新打量，也早已经不是当年的方位和身份。

但是，即使在今天，在不止一个领域，汉字与汉语世界内部，语义、语象的模糊，语法及修辞的"失位""越位"，依然表征着主体的压抑郁结与主体性的脆弱，表征着思维主体与客体关系的含混，表明逻辑与实证精神的欠缺，表明语言文字中诗性的审美品质与实用的功利品质之间关系失当以及功能的紊乱。

---

① 参见叶嘉莹. 王国维及其文学批评[M]. 石家庄：河北教育出版社，1997：115. 刘纳. 嬗变[M]. 北京：中国社会科学出版社，1998：210.

一句话，表明文化理性的欠缺与现代精神的贫困。

汉语必须继续近代以来走出自我的自我成长，在不必也不能消除汉字汉语所拥有的有机与整体的生命意识、思维方式的同时，我们必须设法让它在饱和的伦理性与情感性肌体中，成长更充分的理性与有效性元素，在直感中纳入概念的准确性与抽象能力，在诗性与悟性夹缠中强化逻辑、认知、思辨与信仰的因子。不仅要容留汉语世界发育得良好的主体(从语言的角度讲，就是指字、词等语言单元)间的感性与亲和性，即结构、方法和意义领域的人性化的关联与感知感受的畅达(沟通人与我、具体与抽象、生命与非生命、此岸与彼岸)，而且要成长出充分的个体主体性，即把任何公共关系建立在一种清晰明确的独立性与个体主体性之上，建立在明确、明朗的结构与语法关系之上，使个体(语言单元)拥有最大可能的自主性与活性，同时使个体与个体、个体与群体之间，张力饱满、互动有力。

这是汉字汉语在应对和创造现代生活时，所必须具备的，也只有这样，汉字思维及其"诗性智慧"，才可能生长和建构出新的文明范式。

附录二

汉语诗歌的"方言"属性和"地方"属性①

汉语诗歌的"方言"属性和"地方"属性,可以从很多方面得到阐释。

"方言"作为汉语的"自然形态"——"母语的母语",较之所谓"国语",与汉语诗歌的发生、发育,有更真实、更具体的关联(正如"地方"作为民族整体的有机构成,比笼统的国家,与人们的生活有更具体、更真实的关联)。汉语诗歌生长与嬗变的历史,证明"方言性"与"地方性"是它最基本、最重要的属性。

这种属性与作为审美的诗歌在起点和终点(接受)上的"个人性"和"私人性"相一致,相贯通。

"国语"是在近代启蒙革命(或者谓之现代化、全球化)语境中试图建构的语言共同体,更容易与时代的公共意识形态相接洽。伴随着"国语"运动的"新诗"历程,与汉语诗歌的"方言"属性和"地方"属性呼应得并不理想,实践中充满了疑似、仿佛乃至对立。

强调汉语诗歌的"方言"属性和"地方"属性,意在进一步澄清和落实诗歌自身的主体性,同时,希望由此可以彰显诗歌乃至整个文学艺术基

---

① 本篇曾以《"母语的母语"——汉语诗歌的"方言"属性与"地方"属性》为题,刊于《诗探索》2007 年第 1 辑,北京:九州出版社,2007。此处文字有更动。

于个人、地方、民族"自性"和"天性"的多元话语与话语立场。

（一）"统一国语"的召唤与作为"地方性知识"的诗歌

从二十世纪八九十年代开始，"母语"的话题，成了汉语学界，特别是诗歌理论界，一个被不断强调的话题①。

事实上，有关汉语的"简化"（以达成最大可能的、最迅捷的普及与沟通，获得最大的普遍性与公共性，并由此带来民族文化的自我更新）和"诗化"（容留、凝聚汉语的诗性与人文性，以此对应生命的历史性、个别性与丰富性），原本是近代以来中国文化中一个最具有悖论性质的问题，这个问题至今依然是未决的，只是相对于"五四"前后，今天的反思似乎正在走向另一面，即对于"五四"的反思的反思。

吴稚晖、钱玄同、陈独秀、鲁迅等，当年对于汉语都有过激烈的否定性态度，因为其中联系着压倒性的社会主题，使得他们充满情绪性的主张具有几乎无可置疑的合理性和正当性。现代汉语的简单化、同质化、平面化，则更多是在这一主题的政治化过程中发生的，语文一度成了单调的政治传声。而文化担当者，除了由此承受十足的自我分裂和痛苦外，他们其实仍然是实践中的语文的建设者和呵护者，最激烈的主张，也抵不过与生俱来的"血缘"关系和基于这种"血缘"关系的自我眷顾。

在一定意义上，汉语在 20 世纪的遭遇，也可以看作是所谓全球化、现代化过程中民族文化变迁必然出现的章节，只是这一章节太重大，也太戏剧性，它甚至是一个事关人类文明方向和可能的大事件（汉语作为

---

① 郑敏《世纪末的回顾：汉语语言变革与中国新诗创作》是有关这一话题最有影响的文字之一。韩少功在《现代汉语再认识——2004 年 3 月清华大学人文学院演讲》中，表达了关于汉语个性、可能性最具慧识的见解。谢冕、吴思敬主编《字思维与中国现代诗学》（天津：天津社会科学院出版社，2002）汇集了有关"字思维"与汉语诗歌、诗学关联的研究文章近三十篇。王光明《现代汉诗的百年演变》第一、二章，有清理汉语与汉语诗歌关系的周详论述。

大语种中几乎唯一一种表意语言，延续的将不仅是一个族群的生活，而且是一种属于人类的文化慧命)，因此常常有提不起也放不下的沉重。

而从审美、从诗歌的角度来考量，则更加彰显了其中无论认知还是实践的艰难、窘迫与偏失。

有关"反思的反思"，除了强调汉语特别是汉字的诗性特征，以及在当代中国文学中，这种诗性并没有获得足够充分的释放与表达外，更强调汉语汉字在现代变革中，因为置身于批判性的文化语境，或者说，汉语汉字本身被认为是文化革新与革命的重要对象和指标(它既被看成是工具性的，又是本质性的，文化的现代化端赖于汉语汉字的革新与革命)，导致了对于汉语汉字过于随意、过于粗暴的安排和处置。

这一过程延伸到今天。

同样带有革命性，而并不完全是从自身文化肌体上生长出来的商业化、物质化浪潮，在某种程度上继续了政治革命时代的文化逻辑，即以相对"功利主义"和"工具主义"的态度与方式，以"科学"或者别的同样神圣的名义，看待、安排和处置文化问题、文学问题。

对于语言的态度与作为，同样如此。

自然，"功利主义"与"工具主义"的思维与取向，对于转型中的中国来说，或许更容易解构那种习惯于忽略"技术上的因素，而偏在半神学、半哲学的领域里做文章"①的文化传统，它总是试图通过"精神胜利"的方式去补救因为"技术"理性和"工具"理性相对缺乏而造成的现实困扰。

某种意义上的"功利主义"和"工具主义"，同样可以是建设性的，正如周作人所说的"道义的事功化"。

而且，可以离开"功利"和"工具"的"价值"和事物"本质"，更多的

---

① 《赫逊河畔谈中国历史》，189 页。

时候是一种事关历史、人文以及人的需要的设定①。

这是题外话，另当别论。

反思性的汉语检讨，伴随着真诚急切的召唤与吁求。

这种吁求，一般落实为对于"文言"（包括汉字）作为汉语"母体"的有机性及其生命力的重新审视和强调。

但是，对于"文言"作为"国语"有机构成元素的重要性，在现代思想者中，即使是"五四"时代的激进者，其实并不缺少相对客观的体认，譬如周作人、俞平伯等人的有关见识，就是既通达又持重的。

问题似乎更在于，与整体的社会革新运动相一致的"国语"改造运动，以一元化的逻辑和方式，最终遮蔽和压抑了汉语本应该更充分地拥有的自我延续性，以及（生长的）自发性与多样性。

其间，不仅所谓"欧化"难免常常被诟病，相对于"文言"的背弃，更容易成为当然之事、构成必然之势的，是对于汉语的"方言性""地方性"的架空。尽管有关"方言"对于汉语和汉语写作的帮助，有关方言的重要性，并不缺少理论上的确认。

钱玄同曾经说："我们认为方言是国语的基础，文学是国语的血液，

---

① 所谓现代思想，不仅尊重"工具""功利"对于"人"的意义，而且与之配套的"实证""实验""试错"的"逻辑"也变得日益强硬，放弃了对于"工具""技术""功利"的"本质主义"鄙视和精神优越感，认可甚至放纵了"工具""技术""功利"对于"本质"的功能与意义扩张，有点反"本质"、反"精神"的"唯物主义"倾向。鲁迅当年不以物质、工具、技术乃至制度建构上的"技术"与"功利"，包括"立宪""国会"之类，为民族革新之本，有着眩目的合理性，但以"本""末"的对立，来处置思想与技术、精神与工具的关系，则充满了他所处时代的紧张性与绝对主义意味，容易受到"物质"与"技术"时代的思想者的诟病。正是在这一意义上，胡适的思想在现代中国彰显出自己的光辉。胡适面对任何问题，包括伦理的问题，都显得像一个方案设计者或解题者，虽然也指望以"根本的解决"和廓清，但所谓根本的解决，并不能阻碍他不断提供自以为是的解决方案与策略。胡适力求以清明的思维和思路，言说或解决知识的和现实的困惑与困境，以至难免要将人道的伦理的审美的问题"工具化""有限化"。这也是他可以大胆实验白话新诗，满腔热情地设计和设想"文学的国语、国语的文学"的思想前提。

所以极看重方言的文学"①。

俞平伯的"方言"观更加感性，他说："凡是真的文学，不但要使用活的话语表现它，并应当采用真的活人的话语。所以我不但主张国语的文学，而且希望方言文学的产生。我赞成统一国语，但我却不因此赞成以国语统一文学。""在我的意中，方言文学不但已有，当有，而且应当努力提倡它。""活人们口中没有统一的话语，就不会有单纯用一种语言来创作文学的可能。""作者于创作中，使用的工具原可以随便的"，"我觉得最便宜的工具毕竟是'母舌'，这就是牙牙学语后和小兄弟朋友们抢夺泥人竹马的话。惟有它，和我最亲切稔熟；惟有它，于我无纤毫的隔膜；惟有它，可以流露我的性情面目于诸君之前。""讲到这里，我又自恨了。没有乡土的人真是畸零啊！""原始的诗与歌谣不分，这是事实。我却觉得即到现在，它们的分割也不是绝对的。即如此书中所收，名为山歌，尽有许多极好的诗。没有诗意的歌谣固然有，但打开名家的集子，没有诗意的诗文又何尝少了？歌谣流行于民间，以土话写的；诗流行于士大夫间，用文言或国语写的。若打破这看不起乡下人的成见，我们立刻感到诗和歌原始的意味了。吴歌是何等的柔曼，而歌词又何等的温厚！我们若搭足绅士的架子忽略它们，真是空入宝山，万分可惜。"②高长虹在"民族形式"讨论中，甚至断言"民间语言，是民族形式的真正的中心源泉"③。

上述对于"民间语言""乡土""方言文学"的认同和强调，基于各自特定的背景和目标，其情感性的表述几近"夸张"。

然而，由整体文化语境所决定，"五四"以来对于"方言"、对于"民间"的强调，似乎更多出于"贵族"与"民间"、"精英"与"大众"、"古典"

---

① 《致杨莘信》初刊 1925 年 8 月 16 日《国语周刊》第 10 期，又见：钱玄同文集：卷三[M]. 北京：中国人民大学出版社，1999：213.

② 《〈吴歌甲集〉序》刊 1925 年 9 月 6 日《国语周刊》，又见：俞平伯全集：卷二[M]. 石家庄：花山文艺出版社，1997：93-94.

③ 高长虹. 民间语言，是民族形式的真正的中心源泉[N]. 新蜀报(副刊蜀道)，1940-9-14.

与"新潮"的启蒙的社会学立场，而不完全是从审美的立场立论，或者说，所谓审美的立场也大半基于一律性的政治立场。而且，既强调"统一国语"，主张"国语的文学"，又试图提倡"方言"文学，其中难以自我兼容的矛盾性和悖论性，显而易见。

"方言"，意味着特殊的字、构词、词序、语音、语调、语法结构、形态以及与此有关的声韵旋律，有着充分的"地方性"和"口语"性质，与"地方性"的人文、风俗、音乐、民性连在一起。

从比较语言学的角度看，以语音为中心，语言相对具有更多的自我创生能力、繁殖能力和接纳能力，更容易变迁，而"方言"，首先便是一种自相别异的独立的语音存在，是关于"声气""音节""口吻"的。我们虽然很难去实证，但大体上可以判断，汉语的变迁主要不是文字的变迁，而是语音的变迁。汉字的相对稳定，使汉语成为一种传承力非常强、覆盖性非常好的语言（饶宗颐先生在《汉字树》中认为，汉字是促成中华民族统一性的重要因素①），而语音的变迁，则保证了汉语以及汉语文化的多元性、丰富性、延展性和创造力。

因此，从言说而不是从纯粹书面语的角度看，"方言"对于汉语来说是根本性的，是基础性的，是汉语的"自然形态"，是"母语的母语"。

事实上，汉语从来就是以各种不同的"方言"形式而存在，包括"文言"的构成，"官话"的流衍，也一定是从具体的"方言""口语"出发的②。

而所谓"国语"，包括日后的"普通话"（普通然后普及，它从一个重要的意义和维度上，明确了这种"国语"的性质，暗示了建构这种"国语"的目的和使命），则是在汉语的"自然形态"——"方言本体"和"方言主体"之上试图建构的语言"统一体"。

---

① 参见附论一《汉字所表征的思维方式及其"诗性智慧"》。

② 古所谓"雅言"（夏言）也只是一种地方性的语言。韩少功说"从纯粹语言学的角度来说，我不承认有什么普通话，只有大方言和小方言的区别"，见《韩少功王尧对话录》172页，苏州：苏州大学出版社，2003。

近代以来，特别是"五四"前后，对于新的"国语"的想象与建构，响应的是公共的民族启蒙革命的需要，服从的是普遍的社会改造的逻辑，语言需要成为新的意识形态的载体，或者说新的意识形态需要一种具有普遍的传播功能和召唤功能的语言。

基于此一历史转变的必然性与必要性，对于新的"国语"的诉求，成为"新文化运动""民族国家运动"①最重要的章节，甚至是"文学革命"的根本动机和目标。

从吴稚晖、钱玄同等以"世界语"作为新的"国语"的想象与规划，到他们退而求其次的汉语革新冲动，从"国语罗马字运动""国音统一会"②，到胡适提出"国语的文学，文学的国语"，关于新的"国语"，几乎成为不止一代人乐于设计和拟议的有着足够的普遍意义与功能的乌托邦。

而"新诗"的发生，多少尴尬地与启蒙革命运动中此种对于新的"国语"的想象与"虚构"连在一起。甚至，启蒙者是以汉语诗歌的新的形态的达成，作为建构新的"国语"的至关重要的环节与决定性的步骤的。

然而，从审美发生的角度看，诗歌是从个人性、私人性出发的，或者说，诗歌表达的普遍性和公共性，建立在充分的个人性、私人性经验与感情的基础之上。至少，从审美与政治、宗教分离之日开始，便是如此。而这种个人性、私人性经验与情感，往往连接着特定主体赖以自我成立的"方言性"与"地方性"。

因此，诗歌天然地具备一种作为"地方性知识"的性格和身份。

---

① 近代中国的文化革新运动，其出发与归宿，都是关于新的民族国家建构的，提出"民族国家运动"的概念，可以帮助我们更准确充分地诠释新文化、新文学运动的动机、目标与动力，近代中国的民族国家建构，某种程度上，显示了"帝国文化的连续性"（汪晖. 现代中国思想的兴起[M]. 北京：三联书店，2004：79），其中包括天下意识，华夷之辨，自我闭固的大一统的激情与愿望，有限的个人主体性与"地方"的主体性，等等，并不完全吻合所谓"民族""国家"的概念和现实。

② 参见王风. 晚清拼音化运动与白话文运动催生的国语思潮[M]//现代中国：第一辑. 陈平原，主编. 武汉：湖北教育出版社，2001.

过于强势的社会政治的公共要求，有碍于诗歌按照自身的逻辑成长，远离"方言性""地方性"的诗歌语言，所完成的表达，同样容易丧失个人性与私人性，而沦为一种完全的公共表达。

基于这样的原因，作为启蒙诉求的"国语"想象与建构，虽然应答乃至催生了汉语诗歌的现代转型，但是，在更深的层面，它与汉语诗歌的成长肌理和内在要求，却不能不构成某种隐性的冲突。

（二）建立在"方言性"与"地方性"书写之上的汉语诗歌传统

现代思想史上杰出的"失踪者"许思园①，在谈到古希腊诗歌爆炸性的展开时曾认为，希腊人采用字母极早是其中的原因之一，他说："诗歌原凭口传，然用字母记录十分方便，有利于民间诗人之兴起（口传诗歌经记录可以行远传久，且便于增改、润饰，采用字母则创作诗歌之人数必大增），更有助于诗歌天才之发皇（无字母则必须通晓文字之人方能记录诗歌，此类人属极少数，且未必具有天才）。再则，缺乏字母易促成语言与文字分途，使两者交受其害。语离文则简陋，文离语则久而定型、僵化。"②

撇开许思园由此出发所做的中西文化比较不论，关于语言与文字分离可能导致的结果，他所做的判断，事实上也符合我们对于古代汉语的了解。

古代汉语在文字和"口语"上所表现出来的分离，即汉字成了某种带

---

① 许思园（1907—1974），无锡人，出身于诗书世家，1923 年入上海大同大学，1927 年用英文撰写《人性及其使命》，获得广泛声誉，1933 年负笈巴黎，在巴黎大学获博士学位，1942 年著成《相对论驳议》《从一种新的观点论几何学基础》，抗战胜利后归国，创办《东方与西方》月刊，出版六期。1956 年至 1957 年撰成有关"中国哲学""中国文化""中国诗"的论文多篇，1957 年划为"右派"，在"文革"期间去世。

② 许思园. 中西文化回眸[M]. 上海：华东师范大学出版社：1997：89.

有垄断性和身份性的文化工具与象征，而"口语"(它主要以"方言"的形式和形态存在)更普遍地繁衍生长在日常生活之中，以至造成了两者的暌隔。

在很长时期内，汉字的领域与"口语"的世界虽然不能说是两无交涉的，但确实保持了某种程度的与整个社会结构相一致的隔膜和分离。这种分离，表面上看可能是汉语作为表意文字的性质(主要是"形"与"音"的某种非相关性，及"形"与"意"的某种相关性与一致性)使然，是许思园所言及的没有采用字母的结果，其实，同样可能是由社会的结构性质所决定的，或者说，与社会的结构性质是相一致的。

秦汉以来的中国传统社会，大部分时间内呈现出黄仁宇在《中国大历史》中所描述的那种"大型的潜水艇夹肉面包"①结构，在强有力的一元政治管辖之下，这种结构仍然难免于周期性地走向分裂和二元，表现在文化上，则是所谓"民间"文化与"士大夫"文化的暌隔。"士大夫"文化最终塑造了这个社会核心的政治形态和社会理想，而"民间"文化总是只能通过被动的然而又是颠覆性的方式，打破"士大夫"文化与日俱增的僵固与封闭，使之获得新的生命力和新的形式，譬如词、曲之上升为诗歌，戏曲、小说之成为文学的大宗，譬如道教的"太极""阴阳""五行"概念与图式进入理学，构成中国哲学体系性的宇宙生命观，等等。

表现在语言上，则是"文字"与"白话"的暌隔。

"口语"对于"文言"的抗拒和影响，与"文言"对于"口语"的排斥和渗透，同时发生在这一否定性的大历史的冲突与统一过程中，伴随着"超稳定"的王朝和社会在整体上的兴衰、嬗变，"我们底文字经过几千年文人骚士底运用和陶冶，已经由简陋生硬而达到精细纯熟的完善境界，并且更由极端的完美流而为腐，滥，空洞和黯晦，几乎失掉表情和达意底作用了。在另一方面呢，除了在《战国策》和《世说新语》我们还可以找到士

---

① 《中国大历史》，295 页。

大夫留心说话底艺术的痕迹以外，我们底白话就无异于野草荒树底自生自灭；于是，和一切未经过人类意识的修改和发展的事物一样，白话便被遗落在凌乱，松散，粗糙，贫乏，几乎没有形体的现状里。"①

在某种意义上，近代以来，以"口语""白话"取代"文言"为标志的新文化、新文学、新诗，正可以看作是所谓"民间"（此时的"民间"，事实上已经是包括了启蒙革命"精英"在内，甚至由"精英"所主导的"民间"）文化通过颠覆性的方式，对于封闭的僵固的"士大夫"文化的解放与拯救②。

新文化、新文学，当然也包括新诗，其初始的使命和逻辑，无不包含着试图改变传统文化的"二元性"，以期整个社会、整个民族及其文化获得新的统一与协同，获得新的生命力与新的发育生长的动力。

但是，因为所指向的是普遍的启蒙革命，加上紧迫的危机处境对于民族文化整体性与一致性的召唤，以及由此造就的强势的政治意识形态，构成了一种新的强制性和单一性，人们更多考虑的是统一意志与的统一意识形态建构的必要与便利，而且，这种统一的意识形态建构，似乎总是具有不证自明的优越性和优位性。

因此，语言的统一与一律性，甚至成了一个政治命题。

人们无法从容地面对自身语言的多元局面和状态，特别是"方言"的有机性以及它对于汉语丰富性构成所具有的意义，被有意无意地忽略了。人们下意识地认为"方言"在文化与文明的统一过程中，只是过渡性的存在（一如"文言"作为一种历史存在一样），是一定会消失在"现代化"进程中的"进化"的孑遗。更无暇考虑，"方言"的自觉，作为语言的或者是

---

①　《文坛往那里去——"用什么话"问题》//《梁宗岱批评文集》，45 页。

②　在这里，用得上王家新曾经引述过的海德格尔氏的一句话："拯救并不仅仅是把某物从危险中拉出来。拯救真正的含义，是把某个自由之物置入它的本质中。"见：王家新. 夜莺在它自己的时代——关于当代诗学［M］//诗探索（1996 年第 1 辑）. 北京：中国社会科学出版社，1996.

民族文化自觉的表征和重要一环，其实同样是抵达现代性的重要指标①。

对于不止于工具性，甚至于反工具性的诗歌与文学来说，"方言性"与"地方性"尤其是确立自我主体性和审美主体性的重要依据。

与欧洲近代的发端，以"方言"的民族语言表述，逐渐取代统一的拉丁语表述相区别。中国近代启蒙，是通过建立普遍的"国语"来实现社会的革新与认同的。"晚清以降的印刷文化和语言革命并没有以方言民族主义为方向，而是以帝国的书面语为中心，促进方言统一，将地方性纳入到'全国性'的轨道之中"。"在这里，并不存在用一种民族语言去取代另一种帝国语言的问题，如用意大利语、法语、英语取代拉丁语的问题，或用东京方言、汉城方言创造新的民族语言以取代汉语的问题。""中国的语言变革是'走向世界'的文化运动的一部分，他的特点是废除语言的传统的或民族的特性，试图用一种普遍主义的（科学的、世界主义的）原则改造书面语"②。

这种区别，显然与近代欧洲、近代中国民族国家不同的建构方式与情形是相似的。而这种不同的建构方式与情形，联系着更广大的历史文化背景。

以"方言"表述取代统一的拉丁语表述，其中最显著也最有影响力的

---

① 此种情形，正如现代化、全球化，只能以自身"民族""地方"的身份和方式去达成，或者说，只有以自身"民族""地方"的身份和方式实现的现代化、全球化，而不存在同质化的单一概念的现代化、全球化。在汉语文化内部，不止是诗歌，普遍的表达，首先应该是基于个人性、私人性的表达，从语言的角度，就是基于"方言"的"地方性"的表达。

② 《现代中国思想的兴起》75-76页。在《地方形式、方言土语与抗日战争时期"民族形式"的论争》中，汪晖认为，"现代民族——国家的形成与以方言为基础创造书写语言的过程明显地具有历史联系"，"但是，中国的情况似乎有所不同"。"就中国而言，建立现代国家的过程，并不仅仅是一个民族自决的过程，即创造超越并包容地方性和汉族之外的其他民族的文化同一性。文化同一性的创造不仅诉诸种族、语言和传统，而且也诉诸时代，因此，这种文化的同一性被理解为'新'的同一性。"见《现代中国思想的兴起》1493-1494、1498页。晚清沿海西洋传教士和较早接触传教士的人，如厦门卢戆章、福建龙溪蔡锡勇、广东香山王炳耀等，自发造方言字母以拼读土话，显示出与日后以"国语"统一方言并不完全一致的景象。

就是文学的表述，但丁被称为第一个拥护"方言文学"反对用拉丁文字的人，"他的一部《论俗语》(*De Vulgari Eloquio*) 是拥护近代文学的第一声"①。

欧洲所谓近代文学，就是如此发端，然后走向了多元丰富的局面。

自然，汉语以及汉语文化，至今也很难说已完全建构为一个同质的整体，或许也无须建构这样的整体，这样的建构及其结果可能是令人恐怖的。因为特定的政治与历史原因，业已造成的中华民族"两岸四地"的现实局面，以及遍及全球的分散多元的"华语"世界，可以是汉语与汉语文化拥有自身多元性创造的一个契机。

差别的存在，是汉语、汉语文化与文学丰富性的表征，而"方言"正是构造汉语文化与文学多样性的重要因素，也是"地方"文化和"民间"文化自身延伸、生长，并且滋养、培育、壮大汉语"整体"文化与"精英"文化的有效途径。

毋庸讳言，"方言"的重要性和有效性，联系着"地方知识""地方文化"的重要性与合法性，与地方以自身为主体的相对独立的政治、文化诉求及其自主表达程度是一致的。

因为香港、台湾的特殊政治格局，与粤语、闽南话相关的文学与文化，在数十年来的汉语文化中，较之其他"方言"文化与文学，显得更有活力和创造力。如果把与粤语、闽南语及与其文化有关的流行歌曲，看作是现代汉语诗歌的一种重要构成的话，则此种"诗""歌"不仅富有创作实绩，而且其情调、形态与样式，极大地影响和决定了整个汉语世界数十年来的书写。

从诗歌史的经验看，我愿意相信，歌曲相比纯粹的"文人案头"写作（常常走向"玄言"状态和"专业"的应酬状态），更可能代表一代之诗歌。

由此来看，20 世纪汉语诗歌史的编撰和研究，必须走出以纯粹"文人

---

① 梁实秋. 文艺批评论[M]//梁实秋文集：卷1. 厦门：鹭江出版社，2002：253.

案头"诗歌立论的定势，把歌词纳入观照范围。事实上，某些堪称经典的歌词，不仅"雅""俗"共赏，不再有所谓"精英""民间"，"贵族""大众"的分野，消除了诗歌在传播上的困境，常常重现"有井水处即歌柳词"的盛况，而且，它们显然更充分地对应和雕刻了一个时代的民族心灵。

从整体上看，在当今的中国大陆，前工业时代的所谓"质朴原真"的"民间文化"，正在逐渐转变为工业消费时代的"大众文化"（市民文化）。但是，所谓"市民社会"稚嫩脆弱，所谓"公共领域"常常并不具有公共性，仍然被传统社会的结构、形式和精神所笼罩、所左右。

而且，20 世纪以来的所谓"精英"，往往是通过远离"故乡"、告别"方言"来成为"精英"的（科举时代的"精英"也大体如此，但因为是农业社会，因为强调家族伦理，相对而言，他们与故园乡土及其文化保持了更密切的关联），因此不免孱弱、苍白、封闭、狭隘、无根；而"民间"（"故乡""方言""日常"所在），如果承认毕竟还存在着"民间"的话，则这种"民间"本身同样是十足空虚、萎弱、荒寒、缺乏、羞怯的，我们"缺少真正意义的自下而上的民间文化"①。

强大的政治体制化的力量，一直压抑着吞噬着社会空间的扩张与民间文化的自由生长。

如果"精英"与"民间"不能良性地互动，或者说，所谓"精英"与"民间"依然如同古代社会（对应于整个社会结构）一样"双轨""平行"，而不能"交叉""合流"，共生互动，则整体文化不能是有机的、充满活力的。

所谓文学，由"语言"编织的文学，自然也在这一架构中。

文学史上一个至关重要的事实，曾经在胡适及其以后的时代被经常表述，但最终沦为文学"进化论""文学革命"的口实，其中一项更重要的意涵并没有得到应有的关注和省思。即从《诗经》的时代，到《楚辞》的时

---

① 陈嘉映认为，"一切伟大的艺术作品都是从民间吸取力量，先以民间形式生机勃勃地涌现"。见：陈嘉映. 从感觉开始[M]. 北京：华夏出版社，2005：15.

代,"古风"的时代,到齐梁间"律诗"成熟而鼎盛于唐代,再到晚唐五代两宋以及金元的"词""曲"时代,汉语诗歌的每一次具有重要创造性和典范性的转折与转换,都是从带有"方言性"和"地方性"的新的诗体与形式中,获得新的语言灵感和新的书写方式的。

关于《诗经》《楚辞》的"地方"与"方言"性质,文学史上有大体周详的陈述,但其中的理论审视,常常显得充满了夸张的政治性命意①。而"古风""律诗"在发生发育时的"方言"与"地方"性质,"词""曲"在发生发育时的"方言"与"地方"性质,以至它们如何由一种"方言性知识"或所谓"地方性知识"而上升成为一代之汉语诗歌的典范,如何从"夷俗邪音"演化为"大雅正声",又如何可以由"边缘"走向"中心",以至成为"主流"(尽管难免有"诗余""词余"之类的称谓),文学史则在史实陈述上已欠详备②。

---

① 从这一角度看,郭沫若在 1940 年写作的《革命诗人屈原》(1940 年 6 月 10 日重庆《新华日报》)就是一篇很有意思的文章. 他说,"之乎者也"并不是头号古文,"也"字曾经读"呀",在春秋到战国当时是很时髦的东西。而《楚辞》中的"兮"就是"啊",所谓"骚体",为后代的士大夫所十分雅视,殊不知本来才是古时的俗语。因此,屈原所创造的骚体,之乎者也的文言,其实是二千年前的白话诗与白话文,而"定型化的文字和流动的语言,在人类社会进化到一定的阶段上,总要形成乖离的现象,文字甚至成为语言的桎梏。"(郭沫若全集·文学编 19[M]. 北京:人民文学出版社,1992:48-51)革命所以常常是势所必然。他还说,屈原"彻底地采用了民歌的体裁来打破了周人的'雅颂'诗体的四言格调,彻底地采用了方言来推翻了'雅颂'诗体的贵族性,他在诗域中起了一次天翻地覆的革命。"(断断集·屈原时代[M]//沫若诗话. 成都:四川人民出版社,1984:105)"'骚体'是民间文学的扩大,是白话诗"。(《蒲剑集·屈原的思想与艺术》//《沫若诗话》,191 页)。

② 朱自清在作于 1943 年的《真诗》中说:"按诗的发展的旧路,各体都出于歌谣,四言出于《国风》、《小雅》,五七言出于乐府诗","词曲也出于民间,原来却都是乐歌"。朱自清意识到汉语诗歌出于歌谣与民间,他还引述胡适在《北京的平民文学》中对"俗歌""民歌"的"自然流利"的肯定,但是,对了基于新诗接受外国的影响,朱自清认为,它非走"欧化"或"现代化"的"这条新路不可",因此,新诗"不妨取法于歌谣",却并非必须取法于歌谣。(朱自清. 新诗杂话[M]. 桂林:广西师范大学出版社,2004:63)大体上,新诗史上强调诗歌的民间性质者,似乎都无意于澄清其"方言性"与"地方性",而是要超越其"方言性"与"地方性"。

　　但由此出发的反思，则大多停留在所谓"民间文化"如何构成了对于"士大夫文化"的影响与决定上，以及这种影响与决定的社会、政治含义，同样较少追究这种影响与决定的"语言""历史""审美"内涵。即使意识到"语言"的"生活"的"根蒂"，也止于为现实的政治逻辑做注求解①。

　　仔细检视，汉语在诗歌乃至文学上的经典表达，从来就是建立在"方言性"书写与"地方性"书写之上，或者说，在特定创作主体的"方言性"书写与"地方性"书写之外，并没有"抽象"的"普遍"的汉语书写。

　　完美来源于不完美，中心开始于边缘，因为，完美的极致常常也是困境的极点。此时，是来自边缘的而不是中心地带的力量，那种不完美的状态和形式，往往可以带来突围，可以生长出真正具有延伸可能性的新的形式。

　　因此，"国语""普通话"区别于它们在启蒙、现代化、全球化过程中被赋予的重要性和决定性，对于文学写作特别是诗歌写作而言，也许并不具有太多的实质性意义。

　　而对于创作者来说，他更加需要亲近和亲合的，也许同样不是公共性的"国语"，而是作为"母语的母语"的"方言"。或者说，对于属于"方言"的、"地方性"的知识与情感的永恒回首，才是他获得写作动力和生命力的源泉，所谓"枝叶益长，本根益茂"②，"君子务本，本立而道生"③。

---

① 郭沫若在替新的旧体诗词如毛泽东《沁园春》作理论解释时说，旧诗词之所以依然有他相对的生命力，是由于它的"形式本来是民间文艺的一种加工品""它的语法和韵律，在民族语言规律和生活情绪上，是有它的根蒂的。""旧诗词既然有这样一种本质——民谣体的加工，那么利用旧诗词来写革命的内容，也就尽有可能收到完整的统一与为人民服务的效果了。这样革命性的旧诗词，在内容上固然是新，就在形式上也不一定是'旧'。"见《沫若诗话》318 页。

② 《国语·晋语八》。

③ 《论语·学而》。

（三）汉语转型与新诗发生

话题再回到汉语诗歌的现代转型。

区别于传统诗、词、曲的转换，"新诗"的发生，是晚清以降知识界自觉的语言与诗歌革新带来的结果，是在对西方语言和诗歌的参照与借镜中完成的①。一开始，它就是按照启蒙革命的中心话语来自我要求和自我造型的，此一中心话语对于汉语的"方言性""地方性"构成胁迫剥夺之势②。尽管启蒙者同时希望通过吸纳"方言"的成分来建构完备的"国语"，希望通过吸纳"民歌民谣""民间文学"来增进新诗的元素构成。激进如钱玄同，也认同"民歌民谣"和"方言"对于新文学、新"国语"建设的重要性。胡适甚至意识到"国语不过是最优胜的一种方言，今日的国语文学在多少年前都不过是方言的文学"③。

但是，作为启蒙革命者，在他们的手眼中，相对于新的"国语""国语的文学"，"方言""方言写作"终究是技术性、工具性和权宜性质的，而不意味着在审美意义上的语言自觉——对于"方言"的语言本体性与审美本体性的认知和认同。

这与近代以来整个知识界有关"语言"与"文学"的工具主义取向是一致的。

因此，胡适说，"国语的文学从方言的文学里出来，仍须要向方言的文学里去寻他的新材料，新血液，新生命"。"将来国语文学兴起之后，尽可

---

① 朱自清的《真诗》中说："新诗不取法于歌谣，最主要的原因还是外国的影响，别的原因都只在这一影响之下发生作用。"（《新诗杂话》63 页）。
② 汪晖认为，不止是现代，包括中国古代，"超越方言""创造出普遍语言"的过程，"显示出语言变革过程的政治性，即中心与边缘、正统与地方、上层与下层的等级关系"。（《现代中国思想的兴起》1512 页）。
③ 胡适.《吴歌甲集》序[M]//胡适学术文集·新文学运动. 北京：中华书局，1993：497.

以有'方言的文学',方言的文学越多,国语的文学越有取材的资料"①。

在他看来,但丁的文学规定了意大利的国语,乔叟的文学规定了英吉利的国语②,而不是相反,"意大利"方言造就了但丁,或者"英吉利"方言造就了乔叟。即使意识到欧洲各国以"方言"译述《圣经》或撰著诗文,遂产生各国语的新文学③,也仅仅以此强化建立"国语的文学"的理据。

同样,虽然从启蒙革命者对于诗歌的"民间"渊源的强调之中,包括抗战时期的"方言运动"与对于"地方形式""民族形式"的空前关注,以及20世纪50年代昙花一现的与社会改造运动相颉颃的"民歌运动",隐约可见打通文学与文化的阶级属性间隔、社会身份间隔的激情、愿望和想象力。但是,因为其初始动机和终极目标仍然主要是一种关于民族国家的社会政治诉求,而不是审美诉求,最终诉诸普遍的民族意志,而不是个人主体性与私人性,其结果虽然不能说是架空或取消汉语诗歌的"方言属性"与"地方属性",但也很难说确认并且抵达了汉语的审美的"自性"与"天性"。

以"风雅"自负者,以普遍的审美创造为担当者,不仅在趣味和价值上无法屈尊降贵,伴随某种政治性的戒备和恐惧,对于"方言""民间",包括与此相关的所谓"人民大众",更不能有深入的肯定和认同④。

由此而来的汉语"真空"(语言"真空",意味着个人的感性与理性被放置在虚悬的混沌无名状态,所谓"一张白纸"是也),正可以无所限制地接纳时代性的和政治性的强势话语⑤,这在20世纪下半叶,尤其构成

---

① 《〈吴歌甲集〉序》//《胡适学术文集·新文学运动》,497页。

② 《五十年来中国之文学》//《胡适学术文集·新文学运动》,148页。

③ 蔡元培. 总序[M]//中国新文学大系建设理论集. 上海:上海文艺出版社,2003:10.

④ 《文学讲话》//《梁实秋文集》卷1,585页。

⑤ 汪晖认为:"在寻求建立现代民族国家的过程中,普遍的民族语言和超越地方性的艺术形式始终是形成文化同一性的主要方式。在新与旧、都市与乡村、现代与民间、民族与阶级等关系模式中,文化的地方性不可能获得建立自主性的理论依据。"(《现代中国思想的兴起》1530页)。

了一种显著的触目惊心的事实。

叶公超曾经希望通过多"在诗剧方面努力",挽救新诗作成八股诗的危险,他看到的似乎正是作为审美的"国语"的单调和空虚。

他认为,"诗剧的途径可以用历史的材料,也可以用现代生活的材料,但都应当以能入语调为原则。惟有在诗剧里我们才可以逐步探索活人说话的节奏,也惟有在诗剧里语言意态的转变最明显,最复杂。旧诗的情调那样单纯,当然有许多历史的根缘,但是它之不接近语言无疑地也是一个很重要的限制。建筑在语言节奏上的新诗是和生活一样有变化的。诗剧是保持这种接近语言的方式之一。"①旧诗的情调单纯而最终单调的原因之一,就是它"不接近语言",而语言是随着生活变化着的。新诗应当根据说话的节奏和语词来写,建筑在语言节奏上,"不然的话,新诗的文字很容易流入一种不敢太文的文言,那么又何不索性写旧诗呢"!然而,他说:"我想没有人想要改革旧诗的,也没有人能用文言的媒介再来创出更巧妙的格律。新诗和旧诗并无争端,实际上很可以并行不悖。不过我们必须认清,新诗是用最美、最有力量的语言写的,旧诗是用最美、最有力量的文言写的,也可以说是用一种惯例化的意像文字写的。新诗的节奏是从各种说话的语调里产生的,旧诗的节奏是根据一种乐谱式的文字排比作成的。""我感觉,新诗里的字都可以当作一种音标看,但旧诗里的字是使我们从直接视觉到意像的。"②

毫无疑问,任何一种诗的体裁,最初肯定是和声音的关联更紧密的。但是,在逐渐文人化、案头化之后,则难免像旧诗那样,"旧诗里的字是使我们从直接视觉到意像的",如此,很容易走向格式化和专业化,走向自我封闭,由形式的封闭到趣味的封闭,由语言的封闭到题材、情调的封闭,或者相反。

---

① 叶公超. 论新诗[M]//叶公超批评文集. 陈子善,编. 珠海:珠海出版社,1998:63-64.《论新诗》一文初刊 1937 年 5 月《文学杂志》创刊号。

② 《论新诗》//《叶公超批评文集》,53 页。

因此，返回声音，与声音的"语言"的重新协同，并由此重新拥有审美的开放性与丰富性，是每一个诗歌革新运动的内在的隐性的动机之一，以对应（对于汉语诗歌来说）主要体现为声音变化的"语言"变迁。与作为声音的"语言"的协同性与一致性，正是诗歌的"方言属性"与"地方属性"的重要含义之一。

自然，这里所说的"声音"，与旧诗词的吟咏者或古文家奉为金科玉律的所谓"密咏恬吟，以玩其味"的"声调讲求"，几乎是两码事。

汉语诗歌如何才能从逐渐演变为"乐谱式的文字排比""惯例化的意像文字""太文"的旧诗状态，走向以"自然语调""大致合于我们通常说话的习惯"的"接近语言"的新诗状态？叶公超触及的是汉语诗歌一个根本性的命题。他所说的"自然语调""大致合于我们通常说话的习惯""接近语言"的语言，其实并不存在于普遍性的"国语"之中，而只能存在于语言的自然形态——"方言"之中。说话的、歌唱的语调、节奏与韵律，常常是伴随着特定的"语言"（方言）发展出来的。

自然，叶公超并未由此意识到此种"语言"的性质正是某种意义上的"方言"的性质，正如闻一多意识到"音节之可能性寓于一种方言中，有一种方言，自有一种'天赋的'（inherent）音节"[1]，但是却认为"自然音节"最多不过是散文的音节，他所要寻找的是完美的"诗的音节"。

汪晖说，白话文运动完全不能被看作是一个方言运动，作为一种书面语系统，白话文对文言的替代也不能被描述为语音中心主义[2]。

意识到诗歌与"语言"的关联，而对于这种"语言"的"方言性"和"地方性"毕竟心存疑虑，这似乎是现代"国语""白话文"认同者所无法规避的理论盲点，也证明在"国语"（自觉的）认同和"新诗"发生（同样有着某种自觉性，但似乎是偶然）之间，有着某种难以弥缝的纠葛和龃龉，其中

---

① 《〈冬夜〉评论》//《闻一多全集》卷 2。
② 《现代中国思想的兴起》，76 页。

包括目的("文学的国语")与手段("国语的文学")的对峙,主动("白话")与被动("白话诗")的错裂。

这种纠葛与龃龉,需要我们深长思之,特别是差不多一个世纪以后。

20世纪90年代以来,诗人于坚反复强调"方言"的重要性,以所谓"口语写作"反抗汉语诗歌写作从"五四"以来的"话语"积习,意在通过回到"方言""口语"①,强化诗歌语言之于生命的"身体性"与无间性,以回避和缓解"普通话"所代表的话语方式——常常可以上升到国家威权及其"意识形态"的高度——对于生命真实的扭曲与遮蔽,以至不惜"拒绝隐喻",以"诗言体"②。

自称"并不是方言主义者"的韩少功,承认"出于专业的本能","对于一切方言的写作都直觉地表示支持"③。

---

① 需要说明的是,不止"五四"以来,包括"文言"形式在内的汉语传统中,时代性、政治性的强势话语中个人性、私人性经验和情感的缺乏,"精英"与"民间"的隔离,在某种程度上,同样影响甚至决定了"方言""口语"的情感、色彩和质地,影响了"方言"的个性及其表达的丰富性。韩少功在《马桥词典》中曾写到,在物质匮乏的年代,人们如何把一切甜的东西统称为"糖",而不再拥有别的有关甜食的词汇。语言的匮乏,联系着物质的匮乏,更联系着精神的匮乏。

② 于坚说:"汉语本来是一种最生活化的语言,方言众多但并不影响人们看懂汉字。字与文化有关,方言则与身体有关。这种特点使汉语既是统一的,又是有具体的地域、身体的。但普通话取消了汉语的身体性,将无数方言的身体统一成了一个身体,所有的声部统一成了一个声部"。"汉字是统一的,语言的个性、身体性就只有方言口语在保持,因此汉语的方言口语比任何语言都重要。文字是文化,尤其容易成为死文化。汉语的创造性、人间气息、丰富性、肉感都来自方言口语。普通话是要统一汉语的声音"。"就像以赛亚·伯林所说的:'写诗必须使用自己孩提时期的语言,对一个人来说,最觉亲切的诗是用10岁以前说的语言写成的。'……口语,乃是诗歌之本源"。"诗歌是从口语开始的","新一代诗人起来,要激活诗歌的创造力,使它重新获得身体、获得血肉,诗就又重新回到口语,又从口语里寻找创造的源泉"。见:于坚,谢有顺. 于坚谢有顺对话录[M]. 苏州:苏州大学出版社,2003:101–110;于坚. 诗歌之舌的硬与软:关于当代诗歌的两类语言向度[J]. 诗探索,1998(1);于坚. 诗言体[M]//光芒涌入:首届新诗界国际诗歌奖获奖诗人特辑. 北京:新世界出版社,2004.

③ 王尧. 韩少功王尧对话录[M]. 苏州:苏州大学出版社,2003:175.

　　而那个也许"默默者存"①，"每一个时代的荣耀都与他无缘"②，他的写作却从 20 世纪 30 年代持续至今的老诗人彭燕郊曾经说："普通话，就是通用的，标准的语言，没有个性，没有色彩的语言，这种语言怎么能用来创作文学作品！多少年来大家都这么凑合着用它写。每当默默地独自回忆家乡的方言(所谓的'土话')，那样丰富，那样生动，却不能用它写作，我就心痛！能用什么办法来解除这痛苦呢？我不知道"③。

　　这是关于汉语写作非常重要的经验与见识，尽管创作者从实践出发对于"方言"的考量，与本文所诠释的主题，并不是同一个向度上的言说，但无疑为我们在理论上阐述汉语诗歌的"方言属性"和"地方属性"，提供了重要的思想支援。

　　澄清汉语诗歌的"方言属性"与"地方属性"，意在让我们重新返回汉语诗歌发生、发育、演变的现场，重新省察诗歌的渊源及其语言根基，同时，意在激发天然地存在于某种"方言"与"地方"的文化担当者、创造者的自我意识与自我认同，唤起个人、族群、民族对于文化与文明、灵感与情感的异质性的自觉与肯定，而不是要否定"方言性""地方性"与民族及其文化整体的兼容性与共生性，回护"方言性""地方性"中可能的贫弱和缺乏。

　　把"方言"属性与"地方"属性置于汉语传播的普遍性的对立面，置于"文言""书面语""欧化语"的对立面，以至召唤一种汉语"方言"的"割据"，并非本文立论的初衷。我乐于承认的初衷，或者毋宁说是出于对热烈地趋向普遍性与一元化的"失根"的文化与"无主"的个人精神状态的惶恐和警惕，是对于古往今来无论在物质方面还是精神方面的高度垄断

---

① 牛汉. 在诗中体现人文境界——首届"新诗界国际诗歌奖"受奖辞[M]//光芒涌入：首届新诗界国际诗歌奖获奖诗人特辑. 北京：新世界出版社，2004.

② 林贤治. 彭燕郊：土地，道路，精神创伤[M]//时代与文学的肖像. 北京：人民文学出版社，2002.

③ 彭燕郊. 学诗心悟[M]//彭燕郊诗文集：评论卷. 长沙：湖南文艺出版社，2006：239.

性的无奈与不忿。

礼失求诸野，汉文化的薪火，常常是在远离皇权政治中心的草莽与边疆中得以延续的。有活力的文化，常常在"化外"生长，带有"化外"的异质、粗犷与蛮荒，而有魅力的审美与审美形式，最初的身份与身世总是边缘的，总是难免被指为"粗俗""下贱""野蛮""不入流品"的。

后记——旷世同情

本书所涉猎的人物和论题，以及对这些人物和论题所进行的疏解和阐释，不是按照时下流行的招标课题式的做法，在规定时间内完成的研究计划，而是多年来面对不同个案反复阅读与思考，逐渐形成的感悟和体察。

旷世同情，在我自以为得意的感悟和体察中，不同时地、不同身份、不同教养的思想者，对于审美，对于文艺的设计、处置、诉求、祈愿和想象，大多同情同理，重心或许有别，动机和动力则疑似仿佛，他们共同为有机的整体主义的汉语诗学，提供了高明、精致、通达而个性鲜明的样本。

因为专业、秩序、习惯，当代学术从业者大多名正言顺地依附在我们自己确立并以之自我限定的所谓"一级学科""二级学科"里，这样方便谋生，也方便"用世"。而在本书中，陈白沙、王夫之、曾国藩、周作人、闻一多等，显然都不是一个领域里的人物，不是一个专业里的研究对象。

按照年代的标准，他们分属于古代和现代；按照学科的习惯划分，他们分属于哲学、历史与文艺；按照身份，他们分属于士大夫、大儒、学者、文人、艺术家。而由各自的气质、性格、教养所成长出来的自我安排，以及他们在与所属世界的互动中达成的抉择和时代拣选，则造就和完成了他们作为隐士、遗民、名臣、叛徒、烈士的惊天动地或者惊世骇俗的造型和命名。"风马牛不相及"，他们是一群有着罕见的个性深度和人

276

格强度的人，在彼时彼地，曾经抵达了汉语思想和精神的最高点。

他们所承受和负担的，他们所彰显和告示的，远不止是个人生活和命运的应对，而往往关乎一个族群、一个时代的忧患与创生，远不止是审美的取舍与去就，而一定关乎生命的终极安顿。

如此，理解和蠡测他们时，我常常体会到自己的分裂、肤浅和力不从心。

不过，那种富有挑战性的解读，又正是我私心向往、乐在其中的，而对他们的亲近，不只是出于学理的需要，更有着精神上无法拒绝的召唤和诱惑。

孟子曰，大人者，不失赤子之心者也。王国维说，词人者，不失赤子之心者也。原始要终，在最根本的立场上，艺术家与"大人"一样，都是那种民胞物与、与天地万物同体的人——"与天地合其德，与日月合其明，与四时合其序，与鬼神合其吉凶"，可以感通民物、勾结人神，有着某种宗教性的通灵的气质和洞彻天人两界的能力。功夫在诗外，艺术家的自我不只是通过艺术而获得确立的，艺术家的艺术同样如此，甚或，如道学家所言，一命为文人，便不足观。

中国文化对于任何专业主义、个人主义的孤行独往，总是充满疑虑和批判，文艺自不例外。

直到近代以来，引进西式的学科与专业概念，这种局面才得以打破，打破到甚至不经意地走向了伪科学和伪专业主义，文艺因此常常被孤立地看待和安排，被体制化，被分割成为一个个自我封闭的行当和部门，而骨子里的一元逻辑、教化思维，则依然以新的面相、新的方式顽固而且旺盛地呈现出来。诗人韩东说："中国没有艺术家传统，也没有作家传统，有的只是文人传统。独立、自由、专业性需从我辈做起。"这样的说法不免多所冒犯，却不能说完全没有事实依据。

很多年前，我进大学读书，学的是汉语言文学专业，从一开始，就想当然地以为，文学艺术，应该是茫茫世界殊殊万象中一道独立的景观，不仅有着自己特殊的规定性，甚至与政治的、道德的、社会性的、功利的和工具主义世界无关，或者可以主动地超越于芸芸众生的受想行识，可以超越于家国天下的治乱兴亡，是某一种异样的性灵的产物，是人世间绝尘的花朵，是精神的乌托邦。

然而，年深日久，随着对于文艺的体察深入到人本的与历史的深处，越发意识到，审美作为一种精神现象，其实是内含于人的整体性与社会的整体性之中的。归根结底，文学艺术就是"人文化成"的产物，就是"人文化成"的一部分。天地化育，人文炳蔚，大美不言，斯文在兹，肉身止步的地方是灵魂，经验止步的地方是直觉，认识止步的地方是想象，理性止步的地方是感性，道德止步的地方是天真。而审美，常常是直觉的解放，是想象的延伸，是感性扩张，是灵魂出窍，是任性天真，是对于整体性的完成，也是对于整体性的逃逸，是生命的放逐，也是生命的救赎，是专业性的，同时是反专业性的。

事实上，不论是基于个人，还是基于社会，审美虽然有着自己的特殊性和专业性，却无一不是出于整体生命的召唤和响应，需要身体与灵魂的协同，需要感性与理性的共振，需要良知良能的驱动，只是因为不同的机遇和偶然的现实，让审美在私人性与公共性之间，在个人意志与集体意志之间，在素朴与繁华之间，在天人之际，有不一样的出发点与立足点，有不一样的平衡与倾斜，因此而有古今之分、中西之别，有庄子说的"吹万不同"的人籁、地籁与天籁。

自然，即使在审美日常化、消费化的"后现代"的今天，放弃整体求解的孤立的专业主义，也必须在整体性的照耀和范围中，这种专业主义才不至于谨毛失貌、离题万里；而一种放弃专业精神和性格的整体主义，即使是一种有机的整体主义，也难免自禁和自囚，无法拥有更深厚广大的生长和释放空间。

审美是每一个时代最显著的情感和精神表征，是某种最高意义上的人性的出口。

从传统延伸过来的中国的 20 世纪（表面看当然是对于传统的彻头彻尾的反动），几乎称得上是一个以"文学""艺术"为意识形态中心的世纪，一个期待天人共生、道文兼济的世纪，一个全部社会生活充满行为主义艺术意味的世纪，一个试图以审美的思维与逻辑解决社会进步问题的世纪。如果搁置文艺，我们将难以获得关于这个时代的政治、社会、文化的真正解释。在这里，整体性与专业性、一元性与独立性，依然处在不乏张力的对立、纠缠、矛盾与悖反中。从周作人、闻一多身上，我们可以充分感受到中国现代诗学由此而来的单纯与复杂、贫困与丰饶，同时依然可以发现，现代艺术家精神深处的古典血脉与传统基因。

庚子春末，孟泽识于长沙烂泥冲之集虚斋

本书出版得到中南大学外国语学院双一流学科建设经费资助，感谢李清平教授、范武邱教授、邓炜兄玉成此事，感谢郑伟精心编辑。

孟泽附识